LES
COMPAGNONS
DU
DÉSESPOIR

PAR

ALEX. DE LAMOTHE

TOME TROISIÈME

PARIS

LIBRAIRIE CH. BLÉRIOT, ÉDITEUR

55, QUAI DES GRANDS-AUGUSTINS, 55

LES COMPAGNONS DU DÉSESPOIR.

OUVRAGES DE M. AL. DE LAMOTHE.

Angers, imp. de Lainé frères, rue Saint-Laud, 9.

LES
COMPAGNONS DU DÉSESPOIR

par

Al. DE LAMOTHE

—

TOME TROISIÈME

PARIS

CH. BLÉRIOT, LIBRAIRE-ÉDITEUR

Directeur de l'*Ouvrier* et de la *Gazette des Campagnes*

55, QUAI DES GRANDS-AUGUSTINS

—

1875

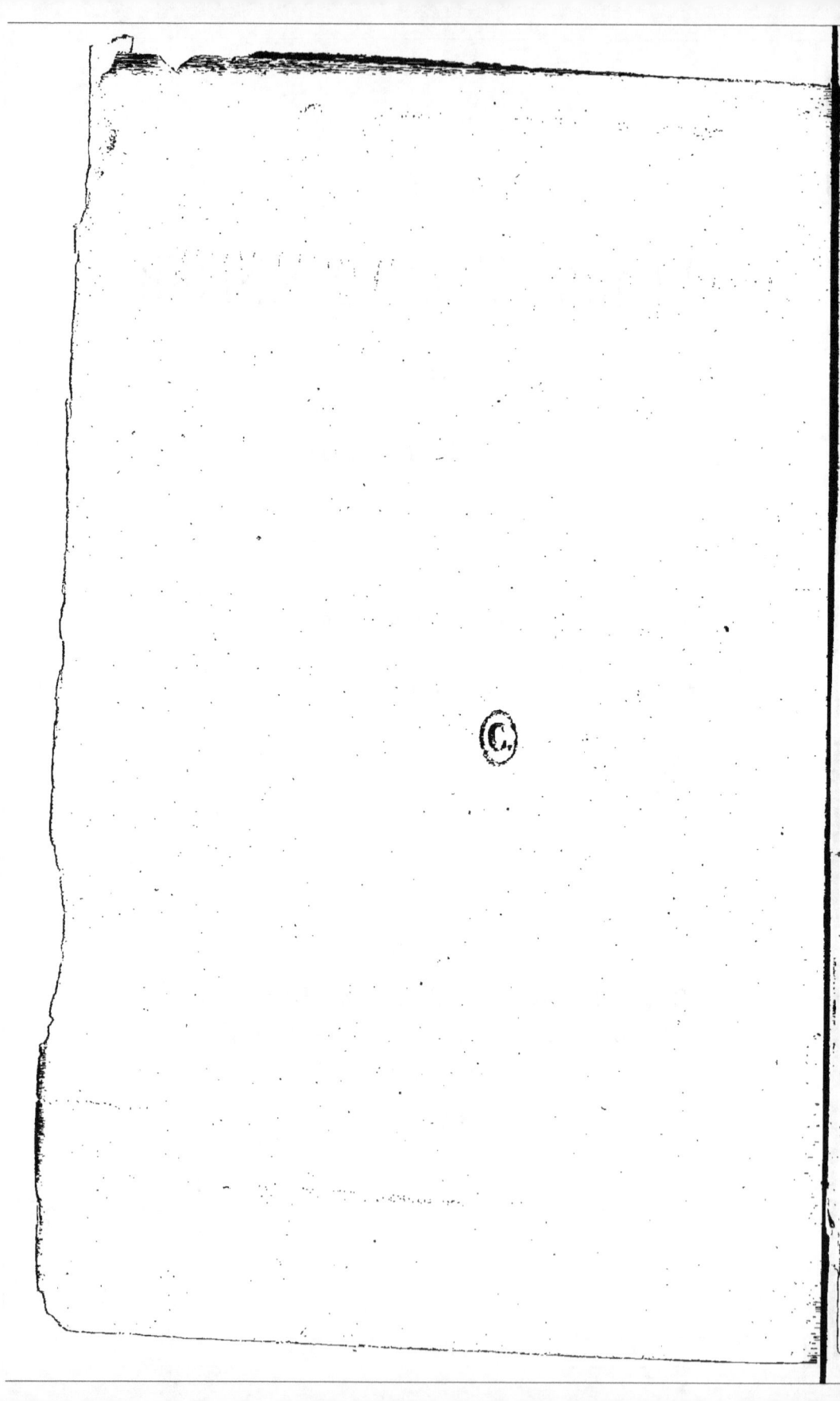

LES COMPAGNONS DU DÉSESPOIR

CHAPITRE Ier

Les environs de Nouméa

On pourrait appeler la route qui unit Nouméa au Pont-des-Français le Longchamps de la nouvelle capitale ; chaque soir les cavaliers s'y donnent rendez-vous, et les bons bourgeois néo-calédoniens qui viennent se promener ou s'asseoir au commencement de cette voie, comme les Parisiens aux Champs-Elysées, peuvent y faire un dénombrement exact de tous les équipages que renferme la ville de nouvelle création.

Il y a bien, il est vrai, quelques sentiers autour de Nouméa, mais la route du Pont-des-Français est seule carrossable et, jusqu'à présent du moins, le besoin d'en créer une seconde n'a pas paru se faire sentir.

De ce peu d'empressement à ouvrir de nouvelles voies de communication, il ne faudrait pas cependant conclure qu'en arrivant en Calédonie les Français trouvèrent celle-ci toute faite.

Les Néo-Calédoniens n'ayant ni bœufs, ni chevaux, ni ânes, ni bêtes de trait d'aucune sorte, n'avaient pas de voitures et se contentaient par conséquent de simples sentiers à peine tracés, mais toujours bien assez larges pour donner passage à un Canaque.

Le reste eût été du luxe, ils ne s'en préoccupaient pas. En fondant son premier établissement, à l'entrée d'une presqu'île facile à défendre, mais privée d'eau potable, le gouverneur militaire dut, avant tout, assurer ses communications avec la rivière.

Dès 1861, plusieurs compagnies de soldats disciplinaires, sous la conduite d'officiers du génie, furent échelonnées entre les deux points à relier, et cinq ou six chantiers établis sur un parcours d'environ 10 kilomètres.

Le travail offrait plus de difficultés qu'on ne pourrait le supposer peut-être pour arriver à bonne fin.

Quatre années s'écoulèrent à ouvrir des tranchées, à transporter des terres pour les remblais, à empierrer convenablement la chaussée, à creuser des canaux et à construire des ponts.

En France, un pareil travail eût demandé trois mois à peine; mais, dans un pays perdu, à l'extrémité du monde, il serait au moins injuste, pour ne pas dire ridicule, d'exiger de la part de quelques centaines de forçats, à peine pourvus d'instruments indispensables et obligés d'interrompre leurs occupations pour se défendre, une somme de travail comparable à ce que pourraient faire ici facilement des ouvriers en grand nombre, pourvus de machines perfectionnées, et sûrs de trouver aide et appui autour d'eux toutes les fois qu'ils pourraient en avoir besoin.

On était à la belle saison, presque à l'été qui, comme on le sait, commence en décembre pour la Nouvelle-Calédonie, la température n'était plus froide sans être encore trop chaude, le soleil s'élevait à peine au-dessus de l'horizon bleu, découpé par la chaîne irrégulière des hautes montagnes, et les pics isolés, sierra couverte d'épaisses forêts, du sein de laquelle s'écoulent mille petits ruisseaux, chargés par la Providence d'entretenir la fraîcheur et la verdure dans les étroites vallées qui sillonnent l'île.

Tenant sa fille par la main et accompagnée d'Aïka, portant au bras le petit panier dans lequel elle avait mis les provisions pour le déjeûner, Louise suivait la nouvelle route, écoutant d'une oreille distraite le babillage des deux enfants et songeant à l'entrevue qu'elle allait avoir avec le P. Louis.

Trouverait-elle du travail pour son mari, soit à la Mission, soit à la ferme-modèle, elle l'espérait, mais tout n'était pas là et il y avait encore bien des difficultés à aplanir. Vincent voudrait-il accepter ce travail? oserait-il braver la défense de ce misérable Beslier? Enfin, s'il se décidait malgré tout à rompre avec les Compagnons du Désespoir et à revenir sincèrement à une vie laborieuse et chrétienne, n'était-il pas à craindre que ses anciens complices ne se portassent envers lui à quelques excès.

Pauvre femme, si le ciel était bleu pour les autres, pour elle il avait bien des nuages noirs et menaçants.

Ces pensées l'absorbèrent entièrement d'abord, mais bientôt la fraîcheur vivifiante de la brise, le bruit harmonieux de la vague sur les galets, le chant des oiseaux, la nouveauté du paysage changèrent le cours de ses idées.

Pour Germaine, tout était spectacle, chaque coquillage oublié par le flot sur la grève que la route longe en sortant de Nouméa, chaque oiseau voletant dans les buissons, chaque insecte bruissant dans l'herbe excitait son admiration et l'arrêtait au passage.

Heureusement les voyageuses eurent bientôt atteint l'extrémité de l'anse de Uaré, et la route, s'élevant doucement le long des collines qui séparent la presqu'île Ducos de la Grande-Terre, s'abaissa de l'autre côté par une pente insensible vers une plaine marécageuse, arrosée par la petite rivière de Sého et tachetée d'étangs entourés de roseaux, à travers lesquels se promenaient gravement des échassiers qui, montés sur leurs longues jambes maigres et osseuses, se livraient avec une ardeur grave à la pêche du frétin qui fourmille dans ces eaux peu profondes.

Jusque-là le terrain n'avait pas présenté la fertilité ordinaire au reste du pays, à cause de l'absence des sources, et le maigre gazon qui couvrait les collines n'attendait que les chaleurs de janvier pour revêtir les pentes de cette couleur tristement jaunâtre qui s'allie si bien à la teinte ocreuse des rochers; dans les environs du Pont-des-Français, la nature semble se réveiller tout-à-coup, aux prairies courtes et à herbes cassantes succédaient de plantureux pâturages parsemés de bouquets d'arbres au feuillage luxuriant.

Sous ces climats favorisés du ciel, la vie semble couler à pleins bords avec l'eau gazouillante des ruisseaux, et le touriste qui visite l'île ne peut, en présence de ce contraste entre les environs immédiats de la ville et les rives fortunées de la Sého ou de la Lumbéa, s'empêcher de regretter que des nécessités temporaires aient fait choisir pour l'emplacement de la jeune capitale un sol triste et déshérité.

A chaque pas, un arbre, une fleur, un rocher pittoresque, une échappée de vue arrêtaient les promeneuses en les charmant.

Le but de leur voyage s'effaçait ainsi à mesure qu'elles s'avançaient. Si le motif en eût été moins sérieux, l'arrivée au Pont-des-Français le leur aurait fait oublier complétement.

Rien n'est gracieux et coquet comme cette arche rose, jetée par-dessus un ravin creusé dans un fouillis de verdure, entre deux massifs de beaux arbres enguirlandés de lianes, et se penchant au-dessus du limpide ruisseau qui bondit, en chantant, parmi des rochers couronnés de plantes traînantes, dont les longs rameaux fleuris s'allongent dans le courant, pendant que tout un essaim de fleurs vivantes, passereaux à la gorge rouge et perruches parées de leurs éclatantes livrées, volent en caquetant et en gazouillant de branches en branches.

Germaine commençait cependant à être fatiguée; dix kilomètres, même quand le paysage est varié, sont un long trajet à son âge, et puis la faim commençait à se faire sentir.

Un petit sentier, serpentant sur le talus, conduisait du pont au ras de la rivière; Aïka connaissait cet endroit, elle les y conduisit. Comme salle à manger, fournie par la nature, il était impossible de trouver mieux.

Un rocher moussu dessinait les parois du palais rustique, ombragé par un toit parfumé de melaleuca à fleurs blanches, et de vignes vierges au feuillage pourpré, entremêlé de panicules d'un noir bleuâtre.

Pour tapis, un de ces gazons fins et drus qui s'affaissent sous le pied comme un velours de soie, et dont l'éclatante draperie, descendant doucement, semblait, en se confondant avec la mousse du rivage, traîner dans le cristal du ruisseau.

La nappe était toute mise; le déjeûner fut servi et mangé avec l'appétit que donne la jeunesse, et qu'aiguise une course matinale, favorisée par le plus beau temps du monde.

Loin de s'en effrayer, les perruches se penchaient curieusement à travers les rameaux, contemplant d'un œil curieux les gestes de leurs visiteuses, faisant claquer en signe d'envie leur petit bec rose, et quand Germaine livrait au courant une bouchée de pain à leur intention, la cueillant au vol à la surface de l'eau et l'emportant, poursuivies par un essaim de leurs compagnes.

Ces scènes réjouissaient également la petite Française et la jeune Calédonienne; leurs frais éclats de rire se mêlaient au caquetage des oiseaux et au bruissement de l'eau.

Louise pensait qu'on pouvait être heureux encore et songeait au petit domaine que, dans quelques années, elle posséderait sur les bords de quelqu'autre rivière descendant du pic Vendioisa, dont les croupes se profilent au-delà de la Sého, ou du mont d'Or qu'on voit pyramider dans la plaine, où il s'élève isolé comme un obélisque émeraude.

A dix heures, l'ouvrière donna le signal du départ.

Au Pont-des-Français, la route cesse d'être carrossable et se bifurque en deux chemins plus étroits, se dirigeant, l'un à gauche et l'autre à droite.

— Où allons-nous d'abord, demanda Aïka, à Yahoué ou à la Conception?

— Qu'est-ce que Yahoué? demanda Louise.

— La ferme-modèle établie par les Français, à 4 kilomètres d'ici, près des monts Coghi.

— Commençons d'abord par la Conception; ce ne doit pas être beaucoup plus long.

— Il y en a six; mais la route est plus belle, reprit la Néo-Calédonienne; dans ce cas, prenons à droite et redescendons vers la mer.

— En venant, nous avions pourtant la mer à notre gauche.

— C'est vrai, fit Aïka en souriant, mais nous ne sommes ici qu'au bout de la presqu'île, dont celle de Ducos n'est qu'une découpure, et nous nous trouvons entre deux anses, celle de Dumbéa et l'anse de la Mission, qui forment l'étranglement de cette pointe de terre; ne craignez pas que je vous égare, j'ai fait plusieurs fois déjà le voyage avec mon père, quand il venait voir le P. Rougeyron, le premier fondateur de la Mission.

— Est-ce au pied de cette montagne qu'elle est située?

— Oh! pas si loin; celle que vous me montrez est le mont d'Or, et pour y arriver, il nous faudrait marcher tout le jour.

— Bah! on dirait que nous y sommes.

— Oui; parce qu'elle ne tient à rien et que, de ce côté, elle ne présente qu'une muraille de rochers toute droite, sur laquelle donne vivement le soleil; quand il aura tourné, elle paraîtra s'éloigner.

— Quelle est donc celle que tu me montres?

— Le mont Coghi, que voici, et qui domine la plaine Saint-Louis, par laquelle la presqu'île de Nouméa se rattache au sol calédonien. Tenez, voyez-vous, ce mamelon sur lequel sont des cases et qu'entourent des plantations? la grande maison placée au sommet est la Conception, résidence des Pères; plus loin, ces larges ondulations de terrain sont les pâturages où paissent de nombreux troupeaux de bœufs, puis vient la brousse, le mont d'Or et d'autres établissements de colons; avant trois quarts d'heure nous serons arrivées.

— Rien ne nous presse, marchons doucement, à cause de Germaine; es-tu fatiguée, ma chérie?

— Non, petite mère; je me suis bien reposée au Pont-des-Français.

Elles continuèrent à avancer, suivant toujours le chemin parfaitement entretenu et qui, à plus d'un kilomètre de la Conception, se changeait en une splendide avenue de figuiers banians, de palmiers et d'orangers couverts de fruits d'or.

— Il n'y a pas longtemps que notre île produit de ces arbres, remarqua Aïka, ce sont les *Oui-oui*, comme dit mon père, qui les ont introduits ici les premiers, et ils sont encore rares dans le reste de l'île.

— Les Français n'ont-ils pas apporté aussi les chèvres, les bœufs et les chevaux? reprit l'ouvrière.

— Oui, tous ces animaux étaient inconnus avant eux.

— Vous devez bien les aimer, à présent, vous êtes sûrs de ne plus éprouver ces famines qui désolaient le pays.

— Qu'est-ce que cela nous fait, puisque le pays n'est plus à nous, répondit Aïka, dont les yeux se remplirent de larmes; mon père était roi avant l'arrivée des Français, qu'est-il à présent?

— On lui rendra sa tribu.

— Mais, pas son pouvoir.

L'ouvrière ne répondit pas, elle se repentait d'avoir éveillé les regrets de l'enfant, en faisant parler la voix du sang dont elle était née; ce fut Germaine qui, sans s'en douter, répara cette maladresse.

— Si les bons missionnaires n'étaient pas venus, tu ne serais pas chrétienne, dit-elle.

— Oh! cela est vrai et vaut mieux que tout! s'écria la jeune Canaque qui, oubliant aussitôt tous ses griefs contre les conquérants
de l'île, se mit à faire, avec volubilité, l'éloge des bons Pères, auxquels elle devait son instruction chrétienne.

On arriva ainsi au mamelon, où les trois visiteuses furent reçues
dans une case particulière, réservée aux femmes, et servant de résidence à deux religieuses spécialement chargées de l'éducation des
enfants.

Sœur Noémi leur fit les honneurs de l'habitation, grande et spacieuse, leur montra les classes, d'où les élèves étaient absents en ce
moment, et les conduisit à l'église, régulièrement construite d'après
le plan des églises de village en France, mais décorée plus somp-
tueusement et entretenue dans un état de propreté et de décence
trop rare chez les peuples civilisés.

Une promenade au jardin suivit la visite à l'église; plusieurs Canaques, presque tous originaires de Balade ou de Pouébo, dont, en
1851, le P. Rougeyron avait conduit une première colonie composée
d'une centaine de naturels convertis, pour fonder le nouvel établissement au sud de l'île, à l'abri de la persécution qui sévissait dans
le nord, cultivaient en ce moment les ignames, plantées à la façon
de nos pommes de terre, et des taros, presque immergés dans des
bassins remplis par une eau courante.

Des pêchers, des orangers et divers arbres fruitiers récemment
importés, soit d'Europe, soit d'Australie ou des pays tropicaux, ma-
riaient agréablement leurs feuillages dans une vaste pépinière d'acclimatation créée par les Pères.

Du jardin, comme de tout le mamelon, la vue était ravissante,
qu'elle se portât sur les pentes boisées du mont Coghi, couvert de
hautes futaies, exploitées pour les besoins de la marine, soit qu'elle
se reposât sur l'immense prairie ondulée, dans laquelle paissaient
en liberté de grands troupeaux de bœufs et de chevaux, ou sur
l'anse paisible qui, par une large échancrure, s'avance, encadrée de
verdure, presque jusqu'au bas du jardin.

Abritée par les rochers du côté du large et baignée de lumière, la surface de ce lac intérieur, que plissait à peine le souffle de la brise, présentait l'aspect le plus vivant.

Des pirogues de pêche la sillonnaient dans tous les sens, des femmes et des enfants, armés de tridents ou de crochets, en fouillaient toutes les anfractuosités, et la carcasse d'une corvette en construction, posée sur ses étais, retentissait sous les coups de haches ou de maillets d'une vingtaine de charpentiers, dirigés dans leurs travaux par un missionnaire, aussi humble que savant qui, sorti de l'école polytechnique, avait rempli avec distinction pendant plusieurs années les fonctions d'ingénieur naval avant de quitter l'uniforme pour prendre la soutane du prêtre.

Chacun des missionnaires avait, du reste, ses fonctions spéciales : celui-ci était ingénieur, un second Père, directeur de la scierie hydraulique, mue par un torrent descendant du Coghi, et où les troncs d'arbres se débitaient en planches, dont la vente, à Nouméa, est toujours assurée, et le troisième, le Père Louis, surveillant de la fabrique d'huile de palme, établie un peu plus bas sur les bords du même ruisseau.

Les deux Sœurs n'avaient pas moins d'occupation; l'une, en dehors du temps que lui prenait l'école, avait à surveiller les ruches, la distillation des fleurs, la fabrication des cierges; l'autre s'occupait particulièrement de la chapelle, de la lingerie, de l'hôpital, où fort heureusement les malades sont rares, et de la fromagerie, devenue un département très-important.

C'était la sœur Noémi qui se trouvait en ce moment à la tête de cette partie du travail, et elle avouait ingénuement à Louise que, se trouvant écrasée sous le poids de cette lourde tâche, elle serait bien heureuse de trouver quelqu'un de capable de l'aider.

— Je ne demanderais pas mieux, chère Sœur, répondit l'ouvrière, seulement, si j'avais à vous remplacer à la fromagerie je serais plu que novice.

— Quand je suis arrivée ici, j'étais comme vous, reprit Sœur Noémi, mais avec un peu de bonne volonté il est facile de se mettre bien vite au courant. D'ailleurs, si je trouvais quelqu'un pour diriger la lingerie, j'aurais assez de temps pour continuer à m'occuper de notre laiterie.

— Avec les costumes que portent les Canaques, les travaux de lingerie doivent être bien simplifiés? remarqua l'ouvrière.

— Oui et non, ma chère dame; oui, si vous voulez parler des articles qu'en France on appelle la confection; mais non, s'il est question du travail en lui-même, car ils comprennent, non pas seulement la coupe et la couture des étoffes, ou même leur fabrication, mais la confection des chapeaux et des chaussures, soit en cordes, soit en cuir; le blanchissage et le repassage des linges, la broderie des ornements d'église, en un mot tout ce qui touche aux vêtements.

— Je n'ai jamais reculé devant l'ouvrage, et je crois qu'en commençant sous votre direction, il me serait possible de m'en tirer.

— Avez-vous travaillé à Paris?

— Oui, ma Sœur, pendant quelques années.

— Vous n'en êtes pas cependant?

— Je suis de Mareuil, en Périgord, une petite ville que le R. P. Louis connaît bien et dont son excellent oncle est curé.

— En effet, je me souviens de l'en avoir entendu parler.

— Il est mon compatriote.

— Je vous en félicite, c'est un digne et saint prêtre. Le Père Ferrier, notre doyen et le chef spirituel de la Mission, est Français aussi, mais d'un département fort éloigné; quand il est arrivé ici, toute une famille de pêcheurs, des environs de Morlaix, sa patrie, l'a suivi et est venue se fixer au fond de l'anse de la Mission.

— Comme colons?

— Ils en avaient l'intention, mais ils étaient nés pêcheurs et ils sont restés pêcheurs. Si vous vous établissez ici, ce sera une compagnie pour vous; ce sont de très-honnêtes gens, ayant des enfants qui déjà vont à la mer et portent le costume breton, comme s'ils n'avaient pas quitté la France.

— Croyez-vous, ma Sœur, que je puisse voir le P. Louis, aujour-d'hui?

— Il n'y a pas le moindre doute; c'est lui qui précisément fait le catéchisme à trois heures, il est de semaine et ne peut tarder d'ar-river.

— Dieu fasse qu'il puisse prendre mon mari à la Mission.

— Cela ne dépend pas directement de lui, reprit la sœur Noémi; mais je sais que sa recommandation est toute-puissante auprès du P. Ferrier.

— Mon mari a été maçon, on pourrait l'employer aux construc-tions ou, si l'on préfère, comme ouvrier, soit à la scierie, soit à la fabrique d'huile de coco.

— Je ne demanderais pas mieux, puisque cela vous accommode, mais je ne puis rien, ou du moins bien peu de chose; du reste, voici le P. Louis qui revient, si vous voulez lui parler, je me chargerai de votre fille et d'Aïka, à moins toutefois que vous ne préfériez la garder avec vous.

— Puisque vous avez cette bonté, je préfère m'entretenir seule avec le bon Père.

Germaine était habituée au costume des religieuses; elle suivit volontiers la Mère Léonie, qui conduisit les deux amies à la laiterie, pour leur montrer la manière dont se bat le beurre et se confec-tionne le fromage.

Le Père Louis avait reconnu Louise; il vint au-devant d'elle, avec un sourire bienveillant, et lui demanda si enfin elle avait retrouvé son mari?

L'ouvrière lui raconta sa visite à la presqu'île Ducos, sans lui rien dissimuler des incidents du voyage et de la répugnance de Vincent à passer sur la Grande-Terre.

— Et malgré cela, vous croyez pouvoir le faire revenir auprès de vous? demanda le prêtre.

— Monsieur Goblet m'assure que rien n'est plus facile que de le forcer à quitter le cantonnement.

— Il vaudrait mieux qu'il vînt de son propre gré.

— Assurément, mais d'un autre côté il se perd dans la compagnie de Beslier et les autres Compagnons du Désespoir, un ramassis de vrais bandits.

— Mais lui-même dans quelles dispositions est-il?

— Toujours le même, répondit la pauvre femme en baissant la tête, bon dans le fonds, mais mauvais par vanité autant que par faiblesse.

— Et peu disposé sans doute en ce moment à se rapprocher des prêtres?

— C'est vrai; mais il serait bientôt habitué.

Le P. Louis secoua la tête.

— Non, dit-il, brusquer une pareille nature serait révolter son orgueil et perdre celui que vous voulez sauver. Je suis d'avis de procéder avec plus de prudence et de ménagement; il est indispensable, comme vous le dites, vu son entourage actuel, de le faire sortir, fût-ce de force, de Numbo, mais non pas pour le faire venir ici.

— Mon Dieu! que dites-vous-là, mon Père, la Mission ne serait-elle pas pour lui le séjour le plus profitable?

— Plus tard, je ne prétends pas le contraire, mais il faut que lui-même désire y venir, et non pas comme un prisonnier que les gendarmes conduisent pieds et poings liés à un convertisseur patenté. Il nous prendrait en horreur et qui déteste les ministres d'une religion est bien près de détester la religion elle-même. Evitons les transitions trop brusques, souvent elles sont mortelles. Nous avons non loin d'ici des concessions importantes faites à des particuliers qui emploient un grand nombre de bras et où il lui sera facile de se faire recevoir comme ouvrier.

— On m'a parlé aussi de la ferme-modèle du gouvernement à Yaoué, tout près du Pont-des-Français.

— Ce n'est pas encore ce que je conseillerais et cela pour deux motifs, d'abord le régime y est beaucoup plus dur que dans les établissements dont je parle, la paie moins élevée et, ce qui est encore pis, la ferme étant très-près de Nouméa et souvent visitée, il serait difficile que la présence de Vincent en ce lieu ne fût bien vite connue des déportés de Numbo qui, ou trouveraient moyen de se venger de ce qu'ils appelleraient sa trahison, ou à l'aide des intelligences qu'ils ont dans le personnel des ouvriers, ne manqueraient pas de l'entourer de leurs obsessions, continueraient à le dominer, et finiraient peut-être par lui faire faire quelque coup de tête, dont il ne tarderait pas à être cruellement puni, sans que désormais il fût en notre pouvoir de venir à son aide.

— Les établissements dont vous parlez sont-ils éloignés d'ici, demanda Louise, qui voyait crouler pièce par pièce tout l'échafaudage de ses espérances.

— La première station touche la nôtre, répondit le Père Louis, et facilement nous pourrons y aller et en revenir dans notre chaloupe avant la nuit, je vous y accompagnerai volontiers et rien ne s'oppose à ce que Germaine et cette jeune fille qui vous a servi de guide jusqu'ici nous accompagnent, mais d'avance je dois vous dire qu'il est à craindre que nous n'y trouvions pas ce que nous cherchons, nous essaierons cependant, car il ne serait pas possible de faire l'autre excursion beaucoup plus longue et plus pénible qui nous prendra au moins deux jours.

— Deux jours ; mais c'est donc au bout de l'île.

A vol d'oiseau, il n'y a peut-être pas dix kilomètres, seulement nous ne pouvons y aller qu'à cheval et encore nous faudra-t-il prendre un guide pour ne pas nous égarer dans la brousse.

— Ne pourrait-on pas se servir de la pirogue?

— Impossible, car alors il serait nécessaire de faire tout le tour de la presqu'île de Nouméa, doubler l'île de Nou, la pointe Ducos, puis remonter la rivière Dumbéa jusqu'au pied de la chaîne du Coghi, tandis que d'ici nous n'avons qu'à traverser la plaine de la Mission, gravir la montagne et la redescendre, c'est-à-dire faire dix ou douze kilomètres à peu près au lieu de plus de soixante.

— Germaine ne pourra jamais faire ce trajet.

— Ce serait en effet très-fatigant pour elle, aussi la laisserons-nous ici.

— La laisser deux jours seule, moi qui ne m'en suis jamais séparée, ce n'est pas possible.

— Elle ne sera pas seule, la Sœur Noémie aura la charité de s'en charger, et Aïka lui tiendra compagnie.

L'ouvrière poussa un profond soupir, abandonner sa fille lui paraissait presque une trahison. Elle comprenait en même temps qu'il était de son devoir de ne pas se laisser aller à de semblables appréhensions, et qu'il serait plus que ridicule après avoir fait, pour sauver son mari, un voyage aussi long que celui de France en Nouvelle-Calédonie, de renoncer à atteindre le but poursuivi alors qu'elle le touchait presque.

— Etes-vous bien certain qu'ici, au milieu de ces sauvages, Germaine ne courra aucun danger? demanda-t-elle timidement.

— Ces sauvages, comme vous les appelez, sont aujourd'hui d'excellents catholiques et ne ressemblent en rien à leurs ancêtres les anthropophages, ni même à ce qu'étaient leurs pères avant de s'être convertis et d'avoir souffert la persécution à Pouébo. D'ailleurs, soyez sans crainte, Sœur Noémie ne la perdra pas de vue, et la diversité des travaux que surveille la bonne Sœur sera pour sa petite protégée une distraction constante qui ne lui donnera pas le temps de s'ennuyer. Le seul inconvénient que présenterait ce projet, serait que Gondou eût fixé à sa fille un temps trop limité pour qu'il fût possible à celle-ci d'attendre votre retour à la Mission.

— Gondou n'a point parlé de terme, je crois; du reste, je pourrai le demander à Aïka.

— C'est cela, pendant ce temps je vais de mon côté prier le R. P. Ferrier de m'accorder l'autorisation nécessaire pour vous accompagner et, quoique nous ayons plus de travail que nous ne puissions en faire, je ne doute pas qu'il n'accueille une demande qui a pour but de ramener au bien un condamné et de venir au secours de sa famille.

Ainsi que l'avait prévu le bon missionnaire, la faveur demandée pour d'aussi bons motifs fut bien vite accordée, et Aïka ayant répondu que son père ne lui avait fixé aucune limite pour son excursion, il ne resta plus qu'à descendre jusqu'au rivage où déjà deux serviteurs canaques, Eustache et Pedro, avaient préparé la pirogue et bordé la voile triangulaire ou plutôt la natte en fibres de palmiers qui, peut-être beaucoup moins élégante que la belle toile blanche d'un canot major, résiste beaucoup mieux aux coups de vents qui, tombant tout-à-coup sur les embarcations, peuvent les désemparer ou les faire chavirer si elles ne sont pas appropriées à ce genre de navigation côtière.

Il est vrai de dire que ce jour-là rien ne pouvait faire présager un grain, et qu'au lieu d'être un sujet de crainte pour les voyageurs, un nuage qui aurait intercepté les rayons du soleil très-ardent à cette heure et dans cette saison, aurait été pour eux un rideau des plus utiles.

Un troisième canaque, le vieux Mungo, celui-ci n'avait pas voulu au baptême renoncer à un nom sous lequel il s'était illustré à Pouébo, accompagnait le Père Louis, et portait sur ses épaules un énorme paquet, enveloppé dans une étoffe brunâtre et feutrée, qu'il déposa avec précaution au fond du canot dans lequel il entra ensuite avec son ami Ti-o-Ti, chien à tout faire, mélange d'épagneul et de griffon, fort laid, mais fort original, dont le sauvage utilisait les talents, tant pour la garde des troupeaux que pour la chasse et la surveillance de la maison.

Mungo n'était guère plus beau que son chien, ses cheveux crépus

et gris, en donnant à sa tête la forme d'une grosse boule, ses petits
yeux et ses lèvres pendantes qui laissaient voir une formidable den-
ture, ses bras nus couverts de cicatrices, et une longue balafre qui,
d'une oreille au coin de la bouche, avait formé un bourrelet rugueux,
lui donnaient un aspect de férocité qui, tout d'abord, fut loin d'é-
veiller les sympathies de Germaine.

Au fond c'était cependant un excellent cœur, un esprit intelligent
et plein de ressources, un bon chrétien, que de longs services et un
dévouement à toute épreuve, avaient rendu l'homme de confiance de
la Mission.

— Qu'emportes-tu donc là, Mungo, lui demanda le missionnaire ?

— Filets pour pêcher, fusils pour tuer perroquets, tente pour se
couvrir, répondit le Canaque en s'asseyant au gouvernail, sa courte
pipe entre les lèvres.

Les deux autres prirent leurs pagaies, larges rames en bois de
fer dont le plat, taillé en forme de cœur, ressemble plus à une pelle
qu'à un aviron.

Un moment se passa, employé par les trois femmes à s'installer.

— Mungo est prêt, fit le Canaque, où faut-il aller ?

— A la concession Bérard, répondit le prêtre, en faisant un signe
de croix que répétèrent toutes les personnes qui se trouvaient dans
l'embarcation.

Le pilote appuya sur la longue rame qui tient lieu de gouvernail
et fit entendre un sifflement.

La pirogue, enlevée par les rameurs, s'éloigna aussitôt du rivage.

Pas un souffle d'air ne gonflait la voile, on eût dit que l'embarcation ouvrait son sillon dans une mer d'huile ; mais quand elle fut
sortie de l'anse de la Mission, les vents du large se faisant sentir, la
natte se tendit soudainement et la pirogue, s'inclinant sur le flanc,

glissa rapidement sur les flots en s'éloignant de la terre qui, en cet endroit, se creuse profondément pour former l'anse du Charbon. Bientôt les voyageurs en eurent doublé l'extrême pointe, et changeant de route elle se rapprocha du rivage pour le côtoyer jusqu'à la concession.

Le Père Louis avait fini son bréviaire et faisait à Louise les honneurs de la plaine qui, entre le pied du mont d'Or et la mer, forme une longue bande de terrain légèrement inclinée vers la mer, et couverte de prairies sillonnées par de nombreux ruisseaux, dont les eaux, descendant en cascades des flancs abruptes de la montagne, entretiennent en ces lieux une opulente verdure.

Au-delà de ce ruban de velours dru et serré que piquaient çà et là, comme des points fauves, semés à l'aventure, des bœufs noirs ou roux broutant le succulent feuillage des magnagnas, le missionnaire montra à l'ouvrière les premières pentes de la montagne sur lesquelles s'étageaient, comme les gradins d'un cirque, les banquettes établies pour la culture des taros. Depuis longtemps, cette culture abandonnée avait cédé la place aux herbes envahissantes qui, remplissant les bassins à demi desséchés, retombaient par-dessus leurs bords comme les festons d'une draperie.

— Il est singulier, remarqua Louise, qu'on n'aperçoive aucune case dans cette plaine autre que la station qui couronne le monticule, car évidemment d'après les grands travaux qui ont été faits par les naturels, elle a dû être peuplée il n'y a que quelques années.

— Si nous serrions la côte de plus près, vous verriez en effet des traces d'habitations ; le fer et le feu les ont fait disparaître, cette plage a été récemment le théâtre d'un drame sanglant, répondit le Père Louis.

— Quoi ! cet endroit si calme en apparence, qu'on dirait avoir été créé pour être l'asile de la paix.

— Rien n'est trompeur comme les apparences et, quoique bien nouveau à Saint-Louis, j'ai déjà eu l'occasion d'entendre raconter bien des fois ce terrible épisode de notre colonisation.

Ces paroles du missionnaire ne pouvaient pas manquer d'exciter la curiosité de l'émigrante et, sans trop se faire prier, le missionnaire la satisfit à peu près en ces termes :

M. Bérard, sous-commissaire de la marine, avait eu occasion de visiter le mont d'Or où une escouade de marins abattaient alors les bois de construction ; la richesse du sol au pied de la montagne et le charme du paysage le séduisirent, il acheta au gouvernement une partie de la plaine, donna sa démission, et vint demeurer le premier, parmi les Européens, sur cette partie du rivage où il se proposait d'établir une sucrerie tout auprès d'un village canaque, situé sur les bords du Bulori, charmant ruisseau dont cette ligne de palmiers dessine le cours à gauche de la montagne.

Les travaux, menés avec vigueur par dix travailleurs blancs, commençaient à donner à la plaine une physionomie animée, pleine de promesse pour l'avenir, les cannes à sucre poussaient admirablement sur ce sol vierge et M. Bérard, parcourant avec sa fille ses champs où déjà verdissait une opulente moisson, pouvait se croire à la veille de réaliser ses projets, quand un événement, aussi terrible qu'imprévu, vint changer en deuil profond et en misère cette aisance acquise par le travail.

Un matin que le nouveau colon qui, jusques-là, n'avait eu avec les Canaques du voisinage que d'excellents rapports, venait de se rendre aux champs après avoir envoyé sa fille, par un hasard providentiel, à Nouméa, alors appelé Port-de-France, des hurlements terribles se firent entendre, et du sein des buissons bondirent, comme des tigres, des guerriers nus, le visage noirci, brandissant des haches et des zagaies.

Avant que l'on eût pu deviner leurs intentions, ces démons avaient massacré quatre ou cinq ouvriers blancs ; les autres épouvantés et sans armes purent se réfugier dans une case voisine.

Malheureusement, dans cette case construite en roseaux, il n'y avait pas une seule arme à feu, et le chef des assassins, nommé Gandio , était un de ces féroces guerriers dont il n'y a à espérer ni trève ni merci.

Bérard ne pouvait donc pas se faire illusion , c'était un homme d'un grand courage; impuissant à sauver sa vie et celle de ses compagnons , il résolut au moins de la vendre le plus chèrement possible, et il ne lui fut pas difficile de faire partager sa détermination à ses compagnons.

Faute de mieux , ils s'armèrent donc de pierres et de bâtons, brisèrent devant la porte quelques bouteilles dont les éclats pouvaient, en blessant les pieds nus des assaillants , arrêter leur impétuosité , puis attendirent l'attaque.

Un moment les sauvages hésitèrent , ils craignaient que les étrangers n'eussent des armes à feu , et se tenaient prudemment à distance, cachés derrière les arbres.

Le silence prolongé des assiégés les enhardit, ils lancèrent d'abord leurs zagaies de loin , puis voyant qu'aucune détonation ne se faisait entendre , ils devinèrent la vérité et s'élancèrent tous à la fois avec des rugissements de triomphe.

Sous cette avalanche humaine la porte fut enfoncée, et la mêlée commença sanglante et terrible. Quelques sauvages furent blessés, mais pas un des malheureux français n'eut la vie sauve, et les cannibales , après leur avoir brisé le crâne avec leurs haches ou leurs tomawals, incendièrent les cases, ravagèrent les plantations , et ne se retirèrent qu'après avoir tout détruit, en emportant les cadavres des victimes réservés pour un odieux festin.

Seul échappé au massacre , un malheureux qui avait eu la chance de se blottir dans un buisson, au lieu de s'enfermer dans la hutte, vint , à demi-fou de terreur , rapporter à Port-de-France la nouvelle de cet abominable guet-à-pens.

Les autorités françaises résolurent aussitôt de tirer de cet attentat une punition exemplaire ; des chaloupes armées en guerre débarquérent à l'embouchure du Bulori une compagnie d'infanterie de marine qui, remontant ses bords, ravagea les plantations, coupa les cocotiers et incendia le village de Candio.

Pour le moment ce fut tout ; les sauvages avaient fui dans la montagne où il était impossible de les poursuivre et pas un des meurtriers ne fût atteint. Il fallut pour s'emparer du chef ennemi employer la trahison ; d'autres chefs se laissèrent corrompre et le livrèrent ; on le fusilla sur le théâtre du massacre, mais pendant de longues années aucun autre colon n'osa venir s'établir sur ce rivage, et ce n'est qu'il y a deux ans à peine, qu'un nouveau concessionnaire, celui chez lequel nous nous rendons, fit construire dans la plaine, aujourd'hui parfaitement sûre, l'habitation que vous voyez au haut de ce mamelon.

— Comment se nomme le nouveau propriétaire ?

— Majastre, c'est un homme plein de courage et d'énergie, un vrai colon qui ne craint pas de mettre la main à l'œuvre et qui, Dieu aidant, réussira.

Comme s'il eut attendu la fin du récit, Mungo fit en ce moment évoluer sa pirogue et piqua droit sur un petit port, au fond duquel une barque, attachée à un pieux solidement fiché en terre, dansait doucement sur la vague.

Les voyageurs mirent pied à terre et se dirigèrent vers une colline, au sommet de laquelle s'élevait la nouvelle habitation.

Déjà ils en gravissaient la rampe par un chemin plus large qu'uni, quand un dogue qui, fort heureusement était à la chaîne, annonça leur approche par des aboiements furieux, et presque aussitôt un blanc, vêtu d'un pantalon de toile et d'une chemise bleue, parut sur la porte, un gros bâton à la main.

A la vue du missionnaire, il ôta son large chapeau de paille, fit taire le chien et s'avança à grandes enjambées en criant d'une voix de stentor :

— Bonjour, révérend Père, soyez le bienvenu.

— Bonjour, M. Majastre, répondit le prêtre en lui tendant la main que le colon secoua avec emportement, je craignais de ne pas vous trouver.

— J'arrive au contraire, tonnerre de... il s'arrêta aussitôt et se reprenant : c'est l'heure du dîner, vous ne pouviez pas venir plus à propos, entrez je vous en prie, et ma foi nous souperons ensemble à la fortune du pot.

CHAPITRE II

Les colons de la Nouvelle-Calédonie

Certes, elle n'était pas luxueuse la maison du colon, avec ses murs à peine crépis au dehors et blanchis à la chaux en dedans; ses meubles primitifs, sa grande table de bois blanc, entourée de bancs à peine dégrossis, ses quelques chaises de paille et son coucou appendu au mur en vis-à-vis d'une cheminée dont la garniture consistait en un pot à tabac et une douzaine de pipes alignées sous deux lourdes carabines posées sur des crochets.

Malgré cela, il y avait quelque chose de gai dans l'atmosphère que l'on respirait en entrant dans cette salle à manger ouverte à tout venant; était-ce le charmant paysage qui s'encadrait dans la fenêtre entr'ouverte, la propreté de la nappe et des assiettes, ou le parfum de grillades et de soupe aux choux, arrivant par bouffées de la cuisine, où l'on entendait la voix d'une mère parlant à des enfants, qui produisaient cet effet, ou bien la franche hospitalité de M. Majastre, sa physionomie intelligente et ouverte disposaient-elles à l'indulgence les visiteurs arrivant chez lui?

Probablement, il y avait de ceci et de cela.

— Marie, cria-t-il, en entrant, de sa bonne grosse voix : quatre couverts de plus, j'amène des amis.

Marie accourut aussitôt.

C'était une grande fille de douze ans et qui en paraissait quatorze : blonde comme les blés et rose à rendre jalouse une pomme d'api.

Elle salua sans timidité comme sans gaucherie, alla prendre, dans une grande armoire, des assiettes, des verres et des couteaux, serra les rangs autour de la table et disparut aussitôt pour aller aider sa mère.

— Cette charmante enfant est votre fille? demanda le missionnaire au colon.

— Une de mes filles, répondit celui-ci, en riant, et l'aînée.

— Vous avez plusieurs enfants?

— Sept à votre service, monsieur le curé; un garçon qui entre dans ses quinze ans et qui déjà m'aide dans mes travaux, trois autres dont le dernier n'a pas encore cinq ans, et trois filles de douze, huit et six ans.

— Vous les avez tous ici sans doute?

— Tous excepté mon aîné, que j'ai envoyé en Australie, pour étudier l'élevage des moutons.

— A une école? demanda Louise.

— Dans une ferme où il est berger, ma bonne dame; la théorie est une belle chose, mais la pratique vaut mieux, et il est bon qu'un futur colon sache se servir de ses bras comme de son intelligence. Dame, voyez-vous, il ne s'agit pas de poser pour la fierté quand on veut exploiter un domaine où tout est à créer; ma femme est à la fois cuisinière et femme de ménage, Marie et Marguerite commencent à lui aider; moi je suis laboureur, bouvier, scieur de long, chasseur, pêcheur, forgeron, menuisier ou maçon, suivant les circonstances.

— Et vous n'êtes pas le seul à travailler chez vous, à ce que je vois? ajouta le Père Louis.

— Oh! quant à cela, non; car, soit dit sans modestie, ma femme fait encore plus de besogne que moi. Ce n'est pas peu de chose, voyez-vous, de faire la cuisine pour vingt personnes, de laver, blanchir, raccommoder le linge, diriger une fromagerie, s'occuper du jardin. A ce métier-là la nuit vient vite, quoique la journée soit commencée de bonne heure , c'est comme sous les tropiques , elle arrive tout-à-coup.

— Vous avez donc aussi voyagé sous les tropiques?

— Moi, mais où ne suis-je pas allé? J'ai hiverné dans les glaces du pôle, où je me suis battu contre les ours, et exploré les forêts vierges de Bornéo pour y chasser le tigre et les autres bêtes fauves. J'ai même, un jour, pris parti pour une panthère, qu'un caïman avait saisi par une jambe et entraînait vers un marais pour l'y noyer; la pauvre bête poussait de tels gémissements que, foi de chasseur, je me laissai attendrir, et qu'au lieu de laisser le monstre profiter de sa bonne aubaine, j'envoyai dans l'œil, à cet affreux lézard, qui pouvait bien avoir 10 mètres de long, une balle qui lui fit lâcher prise. Je ne sais pas si la panthère m'en eut de la reconnaissance, mais le fait est qu'elle s'éloigna sur trois jambes, sans même faire mine de m'attaquer.

— Vraiment, il n'aurait plus manqué que cela, s'écria Louise.

— Peuh! fit le colon, il est probable que si la panthère eût été un homme, je ne m'en serais pas tiré à si bon marché, surtout s'il eût été mon ennemi, car rien n'est dangereux comme de rendre service à un rival, souvent même à un ami.

— Cela vous est pourtant arrivé plus d'une fois, monsieur Majastre, fit le prêtre, en souriant, témoin le jour où.....

— Oui; quelquefois, par bêtise, reprit le Français, brusquement, mais non pas sans avoir sujet de m'en repentir, j'en sais quelque chose.

— Ce qui ne vous a pas empêché de recommencer ensuite.

— Eh! que voulez-vous? c'est affaire d'habitude; qui a bu boira, comme dit le proverbe. D'ailleurs, ce n'est pas à moi à vous l'apprendre, messieurs les missionnaires, et si le P. Rougeyron a failli être dévoré par les cannibales de Pouébo, c'est uniquement parce qu'il leur avait fait trop de bien.

En ce moment, un grincement de poulies se fit entendre, la cage de bois de la pendule s'ouvrit avec fracas et le coucou, s'élançant au dehors, répéta six fois son cri si connu.

— Peste! voici qu'en bavardant comme une vieille femme, j'oublie l'heure du repas, s'écria le colon qui, décrochant aussitôt un de ces lourds coquillages appelés casques de Madagascar ou conque marine, le porta à ses lèvres, et ouvrant la fenêtre, poussa deux ou trois beuglements, plus puissants que ceux d'un taureau.

Le son lointain des cornets, disséminés dans la plaine, répondit à cet appel, et, l'instant d'après, une robuste servante canaque, ouvrant la porte de la salle à manger, vint déposer au milieu de la table une immense platée de soupe aux choux, sur laquelle tremblait un volumineux morceau de lard, dont la savoureuse odeur embauma toute la pièce.

Un quartier de mouton, bouilli avec des ignames, et une pyramide de tongas, espèce de haricots du pays, fumants dans un immense plat, flanquèrent bientôt le substantiel potage.

— Voici tout ce que j'ai à vous offrir, avec quelques fruits, une salade et peut-être un plat de poissons frits, si les enfants ont été heureux à la pêche, dit M. Majastre; la qualité cède à la quantité, mais il faut des mets de résistance pour des estomacs de travailleurs, et si les sucreries sont agréables quelquefois, elles ne remplaceraient pas notre régime habituel.

L'arrivée de Mme Majastre, accompagnée de ses trois filles, ne permit pas au missionnaire de répondre, et il s'avança au-devant de la femme du colon pour la saluer.

Vêtue très-simplement, mais en même temps très-proprement, celle-ci ne répondait pas du tout à l'idée que Louise s'était faite de a compagne du fermier.

Blonde comme une Alsacienne et plutôt frêle que robuste, elle avait de petits pieds et de petites mains, des traits fins, réguliers et délicats, un teint d'une blancheur incroyable à rendre jalouse une Parisienne, rien enfin dans toute sa physionomie qui indiquât une personne occupée aux rudes travaux des champs.

Elle s'excusa avec une grâce charmante d'avoir été surprise ainsi, juste au moment de se mettre à table, s'informa de la santé des Pères de la Mission, passa sa main dans l'opulente chevelure de Germaine et, sans demander à Louise qui elle était, ni pourquoi elle venait, sut trouver quelques mots aimables à son adresse.

Presque en même temps, les ouvriers de la ferme entrèrent.

Il y en avait une dizaine de blancs; deux ou trois seulement appartenaient à la race néo-calédonienne.

Leurs places étaient marquées; ils se rangèrent autour de la table, dont les maîtres et leurs hôtes occupèrent le haut bout. Puis, quand le P. Louis eut donné sa bénédiction, tous s'assirent et le repas commença, sans que l'on parût s'apercevoir de l'absence des trois petits pêcheurs, qui n'arrivèrent qu'après que la soupe aux choux eût été enlevée.

Encore ne purent-ils pas prendre place tout de suite, ils apportaient un grand panier de poissons et des coquillages, qu'ils allèrent déposer dans la cuisine, se débarbouillèrent de leur mieux et, après avoir salué timidement les étrangers, s'assirent à leur rang.

Le Père Louis fit l'observation qu'ils n'avaient pas eu leur part de choux.

— Tant pis pour les retardataires, répondit M. Majastre; une autre fois ils n'auront qu'à se trouver ici à l'heure; il est bon qu'ils apprennent l'exactitude à leurs dépens.

Les enfants baissèrent la tête sans réclamer, et plus honteux que satisfaits de l'attention que leur accordait le missionnaire.

Les ouvriers, de leur côté, buvaient et mangeaient en échangeant presque à voix basse, quelques rares paroles, en gens qui savent

que le temps est précieux et qu'avec un maître comme le leur on
ne se joue pas de la discipline.

Lorsque le repas fut terminé et les ouvriers retournés à leur travail, la conversation devint plus intime, et après s'être assuré auprès de Louise que le régime de la ferme n'effraierait pas Vincent,
l'abbé Louis profita d'une visite au jardin, faite par Mme Majastre,
en compagnie de l'ouvrière, pour demander au propriétaire de la
concession s'il ne serait pas disposé à engager deux personnes de
plus dans l'exploitation.

— Pour le moment, j'aurais besoin d'une femme intelligente et
entendue, répondit celui-ci; mais, quant à un homme, il me serait
impossible de m'en charger pour cette année; mes gros travaux
touchent à leur fin, et d'ici à peu de temps, je compte congédier la
moitié de mes blancs, pour n'employer que des Canaques, comme
pâtres ou bûcherons.

— Cependant, puisque vous avez l'intention d'établir une sucrerie, des blancs vous seront bien nécessaires.

— C'est vrai, dans deux ans, et alors il m'en faudra, non pas un,
mais dix ou vingt peut-être; seulement jusque-là, je ne saurais à
quoi les occuper. Si donc vous avez une femme à me recommander,
je ne demande pas mieux que.....

— C'est celle qui a dîné avec nous.

— Elle a, en effet, une physionomie qui me convient, et je suis
persuadé que ma femme s'en accommoderait parfaitement.

— Ce serait, en effet, une excellente acquisition, seulement.....

— Seulement elle a une fille. Eh bien! passe pour la fille.

— Elle a aussi un mari.

— Alors, impossible, fit le colon, en secouant la tête.

Le Père Louis comprit qu'il serait inutile d'insister.

— C'est un malheureux déporté que, plus encore dans l'intérêt
de son âme que dans celui de son corps, je voudrais arracher à la
société dans laquelle il se trouve obligé de vivre et qui, j'en ai la

conviction, redeviendrait facilement honnête; il eût été ici mieux que partout ailleurs; à présent, je ne sais où le proposer.

— Chez les Joubert, nos voisins.

— J'y avais pensé, mais ils ont déjà tant d'employés.

— Leur exploitation est en pleine activité, et ils ne cherchent que des bras; chez eux, vous êtes sûr de placer votre protégé.

— Qu'est-ce donc que ce bruit de sonnettes?

— Les sonnailles des vaches qui reviennent se faire traire; j'en ai une vingtaine; je vais vous montrer cela.

— Merci, il est trop tard; la nuit sera venue dans deux heures, et nous avons juste le temps de nous retirer.

— A condition que le mont d'Or n'y mette pas obstacle; regardez sa coiffure.

— Ce n'est qu'un brouillard.

— Ne vous y fiez pas; je n'aime pas cette couleur rouge, c'est signe de vent.

— Nous en serons quittes pour pagayer; nous sommes attendus, et je tiens à partir de la Mission demain de grand matin.

— Alors, je ne vous retiens pas; partez vite, si vous ne préférez pas, comme je vous le conseille, ne pas partir du tout. Combien avez-vous de rameurs?

— Deux et Mungo à la barre.

— Ce n'est pas assez; je vais vous en prêter deux autres.

— Pensez-vous que ce soit nécessaire?

— J'espère que non; mais c'est au moins prudent.

— Alors, j'accepte.

Un bouvier passait par là, M. Majastre l'appela et lui donna ses instructions.

Le Canaque regarda la montagne, d'un air indécis, secoua les épaules et courut à sa case.

Le colon, sa femme et leurs hôtes descendirent alors vers la mer: elle était calme et unie comme une glace.

III. 2.

— Penses-tu que nous ayons un orage à craindre? demanda le P.
Louis à Mungo.

— Dieu est le maître, répondit le noir.

— Crois-tu qu'il y ait du danger?

— Le pire serait de ne pas arriver.

— M. Majastre nous prête deux rameurs.

— Alors, partons vite.

Les adieux furent bientôt faits; Mungo largua l'amarre, fit un
signe de croix et la pirogue s'éloigna, coupant au plus court.

— Avez-vous parlé au colon? demanda Louise au missionnaire,
que jusque-là elle n'avait pas eu le temps d'interroger.

— Il n'y a rien à faire ici, pour le moment, répondit-il.

— Tant pis; cette famille me semble composée de bien honnêtes
gens.

— Avec M. Joubert nous serons plus heureux.

— Qu'est-ce que ce monsieur?

— Un compatriote, homme aussi actif qu'intelligent qui, depuis
longtemps, faisait le négoce en Océanie, quand la France prit possession de la Nouvelle-Calédonie. Arrivé ici l'un des premiers, il y
obtint une concession de 4,000 hectares comprise entre le Pont-des-
Français, la Dumbéa et la chaîne des Coghi.

— Quatre mille hectares! Ce n'est pas une propriété, c'est un département.

— Pas tout-à-fait, mais c'est en effet un domaine immense; aussi
l'a-t-il divisé en deux stations, l'une, nommée Koutio-Kouéta, destinée à l'élevage des bœufs et des chevaux, qui paissent en liberté,
par centaines, sur les bords herbeux de la Dumbéa et de la Sého;
l'autre, appelée Koé, ferme-modèle avec habitation, sur un petit
plateau dominant une plaine parfaitement arrosée et déjà plantée
en cannes à sucre. L'intention du propriétaire est d'y établir une vaste
sucrerie, dont l'usine, mue par une puissante chute d'eau, sera di-
rigée par le second fils de M. Joubert, jeune homme rempli d'intel-

ligence et qui a étudié, pendant plusieurs années, l'industrie su-
crière à l'île Maurice.

— Ce serait bien l'affaire de Vincent; pensez-vous que de ce côté.

— Oui, M. Joubert a précisément besoin d'ouvriers en ce moment
et en cherche partout, m'a dit M. Majastre; votre mari pourra y
exercer sa profession de maçon, car il y a toujours des constructions
ou des réparations à faire dans des établissements de ce genre.

— Vois donc, Aïka, comme les poissons sautent autour de nous,
disait en ce moment Germaine, qu'intéressaient fort peu les amélio-
rations agricoles de Koutio-Kouéta ou de Koé; crois-tu qu'il y ait
fête chez eux?

— Non, ma Germaine, ce n'est pas pour s'amuser qu'ils sautent
ainsi, c'est Dieu qui les envoie pour annoncer aux pirogues de rentrer au port; aussi vois comme nous tournons déjà et comme les
marins rament fort.

— Et pourquoi les poissons disent-ils de rentrer? fit l'enfant, tout
étonnée.

— Parce qu'il va faire mauvais temps et qu'à la mer les barques
courraient du danger.

— Un orage, alors, comme j'en ai vu un à bord du *Magenta*,
murmura la petite fille, en se serrant contre sa compagne; tiens, je
me souviens qu'en effet il y avait, une heure avant, un troupeau de
gros poissons noirs, que Timothée appelle des cochons de mer, qui
sautaient, qui sautaient.....

— Tu vois bien, ils vous avertissaient.

— Oui, mais qu'est-ce que cela faisait, nous étions si loin.

— C'est égal, les matelots avaient le temps de serrer les voiles et
de se préparer.

— Alors, tu crois que toutes les fois qu'il va y avoir de l'orage,
Dieu envoie les poissons?

— Toujours.

— Il est bien bon, le bon Dieu!

— Ah! je le crois; il n'oublie jamais les hommes et les avertit du danger.

— Mais, sur la terre, Aïka, les poissons ne peuvent pas venir annoncer l'orage?

— Non. Mais là, il y a d'autres signes; les arbres laissent pendre leurs feuilles, les oiseaux se cachent, les cagous chantent d'une manière effrayante, les poules se roulent dans la poussière, et puis, tout-à-coup, on n'entend plus rien, rien, et cela veut dire : voilà le moment.

A ce mot de voilà le moment, le missionnaire leva la tête.

— Le moment de quoi? fit-il.

Mais il n'attendit pas la réponse pour comprendre ce dont il s'agissait.

La mer, plombée et sinistre, semblait affaissée sur elle-même, de tous les côtés de l'horizon montaient des nuages noirs, menaçants, roulant lourdement, comme des montagnes poussées par la main d'un géant invisible, et rétrécissant de plus en plus le cercle rougeâtre dans lequel passaient, éperdues, de petites nuées grises, semblables à des colonnes de fumée chassées par le vent. Mungo venait de serrer fortement la voile, d'attacher les paquets au fond de la pirogue et s'était rassis au gouvernail, silencieux, les yeux fixés sur la côte, où il cherchait du regard un lieu où il fût possible d'aborder, tandis qu'avec une précision mathématique, les quatre rameurs se courbaient et se relevaient tour à tour, en chantant ou plutôt en psalmodiant un chant canaque, au rythme sourd et monotone.

— Mon Dieu! il va y avoir de l'orage! s'écria Louise, en se rapprochant instinctivement de sa fille.

— Mungo, pourquoi n'abordons-nous pas? demanda l'abbé.

— Les palétuviers, répondit le Canaque, avec son laconisme ordinaire.

On sait que les palétuviers sont des arbres qui s'avancent dans la mer jusqu'à une distance, quelquefois considérable, du rivage, et que leurs troncs, supportés par de longues racines, rayonnant autour d'eux comme les longues pattes de mille araignées, dont les corps se toucheraient presque, forment un inextricable lacis impraticable à tout autre qu'à des sauvages ou à des chasseurs rompus à toutes les difficultés.

En cet endroit de la côte, d'une nature molle et vaseuse, ces palétuviers formaient une barrière impénétrable, une sorte de palissade épaisse et grisâtre qui, à droite et à gauche, ondulait en suivant toutes les sinuosités du rivage.

— La crique où tu veux aborder est-elle loin? continua le Père Louis.

— Tout est loin, en ce moment, grogna le Canaque.

— Espères-tu arriver à temps?

— Peut-être.

En ce moment, du côté de la haute mer, se fit entendre un grondement sourd, qui grossissait à chaque seconde; on eût dit le roulement du tonnerre qui se rapproche.

— Qu'est-ce que cela? demanda Louise au prêtre.

— Le mugissement de la mer sur les récifs; l'orage doit avoir éclaté au large.

— N'y aurait-il pas moyen d'aborder?

— Une fois abordés, nous nous trouverions dans un champ de vase liquide où, arrêtés plus que soutenus par les racines, nous serions exposés aux plus grands dangers de la part des lames. Ici nous n'avons rien à craindre au moins pour le moment; la carrière ne peut pas être longue, la pirogue est solide et nos Canaques excellents matelots.

— Mon Dieu! mon Dieu! ayez pitié de nous! Moi qui croyais que les orages sont si rares à Nouméa.

— Ils sont très-rares, en effet, et c'est à peine s'il y tonne une ou deux fois dans deux ou trois ans; je pense que.....

Les nuages venaient de se réunir, un éclair sillonna le ciel noir comme de l'encre, la foudre éclata avec fracas et une rafale de vent furieux, rasant la mer, sur laquelle elle souleva une poussière d'écume, passa sur la pirogue, qu'elle coucha presque sur le flanc, en faisant craquer sa membrure et brisant net sa vergue, dont les débris pendants faillirent blesser un des rameurs.

Les femmes poussèrent un cri d'effroi.

— Silence! cria Mungo. Bartholomeo, coupe le cordage.

Un des Canaques bondit vers le mât, y grimpa, le couteau aux dents, avec l'agilité d'un singe, scia la corde et fit tomber le bout de vergue, qui emporta avec lui une moitié de la voile.

La pirogue, débarrassée, se redressa, reçut, coup sur coup, trois ou quatre paquets de mer avant de vouloir obéir; puis enfin, pirouettant sur elle-même, présenta sa pointe à la lame et bondit comme un bouchon.

Le vent hurlait avec fureur, les vagues se heurtaient, éclaboussant les passagers et menaçant d'engloutir la frêle embarcation.

— Sainte Mère de Dieu, nous allons périr! répétait Louise, en tenant sa fille serrée dans ses bras; l'eau nous gagne.

— Oh! ce n'est rien, il n'y a qu'à la vider, s'écria Aïka.

Et, s'emparant d'une écope, elle se mit à travailler avec ardeur, tandis que le missionnaire l'aidait de son mieux, mais sans montrer à beaucoup près autant d'habileté.

— Attention! tenez ferme, rugit tout-à-coup le vieux Mungo, se raidissant sur la barre du gouvernail.

L'embarcation doublait en ce moment la pointe et une montagne d'eau s'avançait sur elle en mugissant.

Le choc fut terrible, mais la pirogue résista. Une embarcation européenne aurait infailliblement péri sous cette avalanche; ce qui sauva le canot de la Mission, ce fut précisément le peu de solidité de sa carène, dont les planches, cousues et non pas clouées, conservaient une élasticité relative qui leur permettait de plier sans se rompre.

Inondées par la vague qui, en passant, avait emporté au loin le chapeau de paille de Germaine et failli arracher la pauvre enfant elle-même des bras de sa mère, les trois passagères qui, sur l'ordre de Mungo, s'étaient blotties au fond de la pirogue, avaient de l'eau jusqu'au cou.

Dans cette saison le bain est agréable, et en toute autre circonstance les trois femmes n'eussent probablement fait qu'en rire. En ce moment, personne n'y songeait ; Louise ne pensait qu'à bien tenir sa fille et à prier de toute l'ardeur de son désespoir ; l'abbé Louis, après avoir donné l'absolution à l'équipage, s'occupait avec une ardeur fiévreuse à vider la pirogue, en compagnie d'Aïka.

Les pagayeurs ramaient furieusement, s'accrochant avec leurs jambes à leurs bancs pour ne pas être enlevés ; quant au vieux Mungo qui, par un prodige d'équilibre, se tenait debout à l'arrière et comme soudé à la lourde pagaye qui sert de gouvernail, il était superbe, ruisselant d'eau, moucheté d'écume, mais ferme comme un roc, le cou tendu en avant, l'œil fixe, surveillant chaque vague qui accourait, piquant droit sur elle, la traversant de part en part, et de son cri guttural, dominant le tumulte des éléments, pour avertir à chaque instant ses compagnons du danger.

Pendant dix minutes, dix siècles, cette lutte terrible continua sans faiblir entre l'équipage et les éléments déchaînés.

L'orage s'était déchaîné dans toute sa fureur, les vagues, écrétées par l'ouragan, se ruaient les unes sur les autres avec des hurlements, secouant leur crinière d'écume, se dressant en montagnes ou se creusant en sillons à reflets vitreux, les éclairs se succédant sans interruption, zébraient de lignes de feu le ciel noir plaqué de larges taches d'un rouge brique ou violacé, les longs sifflements de la tempête, le mugissement de la mer, les détonations vibrantes de la foudre se confondaient dans un concert assourdissant.

C'était à la fois un spectacle sublime et terrifiant.

Cachée par un épais brouillard de poussière d'eau, la terre avait disparu, et le canot, courant avec rapidité au milieu des lames ou bondissant dans cette effroyable mêlée, semblait ne pouvoir pas échapper à la destruction, quand tout-à-coup Mungo, poussant un cri perçant, donna, en langue canaque, un ordre bref, d'une into- nation singulière.

Il fallait que cet ordre indiquât, en effet, une résolution désespé- rée, car les pagayeurs eurent un instant d'hésitation.

— Nagez! rugit le pilote.

Les Canaques firent un effort suprême.

Au même moment, Mungo donna un violent coup de gouvernail, le canot pirouetta sur lui-même, disparut sous la vague, remonta à la surface, plongea de nouveau, puis soudain, lancé par une impul- sion formidable, franchit la terrible barre et se trouva dans un étroit bassin, abrité de droite et de gauche par une épaisse digue de palé- tuviers qui, le protégeant contre les coups de mer et la fureur du vent, formaient une crique arrondie, au fond de laquelle le flot, à peine agité, allait doucement mourir sur une plage herbeuse et soli- taire.

En quelques instants, la pirogue fut tirée à terre et les passagers mis en sûreté; mais l'orage n'en continuait pas moins avec furie, le tonnerre et le vent faisaient rag . et ce dernier soufflait avec tant de force que, pour pouvoir avancer au-delà de la ligne des palétu- viers, les Canaques eux-mêmes se virent obligés de ramper sur le sol.

Il va sans dire que de tout l'équipage, il n'y avait pas une seule personne qui ne fût mouillée jusqu'aux os, comme si on l'eût trem- pée dans la mer. Germaine, plus faible que ses compagnons, avait le visage littéralement bleuâtre, ses dents claquaient de froid et la perspective d'une nuit à passer sous une pluie battante, sans abri et sans feu, sur une plage détrempée, offrait pour l'enfant un danger imminent, auquel sa mère se voyait, malgré toutes ses tentatives, incapable de remédier.

Seul, Mungo ne paraissait pas inquiet, c'était l'homme aux ressources, le vrai sauvage, capable de tirer parti de tout et de trouver, contre toute espérance, des ressources dans son cerveau.

Il y avait bien, dans le voisinage, quelques rochers, au pied desquels il eût été possible de se blottir; c'était un faible secours, le Néo-Calédonien trouva mieux. Aidé des Canaques, ses compagnons, il renversa la pirogue, l'étaya du côté opposé au vent, de manière à en faire un toit, qu'il assujettit au moyen de cordes passant par-dessus la quille et attachées à des pieux fixés en terre.

Sous cet abri improvisé les naufragés se trouvaient préservés du vent et de la pluie, le sauvage trouva que ce n'était pas assez; à l'aide des pagayes il creusa dans la terre molle des fossés pour recevoir l'eau et faire égouter le plancher de sa nouvelle case, puis sur le sol asséché, il déroula les couvertures apportées dans un sac de cuir, contenant aussi les fusils, et à l'extrémité de ce tapis parfaitement sec, plaça sur la terre nue deux ou trois pierres plates et prépara un foyer.

Cela fait, profitant d'un moment où la pluie tombait avec moins de fureur, il chargea sur son épaule son sac de cuir et sortit en courant du côté des palétuviers.

— Nous aurons de la peine à allumer du feu, murmura Louise; enfin nous avons un abri pour la nuit et c'est déjà beaucoup; le malheur est que Germaine est trop mouillée pour pouvoir se sécher.

— Il y a un moyen, répondit le missionnaire, ôtez-lui tout ce qu'il sera possible de ses vêtements et roulez-la dans le tapis, elle s'y réchauffera; nous, nous nous arrangerons comme nous pourrons.

Avec l'aide d'Aïka qui, elle, se souciait fort peu de la pluie, la petite robe, les jupes et les bas de Germaine furent suspendus à la voûte de la pirogue, et bientôt l'enfant, enveloppée dans une chaude étoffe et roulée dans sa gaîne, comme une crysalide dans sa coque, reprit ses belles couleurs.

III.   3

Tout était pour le mieux; en attendant le retour du Canaque, on se mit, sous la barque-tente, à causer des aventures de la journée.

— Nous aurions prudemment agi en suivant les conseils de M. Majastre, disait le missionnaire; j'ai eu tort de ne pas m'en rapporter à son expérience.

— Rien ne faisait présager que l'orage fût si près d'éclater, répondit l'ouvrière, surtout dans cette saison, on ne devrait pas s'attendre à des coups de tonnerre qu'on dit si rares dans l'île en tous temps.

— Surtout dans celui-ci, remarqua Aïka; vous oubliez que ce que vous appelez l'hiver est l'été ici, c'est-à-dire la saison des orages et des ouragans de mer.

— Pourquoi app'lez-vous cela un ouragan de mer? il me semble qu'il souffle aussi bien sur terre.

— C'est vrai, reprit le missionnaire; mais Aïka a raison, il arrive de la mer et nos marins le connaissent sous le nom de cyclone.

— Un nom bien singulier.

— Cela signifie tourbillon, et l'île y est très-exposée; ces cyclones ou tourbillons d'air, qui peuvent avoir jusqu'à neuf cent milles de diamètre, prennent naissance aux environs de l'Equateur et, tournant sur eux-mêmes, en s'avançant du sud à l'ouest, viennent précisément passer entre l'Australie et la Nouvelle-Calédonie, pour revenir au sud-est en doublant le nord de la Nouvelle-Zélande.

» Cette trombe immense, douée d'une vitesse énorme aux extrémités de son rayon, présente au contraire un calme complet au centre, en sorte que les navires surpris par elle, après avoir lutté pendant quelques heures contre une tempête furieuse, se trouvent tout-à-coup dans une mer paisible, mais pour être repris bientôt par un nouveau coup de vent, qu'ils ne peuvent éviter où qu'ils aillent, puisqu'ils en sont pour ainsi dire entourés.

» Ainsi, voyez, dans ce moment, la pluie a cessé de tomber et le vent, qui tout à l'heure soulevait la pirogue et l'aurait emportée, si Mungo n'avait pas eu le soin de l'assurer au moyen de cordes, est à peu près nul, mais il reprendra cette nuit avec furie et nous aurons un nouvel assaut à soutenir. Heureusement, nous sommes sur terre, suffisamment abrités, et nous n'avons rien à craindre de sa violence, telle quelquefois, qu'il déracine les arbres les plus forts et que, non-seulement, il arrache et tord les plus grands arbres sur les hauteurs, mais que dans les plaines couvertes il hache et déracine les moissons, détruit en un instant les plantations et enlèverait même les habitations à toits plats si les habitants, avertis par certains signes de l'approche du fléau, ne se précautionnaient contre sa rage, en maintenant leurs maisons au moyen de cordages qui, placés comme les cordes disposées par Mungo et tendues fortement par la pluie, opposent une résistance énorme.

Pendant que les naufragés causaient ainsi entre eux, le Canaque rentra, apportant, dans son sac de cuir, des branches à peu près sèches qu'il avait trouvées dans l'épais fourré, et des touffes de gazon ou de feuilles mortes ramassées avec soin dans le creux des rochers, là où la pluie n'avait pas pénétré; il vida le tout sur l'extrémité du tapis, construisit avec soin un petit bûcher et se fouilla pour chercher des allumettes que, par précaution, il portait enfermées dans un étui de fer-blanc.

L'étui était bien à sa place habituelle; mais par fatalité il s'était ouvert et le phosphore, ramolli par l'humidité, ne présentait plus qu'une pâte incapable de s'enflammer.

Personne autre ne possédait d'allumettes ou de briquet, ce fut un désappointement général, aussi les visages, qu'avait réjouis la vue du foyer si artistement construit, s'allongèrent-ils sensiblement par suite de cette déception qui privait tous les habitants de la pirogue renversée de l'espoir de pouvoir sécher leurs vêtements.

Aïka vint au secours de ses compagnons.

Plus d'une fois la fille du vieux Gondou fugitif avait vu son père et sa mère avoir recours, pour cuire leurs aliments, à un procédé très-simple quoique fort difficile dans l'exécution et, sans hésiter, elle essaya d'en tirer parti.

Après avoir choisi avec le plus grand soin parmi les branches sèches rapportées par Mungo deux fragments de bois, l'un dur et à grains serrés, l'autre au contraire tendre et léger, elle tailla le premier en forme de crayon, posa le second sur le sol, en le maintenant fortement entre ses genoux, et se mit à tracer sur celui-ci, avec la pointe dure de son instrument, un sillon longitudinal, à l'extrémité duquel elle accumulait avec soin la poussière presque impalpable détachée par le frottement.

Louise crut d'abord que ce n'était là qu'un jeu d'enfant, mais en voyant l'intérêt que Mungo et les autres Canaques apportaient à cette opération, elle comprit qu'il s'agissait de quelque chose de sérieux et s'approcha pour regarder aussi.

Cependant Aïka, les yeux toujours fixés sur la rainure, continuait son travail en accélérant son mouvement, en même temps qu'elle imprimait au crayon une légère oscillation giratoire qui, élevant sans cesse la température, finit par enflammer les particules détachées et à mettre le feu au petit tas de poussière, d'où s'éleva une fumée à peine perceptible.

Aussitôt Mungo qui, depuis un instant, formait une pelotte du gazon le plus sec, en couvrit le microscopique foyer, sur lequel il se mit à souffler très-légèrement.

Il n'en fallut pas davantage, la flamme jaillit aussitôt et, un instant après, une vive clarté, produite par l'embrasement du foyer, éclaira l'intérieur de la pirogue, pendant qu'à l'extérieur les Canaques, profitant du répit que leur donnaient la pluie et le vent, allumèrent un immense brasier, devant lequel ils s'installèrent, s'y tournant et s'y retournant jusqu'à ce que leurs vêtements fussent parfaitement secs.

On comprend facilement que, ni le missionnaire ni Louise, ne manquèrent de profiter d'une occasion aussi favorable pour se débarrasser de l'humidité dont étaient imprégnés leurs habits et achever de sécher le costume de Germaine qui, bien remise de ses émotions, vint partager, au dehors, la joie de ses compagnons d'infortune.

Le tapis lui-même, que les vêtements mouillés avaient humecté en certains endroits, fut étendu à son tour devant le feu, puis replacé, et les Canaques, après avoir recouvert de cendres le petit foyer intérieur destiné à conserver le feu jusqu'au lendemain, abandonnèrent le bûcher extérieur à lui-même pour aller goûter, dans leur tente, un sommeil qu'ils avaient si bien gagné, mais qu'ils firent précéder par une prière d'action de grâces, que récita le pieux missionnaire.

Le cyclone n'était pourtant pas encore passé; au milieu de la nuit, Louise fut réveillée en sursaut par les hurlements du vent, qui parfois soulevait la pirogue et faisait ployer jusqu'à terre les palétuviers; la pluie tombait par torrents et la crête phosphorescente des vagues emplissait l'Océan d'une lueur sinistre. Toutefois, l'ouvrière n'eut pas peur, les Canaques veillaient, et sa fille, bercée par l'ouragan, dormait du sommeil paisible d'un enfant au berceau, que sa nourrice balance en chantant.

Vers cinq heures du matin, le cyclone s'éloigna enfin, mugissant sur les flots et poursuivait sa route, entraînant après lui les nuages, tandis que le ciel bleu étendait son manteau au-dessus de la Grande-Terre et qu'un soleil d'or, s'élançant du haut des pics, versait à torrents sa chaude lumière sur la plaine, diamantée de gouttes d'eau et semée de branches d'arbres brisés par la tempête.

L'ouvrière, rassurée sur le sort de sa fille, s'était endormie près d'elle, lorsque l'infatigable Mungo, se glissant au dehors, avec deux de ses compagnons qui se hâtèrent de rallumer le feu, s'avança, en rampant, vers un étang abrité par un bouquet de cocotiers et de palétuviers, entre les branches desquels il disparut.

Des canards à collier vert étaient là, s'ébattant en troupe, frappant l'eau de leurs ailes et saluant, par leurs cris, le retour du beau temps.

Mungo ne se laissa pas toucher par l'innocence de leurs jeux ; au moment où les canards formaient un groupe serré, près du bord, il se leva tout-à-coup et poussa un sifflement aigu.

Les oiseaux, effrayés, se soulevèrent en tourbillonnant ; mais avant qu'ils eussent eu le temps de prendre leur vol, deux coups de feu, presque simultanés, retentirent et cinq volatiles tombèrent morts.

Le Canaque n'en demandait pas davantage ; déposant son arme au pied d'un cocotier, il se jeta à la nage, alla chercher ses victimes et les rapporta à la pirogue où ses compagnons, aidés d'Aïka, les eurent promptement dépouillés de leur beau plumage, emmaillotés dans des feuilles de cocotier et enfouis dans un silo pavé de cailloux brûlants.

Lorsque Louise, enfin réveillée, sortit avec sa fille, le déjeûner du matin achevait de mijoter dans le four canaque.

En un instant, la maison redevint canot, les tapis, roulés, disparurent dans le sac de cuir, au fond de la cale, les restes de la voile, fixés au reste de l'antenne, furent remis en place, la pirogue, traînée ou plutôt portée à bras, fut remise à flot, les femmes transportées à bord, et le gibier, cuit à point, croustillant et doré, servi sur des assiettes de bananiers, vaisselle économique, qu'après le repas on jeta à la mer redevenue calme et brillante.

Quelques heures après, Mungo, traînant à la remorque ses filets garnis de poissons, abordait au port de la Conception, avec tous ses passagers, au grand étonnement de toute la Mission qui, ne doutant pas qu'ils n'eussent passé la nuit chez M. Majastre, s'étonnait de les revoir si matin.

— Nous voici heureusement de retour ; vous sentez-vous le courage de partir pour Koé? demanda le P. Louis à Louise, en débarquant

— Je n'aurais pas osé vous demander de m'y conduire, répondit-elle.

— Laissez votre fille à Sœur Noémie, et partons, fit le missionnaire

CHAPITRE III

Les colons chez eux

Ce ne sont pas ceux qui partent, mais ceux qui demeurent qu'il faut plaindre, dit-on habituellement, en parlant de parents ou d'amis sur le point de se séparer, et le dicton est généralement vrai, car aux premiers s'offrent bientôt les mille distractions du voyage, la préoccupation des affaires et tout ce long cortége de circonstances imprévues qui, bon gré mal gré, donnent aux idées une direction où le cœur n'a rien à voir, tandis que les seconds ne trouvent, dans tout ce qui les entoure, que des objets dont la vue leur rappelle sans cesse le père, le frère ou l'ami absent.

Lors de la première séparation de Louise d'avec sa fille, ce fut tout le contraire qui arriva. Sans doute Germaine aimait bien sa mère, elle la chérissait plus que qui que ce soit au monde, et ce ne fut pas sans verser d'abondantes larmes, qu'après l'avoir embrassée avec toute sa tendresse, elle la vit s'éloigner à cheval, côte à côte avec le P. Louis et précédés par deux jeunes Canaques armés de fusils, s'enfoncer dans la prairie, dont les vagues de verdure allaient bientôt la cacher à ses yeux. Mais, à cet âge, le cœur ne connaît pas l'inquiétude, puis l'enfant ne restait pas seule, Aïka demeurait

III.

3.

à la Mission avec elle, et Dieu sait si la complaisante et rieuse Calédonienne savait trouver les jeux les plus attrayants. Sœur Noémie, elle
non plus, n'était pas une étrangère, rien que son costume eût à lui
seul inspiré la confiance à l'enfant habituée à trouver, auprès des
bonnes religieuses, un accueil toujours bon et gracieux.

D'ailleurs, à la Conception, Germaine avait déjà un nouvel ami, le
plus amusant du monde, et dont elle se promettait monts et mer-
veilles.

Cet ami, qui répondait au nom brillant d'Ecarlate, n'était ni plus
ni moins que le favori de Sœur Noémie, le perroquet le plus babil-
lard, le plus malicieux, le plus espiègle qui se pût rencontrer.

Rouge ponceau du bout de la huppe à l'extrémité de la queue, il
n'y avait pas tours de forces qu'il n'exécutât dans un grand anneau
de cuivre doré qui lui servait de perchoir, pas de petit Canaque
qu'il n'interpellât dans son risible jargon, pas de mauvaise plaisanterie qu'il ne fît aux gens les plus sérieux. Le jour même de l'arrivée
de Louise, Germaine avait été témoin de l'un de ces tours; libre dans
tous ses mouvements, il était allé saisir, sur une table, la montre
d'argent du vénérable Père Ferrier et, pendant près d'une demi-
heure, avait impitoyablement jonglé avec la propriété du Révérend
Père, tantôt la consultant du regard, comme s'il eût voulu savoir
l'heure qu'il était, tantôt la suspendant au bout de sa chaîne et imi-
tant, avec une gravité comique, les mouvements d'enfants de chœur,
balançant leurs encensoirs.

Naturellement Germaine avait été émerveillée de son adresse
comme de son esprit, et le perroquet s'apercevant bien qu'elle l'ad-
mirait, l'avait, de son côté, prise en amitié.

Pour elle, les regrets de la séparation furent donc bien adoucis
et, la promesse d'un prompt retour achevant de diminuer son
chagrin, la première journée, sauf l'heure du coucher, où le vide
causé par le départ de sa mère fit couler de nouvelles larmes, se
passa le mieux du monde.

Pour Louise, il n'en fut pas ainsi; les parents aiment, non-seulement autrement, mais bien plus fort qu'ils ne sont aimés, aussi l'ouvrière emporta-t-elle dans son voyage une tristesse dont rien ne put la distraire et qui répandit comme un voile de mélancolie sur toute la nature.

L'excursion à travers la plaine, rafraîchie par la pluie de la veille, et dont la vigoureuse végétation avait repris un nouveau lustre sous l'ondée diluvienne due au passage du cyclone, offrait cependant un charme tout particulier à cette heure du jour.

Le ciel était pur, mais la vapeur d'eau, dont l'air était encore saturé, adoucissait les rayons du soleil; les chevaux marchaient dans l'herbe jusqu'au poitrail à travers la plaine ondulée, allant droit devant eux, sur la trace des deux Canaques qui, le fusil haut, précédaient la petite caravane à laquelle ils servaient de guides.

Bien qu'il n'y eût aucun sentier tracé, il n'y avait pas à craindre de se perdre dans la campagne où tintaient, invisibles, les sonnailles des bœufs couchés sur l'épais gazon. Leurs pistes avaient beau se croiser en tous sens comme les méandres d'un labyrinthe, le haut sommet du Coghi se dressait à l'horizon, comme pour indiquer la route, et ce fut presque sans dévier, ni à droite ni à gauche, qu'après une heure au plus de promenade, les voyageurs arrivèrent au Pont-des-Français, pour s'enfoncer, aussitôt après, dans la nouvelle plaine, plus accidentée et surtout plus boisée, qui, de ce point, s'étend jusqu'à la rivière de la Dumbéa

Les cours d'eau ne manquent pas dans cette plaine, et naturellement il faut les traverser à gué; la droite ligne se changea donc forcément en ligne brisée, grand inconvénient pour des personnes pressées, et qui plus d'une fois arracha un soupir à Louise, lorsqu'elle se voyait obligée de revenir presque sur ses pas.

L'abbé Louis récitait son bréviaire, les Canaques ne pouvaient pas la comprendre; vrai, elle eût donné pour bien peu toutes les beautés du paysage et maudit de bon cœur les caprices de ces ruisseaux qui, au lieu d'aller se jeter tout droit dans la mer, semblaient prendre plaisir à arrondir leurs contours et à faire l'école buissonnière à l'ombre des saules et des niaoulis.

Enfin, à travers les arbres, des toits se montrèrent, le sol défriché se couvrit de cultures et tout annonça l'approche d'un village européen.

— Est-ce Koutio-Kouéta ? demanda Louise au missionnaire, qui venait de remettre son livre de prières dans son étui.

— Pas encore; nous ne sommes encore qu'à Kataramonan.

— Qu'est-ce que cela ?

— Le nom d'une rivière à laquelle le village que vous voyez a emprunté le sien. Ces terres, si bien cultivées, sont la propriété d'émigrants allemands ou irlandais qui, arrivés ici, il y a quelques années seulement sans ressources aucunes, ont créé ce centre de population, mis le sol en culture, multiplié leurs troupeaux et acquis, à force de travail, d'économie et de constance, l'aisance dont ils jouissent à présent, et que leur envieraient beaucoup de riches paysans de nos pays.

— En effet, ils ont des habitations charmantes, et leurs jardins paraissent admirablement tenus.

— Il n'y a pas longtemps pourtant que ces maisons n'étaient que des cases construites en branchages couverts d'écorce, et ces jardins un marais sans cesse inondé, mais le travail produit des miracles; vous verrez cela un jour, bientôt, j'espère, Louise, quand, avec votre mari, vous aurez obtenu la concession de quelques arpents de bonne terre et que.....

— Tout cela est dans l'avenir, mon Père, répondit l'ouvrière, en souriant, et dans le présent je ne vois pas encore l'habitation de M. Joubert, où il me semble que, vu la distance, nous devrions déjà être arrivés.

— Nous en avons bien pour deux heures encore.

— Deux heures pour faire quatre ou cinq kilomètres.

— Les kilomètres se comptent ici à vol d'oiseau, mais ne se franchissent pas de la même manière.

— Je m'en aperçois, nous ne faisons que tourner sur nous-mêmes.

— Mieux vaut arriver tard que de ne pas arriver du tout.

— Pourquoi n'arriverions-nous pas?

— Pour une bonne raison, c'est qu'en piquant droit devant nous, nous serions arrêtés avant d'avoir fait cent pas par une barrière, un ruisseau, un fossé, des abattis d'arbres ou autres obstacles que la hauteur de l'herbe nous empêche d'apercevoir.

— Enfin, puisqu'il le faut, murmura l'ouvrière; mais je commence fort à craindre que nous ne puissions être de retour ce soir.

— C'est une chance à courir, mais peu probable, en effet, repartit le Père Louis.

— Pauvre Germaine, pourvu qu'elle ne soit pas trop triste, pensa Louise, dont les yeux se remplirent de larmes.

Il faut croire que les habitants de Kataramonan n'étaient pas habitués à recevoir de nombreuses visites, car à peine eurent-ils aperçu les étrangers, qu'ils sortirent en foule au-devant d'eux, précédés par une véritable armée de beaux enfants frais, roses et blonds, qui venaient justement de s'échapper de la maison d'école, comme les abeilles d'une ruche.

Chacun des chefs de famille aurait voulu héberger les voyageurs, et les invitations les plus chaleureuses ne leur manquèrent pas, mais le missionnaire avait son temps marqué et désirait arriver le plus promptement possible à Koutio-Kouéta; il remercia donc, sans descendre de cheval, et s'informa si M. Joubert se trouvait à la station.

— Ah! Père, vous arrivez au bon moment, répondit un Irlandais; mon frère Bob va se mettre en route pour l'habitation, avec Maurice et Pat; il y a muster demain à Koé, les deux MM. Joubert doivent conduire la chasse, et vous trouverez nombreuse réunion de stockmen dans les environs du Paddock.

— Mais, alors, il n'y a personne à Kouéta ?

— A Kouéta ? ma foi, je pense que vous y trouverez ma cousine Paddy, et sans doute aussi quelques stock-keepers; quant à tous les messieurs Joubert, ils sont à Koé, pour sûr, avec les gentlemen readers leurs amis, puisque c'est là qu'est le rendez-vous.

— Autant vaut cela, après tout, fit le Révérend; au moins sommes-nous sûrs de les rencontrer quelque part. Ton frère est-il prêt ?

— Il le sera bientôt, mais partez toujours; jusqu'à Kouéta vous n'avez pas besoin de guide, là il vous rejoindra, s'il n'y arrive pas en même temps que vous, et comme il connaît le run vous ferez ensuite route ensemble.

— Alors, au revoir! fit le missionnaire, en donnant sa bénédiction aux enfants qui l'entouraient.

— Dieu bénisse Votre Seigneurie! crièrent les Irlandaises, en se signant dévotement.

Les voyageurs s'enfoncèrent de nouveau dans la brousse.

Une heure après, ils arrivaient à Koutio-Kouéta.

Comme l'avait annoncé Bob, les maîtres étaient absents, mais jamais une station ne demeure abandonnée; Paddy, vêtue d'une robe brune et coiffée de sa cape, ni plus ni moins que si elle eût habité les bords de Schanon-river, ou les côtes sauvages de Bantry, son pays natal, les reçut avec cette cordialité familière qui est l'apanage de la nation irlandaise, aida Louise à descendre de sa monture, dont s'emparèrent aussitôt, pour la bouchonner, deux jeunes gens qui paraissaient être ses fils, et lui adressa, en anglais, un compliment débité avec volubilité, mais parfaitement inintelligible pour la Française.

Les connaissances en linguistique du Père Louis furent en ce moment d'un grand secours à l'ouvrière, à laquelle il expliqua que la brave femme les invitait à entrer se reposer et manger pendant que les bêtes souffleraient.

Ils la suivirent dans la cuisine, vaste pièce d'une importance capitale dans une station, et qu'occupait en grande partie une immense table, au milieu de laquelle fumait une énorme pièce de bœuf salé, à demi-enfouie dans des pommes de terre et flanquée de patates cuites sous la cendre, destinée au repas des stock-keepers ou gardiens des troupeaux.

Comme on le voit, le menu n'ét3it pas délicat, mais pour les robustes estomacs des pâtres la quantité est de beaucoup préférable à la qualité.

Après le déjeûner du matin, fait au bord de la mer, l'appétit des voyageurs devait être aiguisé; cependant, sauf les deux Canaques, toujours disposés à manger, ils se contentèrent de boire chacun un verre de lait parfumé au wisky et, sur l'invitation de l'Irlandaise, passèrent dans un salon confortable et meublé avec une certaine élégance, attenant à la vérandah.

Un seul tableau décorait cette pièce et attira, d'une manière toute particulière, l'attention de Louise.

L'artiste, peu habile, mais doué de plus de fougue que de talent, y avait représenté une scène du run, c'est-à-dire du désert où paissent les bœufs à demi-sauvages; une troupe de cavaliers, lancés à fond de train, poursuivaient, sur des chevaux impossibles, des taureaux prodigieusement encornés, qu'ils refoulaient, avec d'immenses fouets, vers un enclos composé de troncs d'arbres.

Au-dessous était écrit, en grosses lettres peintes au vermillon, ce mot que déjà l'ouvrière avait entendu plusieurs fois sans le comprendre :

MUSTER DE 1870.

En attendant l'arrivée de Bob, le Père Louis expliqua à sa compagne de voyage que le mot muster est synonyme de celui de ferrade dans le midi de la France.

Comme en Camargue, en effet, les grands troupeaux, bœufs et chevaux, vaquent en liberté dans d'immenses espaces déserts, nommés *run*, où ils ne tardent pas à devenir à peu près sauvages. Pour tirer profit de leurs bestiaux, les propriétaires sont donc obligés, chaque année, de les faire rentrer dans des parcs ou *stock-yards* où ils puissent faire leur choix.

On conçoit qu'une pareille prétention n'est pas du goût des taureaux et serait fort au-dessus des forces de quelques bouviers; il faut donc avoir recours aux grands moyens, c'est-à-dire à une véritable expédition qu'on nomme muster, et qui est à la fois une chasse périlleuse et un plaisir des plus goûtés par les stock-men ou bouviers, par tous les gentlemen propriétaires ou simplement cavaliers, invités de toutes parts.

— Je ne vois pourtant pas d'armes aux mains des chasseurs, remarqua Louise, tandis qu'en Provence, tous sont armés de la lance.

— En effet, ils ne se servent ici que du fouet; mais, quel fouet! un manche en bois dur, d'un mètre à peine de longueur, se terminant par une lanière de cuir d'environ six mètres, enflée au milieu, amincie à ses extrémités, lourde, flexible, dont le claquement imite la détonation d'une arme à feu. Les gardions manient cet instrument avec une telle habileté qu'entre leurs mains il devient une arme terrible, avec laquelle ils frappent juste à l'endroit visé.

» Ce terrible fouet à la main, ils entourent le *mob* ou troupeau, le rassemblent, l'épouvantent par le vacarme des claquements, font pleuvoir sur les croupes récalcitrantes une grêle de coups et, lancés à bride abattue autour des taureaux affolés, les dirigent à travers tous les obstacles au stock-yard ou parc dans lequel les animaux s'engouffrent pour échapper à cette poursuite furibonde et se trouvent prisonniers.

— C'est un jeu auquel je ne voudrais pas me mêler, mais qui doit être curieux de loin, fit Louise, qui ajouta : car à en juger par le tableau, ce plaisir ne doit pas être sans danger.

— En effet, quoique les stock-men soient de véritables centaures, il leur arrive souvent de vider les arçons et de faire des chutes; mais ils sont aussi légers que des chats, et comme la terre est couverte d'un épais gazon, ces chutes ont rarement des conséquences fâcheuses, à moins qu'elles ne se compliquent par la rencontre d'un tronc d'arbre ou d'une pointe de rocher.

En ce moment, des aboiements retentirent dans la cour, et la voyageuse, pensant qu'ils étaient motivés par l'arrivée de Bob, se précipita vers la vérandah.

Ce n'étaient que les bergers ou plutôt les stock-keepers, car en Calédonie on parle surtout anglais, qui, précédés de leurs chiens gris, au poil hérissé et à la physionomie de loups, revenaient pour prendre leur repas.

Malgré la chaleur, ces hommes, Canaques ou Irlandais, portaient des vêtements de cuir et des peaux de moutons jetées sur l'épaule; malgré leur aspect farouche, ils saluèrent respectueusement le prêtre, entourèrent une pompe de cuivre, pour s'y laver les mains, et entrèrent dans la cuisine, en faisant résonner sur les dalles les lourds talons de leurs bottes.

Un moment après, les cavaliers attendus arrivèrent, en costume de stock-men ou de squatters, enchâssés dans leurs hautes selles, garnies de peaux de moutons, et portant en écharpe leurs fouets, dont la lanière s'enroulait autour de leur taille.

Sans mettre pied à terre, ils burent, à larges gorgées, le wisky national, une eau-de-vie auprès de laquelle la nôtre n'est qu'une tisane d'orgeat, bourrèrent leurs courtes pipes avec le tabac que chacun d'eux portait dans sa *pouch*, sorte de sac de cuir que maintient la ceinture et, battant le briquet, les allumèrent, en attendant que le Révérend et Louise fussent prêts à les accompagner.

Cinq minutes ne s'étaient pas écoulées, que la petite troupe, débarrassée des deux guides devenus inutiles, s'engageait dans le run proprement dit et, remontant le cours de la Dumbéa, chevau-

chait à travers les herbes, en suivant la trace, à peine visible, d'un
sentier qui, sans souci des difficultés, tantôt s'enfonçait dans des
fourrés de niaoulis, dont les branches tordues fouettaient le visage,
tantôt gravissait les pentes rocailleuses les plus escarpées.

Louise était loin d'être une intrépide écuyère, mais cela même
l'empêchait peut-être de s'apercevoir du danger, et la vue de ses
hardis compagnons qui, excités par l'eau de feu et l'espoir d'une
heureuse chasse, caracolaient sans souci, causant, riant, et
échangeant ces lazzis, dont tout Irlandais aime à broder sa conversation, acheva de la rassurer.

De temps en temps, du milieu des roseaux, des bandes de canards
se levaient, avec un grand bruit d'ailes, ou bien un taureau, surpris
à l'improviste, bondissait dans le fourré, faisant plier les arbustes,
pour disparaître dans les hautes herbes.

Du reste, le silence le plus profond régnait dans ce désert de verdure où rien n'aurait pu faire soupçonner le voisinage d'une habitation, quand tout-à-coup, au pied du mont Coghi, et dominant la
plaine, apparut une case en bois, surmontée d'une vaste charpente
et entourée d'une vérandah.

— Koé! Koé! cria Bob, en se dressant sur ses lourds étriers et,
déroulant la lanière de son fouet, il le fit tourbillonner sur sa tête,
avec des claquements à réveiller tous les échos.

A ce signal, une dizaine de squatters se précipitèrent hors de l'habitation, en poussant des cris, accompagnés de claquements non
moins formidables.

Presque au même moment, le cuisinier, personnage important
dans les stations, apparut sur la porte de la *kooka*, case particulière
réservée à la cuisine, et fit résonner sa conque marine.

On était arrivé et arrivé à l'heure; les deux fils de M. Joubert s'a-
vancèrent au-devant des voyageurs, saluèrent affectueusement le
P. Louis qu'ils avaient déjà eu occasion de voir à la Conception et,
tandis que des gens de service s'emparaient des chevaux pour les

conduire au *paddock*, enceinte réservée aux bêtes de main, introdui-
sirent les visiteurs dans la salle à manger, déjà à demi-remplie de
chasseurs français, anglais, américains ou même canaques, qui causaient bruyamment autour d'une longue table chargée de viandes,
de riz, de patates et de gibier.

Bob et Pat connaissaient les usages de la maison et, sans s'occuper d'eux, les maîtres de la station, les laissant aller se laver dans
une auge, où deux robinets versaient l'eau à profusion, conduisirent
plus cérémonieusement le missionnaire et sa compagne dans l'une
des quatre ou cinq chambres, séparées entre elles par des cloisons
de planches, destinées aux rares étrangers, et dont, vu la circonstance, on avait retiré les petits lits de fer à moustiquaire pour les remplacer par de simples paillasses étendues sur le sol.

Deux chaises, un petit bureau, une bibliothèque, car on lit beaucoup dans la brousse, forment en général, avec un fusil suspendu à
un crochet, l'ameublement de ces chambres, où l'on n'entre guère
que pour dormir.

— Pardon, si je ne vous tiens pas compagnie plus longtemps, dit,
en souriant, M. Numa au prêtre, mais le signal du dîner est donné,
et vous savez ce que c'est qu'un estomac de chasseur; je vais vous
envoyer du linge et du savon; lorsque vous serez prêts, venez nous
rejoindre, je vous réserve deux places auprès de moi, nous pourrons causer en mangeant, à moins toutefois que vous ne préfériez
être servis à part.

— Si notre société peut déranger la vôtre.....

— Pas le moins du monde; mais, vous savez, des squatters à
demi-sauvages ne sont pas toujours très-retenus dans leurs expressions, et pour madame.....

— Elle ne comprend pas un mot d'anglais, il n'y a donc pas d'inconvénient pour elle et, quant à moi, qui sors du bagne.....

— Oh! notre société vaudra toujours celle-là; puis, vous savez,
quand vous serez rassasiés, rien n'empêchera que nous ne laissions
nos chasseurs fumer et boire à leur aise.

— Parfaitement; j'ai une affaire dont je désire vous entretenir, j'attendrai que vous soyez plus libre.

— De quoi s'agit-il?

— Tout simplement d'une demande d'admission d'un employé et de sa femme, soit à Kouéto, soit à Koé.

— Des Européens?

— Des Français.

— Ah! ceci n'est pas de mon ressort; il faut vous adresser à mon père.

— Est-il ici?

— Pas en ce moment; l'agitation inséparable d'un muster l'a fait fuir, mais il sera demain soir à la maison.

— Où se trouve-t-il, en ce moment?

— Tout près d'ici, à notre scierie de la Dumbéa.

— Et il faut, pour y aller?

— Une heure à peine; mais, mieux vaut l'attendre, vous vous reposerez.

— Non, je préfère aller le trouver. Quelqu'un pourra-t-il m'y conduire?

— Dix de nos ouvriers partent dans deux heures.

— Je partirai avec eux.

— Très-bien; vous savez qu'ici est le pays de la liberté. Je vais vous envoyer ce qu'il vous faut.

— Mon Dieu, que de contrariétés, murmura Louise. Mon Père, si vous lui aviez dit que c'est seulement une place d'ouvrier?

— A faire les choses, il faut les bien faire; mieux vaut parler au père d'abord, je le connais davantage, et puis, aujourd'hui, ces jeunes gens sont tellement occupés.

— Soit, fit l'ouvrière; mais ma pauvre Germaine sera bien triste!

Le dîner fut ce que peut être un repas de squatters et de stock-men, quelque chose d'homérique; chacun d'eux mangeait pour quatre et buvait pour huit. Au commencement, les mâchoires seules travaillaient avec fureur; mais , quand la première faim fut apaisée et que le double-porter commença à circuler , les cerveaux, en s'échauffant , délièrent les langues , les hauts faits des musters précédents furent mis sur le tapis.

On sait si le moindre tireur d'alouettes a des exploits à conter, qu'on juge par là de ce que doit être une conversation de chasseurs de tigres et d'éléphants , de traqueurs de taureaux , d'aventuriers qui ont fouillé toutes les forêts , grimpé toutes les montagnes , joué leur vie contre les lions, les Indiens, les crocodiles, bivaqué dans les neiges du pôle et bravé le siroco dans les déserts de l'Afrique. Chacun voulut conter ses aventures et effacer l'impression produite par son voisin ; d'animée, la conversation devint bruyante ; de bruyante elle se fit assourdissante.

Il était déjà trois heures, et le repas pantagruélique ne faisait pourtant que commencer; à la nuit il durerait encore, et à quel diapason serait la conversation quand flamboierait le punch au poivre et que s'allumeraient les pipes ?

Le missionnaire ne jugea pas à propos d'attendre jusque-là , il quitta furtivement la table , accompagné de Louise et de M. Numa, sans que personne s'aperçût de leur départ.

Le Père Louis ne voulut pas abuser de la politesse de son hôte, il le renvoya à ses convives et , en attendant les ouvriers, visita les dehors de la station, dont l'intérieur n'offrait rien de bien particulièrement intéressant.

L'extérieur ne valait pas non plus les honneurs d'une longue visite; comme toutes les stations du même genre , celle de Koé se composait de bâtiments en bois, groupés autour de l'habitation principale : case pour la cuisine, hangars, écuries, magasins disséminés, dans un enclos fermé, le paddock où errent et paissent les chevaux à demi-dressés, dont on s'empare en leur montrant une poignée de foin ou d'herbe fraîche.

Au bout de cet enclos, dont les dimensions se mesurent par heclares, des cabanes coniques en écorce, demeure des Canaques attachés à l'exploitation, dressaient leurs poteaux bizarrement ornés de coquillages ou de grossières figures en bois sculpté.

Comme toujours aussi, en face de l'entrée principale, descendait en pente douce un jardin, déjà tout planté de beaux arbres fruitiers d'Europe, couverts de fleurs et ayant l'air de vivre en très-bonne intelligence avec les plantes tropicales apportées par M. Ferdinand Joubert, de ses voyages aux Indes ou à la Réunion.

Sauf l'importance, qui varie nécessairement suivant la fortune de chaque propriétaire, quiconque a vu une habitation en Calédonie, les a toutes vues. La vie qu'on y mène est aussi partout la même : déjeûner à six heures du matin, dîner à deux heures, souper à six heures et demie, courses à cheval dans les entr'actes, exercices violents, suivis le soir d'un court repos sous la vérandah, où le colon fume sa pipe et boit du grog, pendant que ses enfants jouent bruyamment sous les yeux de leur mère, dont la journée n'a pas été moins rude que celle de son mari.

Si des visites arrivent, elles sont rares, c'est là aussi qu'on les reçoit, et alors la conversation remplace la lecture des journaux apportés par le dernier paquebot, ou des livres arrivés d'Europe, lus et relus bien des fois.

Tout cela était connu du missionnaire, et sa compagne, toujours préoccupée de Germaine, commençait à trouver le temps long, quand enfin un Canaque vint les avertir que les ouvriers n'attendaient plus qu'eux pour partir.

La première partie du trajet n'offrait aucune difficulté, le chemin traversant seulement de hautes herbes ou des champs déblayés et prêts à mettre en culture; mais à l'approche de la montagne, ce fut tout différent, le sentier s'engagea dans des fourrés tellement épais que les cavaliers durent mettre pied à terre et conduire ou plutôt traîner derrière eux leurs montures à travers des buissons de niaoulis, tellement enchevêtrés, qu'à chaque instant les ouvriers se voyaient forcés d'avoir recours à la hache pour se frayer un passage.

Une épaisse couche d'humus, formée par la chute nouvelle des feuilles, assourdissait le bruit des pas, et à la clarté du soleil avait succédé un demi-jour qui allait sans cesse décroissant, à mesure que la petite caravane s'enfonçait sous la voûte noire et serrée des grands arbres.

La position n'eût pas été rassurante pour des voyageurs sans armes, s'ils n'eussent parfaitement su qu'aucune bête fauve et aucun serpent n'habitent la Nouvelle-Calédonie, et si, en ce moment, ils n'eussent parcouru le territoire d'une tribu franchement amie.

Ce ne fut cependant pas sans un véritable plaisir qu'après avoir franchi, non sans difficultés de toute sorte, deux collines séparées par un étroit vallon, Louise entendit, dans le voisinage, le tic-tac d'une usine mue par un des affluents de la Dumbéa, et aperçut, à travers la noire colonnade des sapins, une foule de feux de bivac, disséminés sur la lisière de la forêt.

Un instant après, en effet, les voyageurs débouchaient sur un vaste terrain jonché de troncs d'arbres, dont plusieurs ouvriers abattaient, à coups de hache, les branches, pour en former des pyramides aussitôt revêtues de plaques de terre gazonnée, placées là afin d'arrêter la violence du feu et réduire le bois en charbon sec et résonnant.

M. Joubert, le père, surveillait cette opération avec un soin extrême, veillant à la fois à ce que le feu fût bien conduit et à ce qu'aucune imprudence des charbonniers ne portât l'incendie dans la forêt.

A la vue du P. Louis, le colon laissa échapper une exclamation de joyeuse surprise et, lui tendant affectueusement la main, l'invita, toute occupation cessant, à se rendre avec lui à l'usine où il pourrait se reposer, manger un morceau et causer à l'aise.

Le missionnaire refusa, se contentant de laisser emmener les chevaux et, s'asseyant près d'un cône, dont le vent chassait la fumée du côté opposé, aborda aussitôt l'affaire pour laquelle il était venu.

Louise écoutait, tremblant qu'un refus ne vînt encore la plonger dans de nouvelles perplexités; mais le propriétaire se trouvait parfaitement disposé en ce moment et, après quelques questions relatives au transporté, à ses aptitudes et à celles de sa femme, accepta volontiers leurs services pour sa nouvelle usine, où il avait surtout besoin d'un employé intelligent.

En moins d'un quart d'heure l'affaire se trouva conclue.

Comme tous les hommes qui font beaucoup, M. Joubert faisait vite et, dans la circonstance actuelle, sa confiance dans le missionnaire lui tenant lieu d'autres renseignements à prendre, l'engagement de Vincent ne souleva aucune difficulté.

La physionomie douce et fine de Louise plaisait d'ailleurs singulièrement au planteur, aussi se montra-t-il très-coulant sur la question des salaires.

— D'ordinaire, dit-il, au P. Louis, je commence par donner douze francs par mois à mes engagés, dix francs aux femmes; après quelques mois d'épreuves, si j'en suis content, j'augmente les gages, qui peuvent finir par arriver à vingt francs pour l'ouvrier capable, et à quinze francs pour sa femme.

» Mais, puisqu'il s'agit de vos protégés dont vous garantissez l'activité et l'intelligence, je fais exception à mes habitudes; ainsi donc, ajouta-t-il, en se tournant vers l'ouvrière, votre mari recevra quinze francs, vous, douze, sans compter la nourriture, bien entendu, et quant à votre enfant, vous pourrez l'amener avec vous, pour la faire élever gratuitement à l'école jusqu'à ce qu'elle soit arrivée en âge de travailler, elle aussi; cela vous va-t-il?

Louise se confondit en remercîments; elle ne s'attendait pas à tant de bonté et elle trouva dans son émotion des paroles touchantes pour exprimer sa reconnaissance.

— Bien, bien, c'est chose convenue, interrompit M. Joubert, avec une brusquerie affectée ; si vous êtes contente de moi, j'espère que je le serai également de vous et nous serons quittes. Mais, allons, voici le jour qui commence à baisser, descendons vers l'usine, mon Révérend Père, vous y serez plus commodément qu'ici, et nulle part on ne cause mieux qu'à table à l'heure du souper.

Le prêtre se leva, et tous trois se mirent en marche à travers l'abattis de bois et les cônes fumants, que surveillaient les charbonniers.

— Votre établissement est-il considérable, ici? demanda le missionnaire.

— Il le sera un jour, j'espère ; pour le moment, il fonctionne à l'américaine, c'est-à-dire que la machine travaille avant même que les murs soient montés. C'est tout-à-fait à l'américaine, et comme les Yankees, je fais passer la charrette avant les bœufs ; j'ai commencé par le montage de la roue et des lames, ensuite les ouvriers ont fait le toit, mais le bâtiment reste à faire, et je suis charmé que votre protégé soit précisément un maçon, parce qu'il nous sera très-utile pour le gros de l'œuvre. Plus tard, nous nous occuperons de construire une maison, car, comme vous le voyez, j'en suis réduit, jusqu'à présent, à une hutte de branchages et d'écorce, comme les Canaques de la station. C'est peu confortable, mais que voulez-vous, à la guerre comme à la guerre, et mieux vaut être mal logé que de coucher en plein air.

— Je croyais, reprit doucement le prêtre, votre établissement plus avancé ; tout à l'heure vous parliez d'une école.

— Mais, certainement, j'ai une école, et même une chapelle, dans laquelle le P. Ignace, attaché à la Mission irlandaise, vient, de temps en temps, faire une instruction à nos ouvriers, et son catéchiste donner des leçons de religion aux enfants canaques, dont les pères sont occupés à la fabrication du charbon.

En causant ainsi, on arriva au bord de la Dumbéa ; là encore, de nombreux ouvriers occupés dans le chantier, y travaillaient avec un ordre et une régularité merveilleux. Les uns présentant les troncs d'arbres à la scie puissante qui les débitait, les autres empilant les planches en cubes au bord de la rivière ou en chargeant des barques destinées à les porter à Nouméa pour les y vendre.

Ce ne fut pas sans une satisfaction mélangée d'un peu d'orgueil que le propriétaire montra au missionnaire, dans tous ses détails, l'exploitation qu'il dirigeait.

Puis vint le souper dans une hutte d'écorce, et dont un superbe notou et d'excellents poissons d'eau douce firent les principaux frais.

Après quoi les visiteurs gagnèrent chacun la case qui lui avait été assignée, pour y reprendre les forces nécessaires à la forte journée qu'ils auraient à faire le lendemain.

Demeurée seule dans sa hutte où, pour la première fois, elle couchait sur une simple natte, à la façon des indigènes, Louise se jeta à genoux et, du plus profond de son cœur, remercia Dieu de la visible protection dont il l'avait entourée, le suppliant de la lui continuer et de l'aider, par son tout-puissant secours, à ramener Vincent dans la voie du devoir.

La nuit était déjà bien avancée quand elle s'endormit, rêvant à sa chère Germaine; sur le matin, elle se réveilla en sursaut, crut s'être oubliée, et cherchant à tâtons le rideau de cuir qui lui servait de porte, le souleva pour rejoindre son compagnon de voyage.

Mais tout était ténèbres et silence au dehors, la grande constellation, appelée la Croix-du-Sud, brillait dans l'obscurité du ciel, l'air était vif et pénétrant.

Un moment elle regarda, dans une contemplation muette, cette grande croix de feu, clouée avec des étoiles à la voûte céleste, et de nouveau la prière déborda de son cœur. Toutefois, son extase ne dura pas longtemps, les nuits sont froides dans la Nouvelle-Calédonie et l'humidité d'un brouillard, sans cesse alimenté par l'é-

vaporation des eaux de la Dumbéa, lui firent regagner, en grelot-
tant, la natte dans laquelle elle s'enveloppa prudemment, se souve-
nant de ce qu'elle avait souvent entendu dire, que la fraîcheur des
nuits est la source de presque toutes les maladies dont sont atteints
les Canaques.

Pour elle, cette imprudence n'eût toutefois d'autre résultat que
de lui procurer un sommeil plus profond, et elle dormait encore
quand une voix l'appela du dehors.

Cette fois, le soleil brillait déjà haut sur l'horizon, et le P. Louis
qui, depuis plus d'une heure, se promenait en causant avec le propriétaire, la félicita du long repos qu'elle venait de prendre dans
son palais de chaume.

Louise fut un peu confuse ; mais qu'y faire que de s'excuser de
son mieux.

— Il n'y a pas de mal jusqu'à présent, répondit M. Joubert ; les
chevaux sont déjà partis, mais vous arriverez encore avant eux à
la plaine. Allez chercher votre mari et votre fille, le P. Louis veut
bien se charger de la demande que j'adresse au gouverneur ; soyez
prête d'ici à quinze jours, une de mes barques part deux fois par
mois pour Nouméa, je vous ferai prévenir du jour de son arrivée
et elle vous ramènera ici avec vos bagages.

Quelques instants après, un Canaque vint en effet avertir que la
barque était prête ; les deux visiteurs prirent congé du colon, s'installèrent à l'arrière de la lourde barque qui, conduite par son équipage, descendit bientôt le fil de l'eau, en contournant la montagne
boisée, que la veille ils avaient eu tant de peine à traverser.

Si pittoresques que soient les rives de la Dumbéa, Louise n'en
admira guère les beautés et, lorsque l'esquif vint atterir à une petite anse naturelle, à l'extrémité du run de Koé, l'ouvrière aurait été
fort empêchée de dire si les bords de la rivière étaient rocailleux ou
embarrassés de roseaux, nus ou ombragés par un double rideau
d'arbres et de lianes.

Le missionnaire et elle descendirent à l'endroit indiqué par M. Joubert, pour y attendre les chevaux, pendant que la barque reprenait sa course sinueuse dans les méandres de la Dumbéa.

Les chevaux ne tardèrent du reste pas à arriver avec leurs guides et, à travers les collines herbeuses et accidentées, on repartit pour Koutio-Kouéta, sans passer par Koé, que le nouveau chemin suivi par les voyageurs, et beaucoup plus court que le précédent, laissait fortement sur la droite.

Plus haute dans cette partie de la concession que dans aucune autre, l'herbe arrivait au cou des chevaux et embarrassait souvent leur marche, gênée par de nombreuses touffes de buissons, qui dérobaient la vue de la plaine.

On comprend ce que ce voyage, rendu plus fatigant encore par l'ardeur d'un soleil de janvier, que pas un nuage ne tempérait, avait de fastidieux et de monotone.

Marchant en ligne derrière leurs guides, et ne pouvant même pas causer entre eux, les cavaliers se laissaient bercer sur leurs selles, à demi-ensommeillés par la lassitude et par la chaleur, et suivaient une sorte de défilé assez étroit, bordé, de droite et de gauche, par des collines escarpées et herbeuses, quand tout-à-coup le guide, qui marchait en tête, s'arrêta brusquement, en se dressant sur ses étriers et poussant un cri guttural.

— Qu'est-ce? demanda le missionnaire, subitement éveillé.

— Le mob! le mob! répéta l'indigène; rangez-vous ou nous sommes perdus! Essayons de gravir la colline.

Sans comprendre ce dont il s'agissait, Louise tourna sa monture vers le lieu indiqué; mais l'escarpement en était si rapide que le Néo-Calédonien lui-même, quoique bon cavalier, s'aperçut bien vite que la tentative, pour échapper par là, serait inutile.

Alors, faisant faire volte-face à sa monture, il lui enfonça les éperons dans les flancs et partit au galop, en criant:

— Remontons la vallée; peut-être aurons-nous le temps.

— Au nom du ciel ! qu'y a-t-il donc ? s'écria Louise qui, peu maîtresse de son cheval, regardait comme un pis aller cette fuite à bride abattue.

— Le mob ! répéta l'indigène.

— Les taureaux ! reprit le missionnaire ; cramponnez-vous à votre selle et lâchez la bride.

Presque au même moment, des beuglements sourds se firent entendre à l'entrée du vallon et, sans qu'il fût besoin de les exciter, les chevaux partirent au galop.

Le grondement qui roulait derrière eux devenait cependant de plus en plus distinct, comme celui d'une cascade qui se rapproche, le mob, c'est-à-dire le troupeau tout entier des bœufs sauvages venait de s'engouffrer dans le ravin et, foulant l'herbe, brisant les buissons, s'avançait impétueusement, serré de près par les squatters, dont maintenant on entendait distinctement les hurlements sauvages, accompagnés d'une tempête de coups de fouet.

Plus agiles ou partis plus tôt que leurs compagnons, quelques taureaux passèrent auprès des fuyards, l'œil sanglant, la queue tendue, les cornes menaçantes et faisant trembler le sol sous leurs élans furibonds.

Accrochée des deux mains au pommeau de sa selle, Louise, affolée de terreur, à la vue de ces redoutables animaux, voulut se retourner pour voir si le gros de la troupe était encore éloigné.

A peine deux cents pas la séparaient des taureaux qui, resserrés entre les deux collines, formaient une masse compacte, fauve, hérissée de cornes aiguës et beuglant avec fureur.

En avant, à cent pas à peine, le vallon, il est vrai, s'épanouissait subitement, mais encore fallait-il arriver jusque-là, et déjà il semblait à la pauvre femme qu'elle sentait sur ses épaules l'haleine brûlante de ces terribles animaux.

Pour comble de malheur, son cheval, aussi affolé qu'elle, n'aperçut pas un tronc d'arbre couché dans l'herbe et butta des deux pieds de devant.

Emportée par l'élan de sa monture, l'ouvrière se sentit arrachée de sa selle et jetée au loin.

Elle poussa un cri désespéré et demeura, sur le sol, étendue sans connaissance.

Une minute plus tard, le gros du troupeau arrivait comme une avalanche sur le théâtre de l'accident et continuait sa course, broyant de son poids énorme tout ce qui se trouvait sous ses pieds.

CHAPITRE IV

Une lettre de Numbo

———

— Par saint Patrik ! vous l'avez échappé belle, Votre Excellence

Telles furent les premières paroles qu'entendit Louise, en revenant à elle, sur un tertre gazonné, au milieu de ses compagnons de route et de deux ou trois chasseurs

Celui qui parlait ainsi, n'était autre que Pat, le squatter, tout de cuir habillé et qui, appuyé sur le manche de son terrible fouet, n'attendait, pour remonter à cheval, que la restitution de sa gourde de cuir, gonflée de wisky, prêtée au Père Louis pour en bassiner les tempes de la pauvre femme évanouie.

— Après Dieu, voilà votre sauveur, Louise, dit le missionnaire, en lui montrant le colosse, debout devant elle ; c'est lui qui, du haut de la colline, voyant le danger que vous couriez, a lancé son cheval, au risque de se rompre cent fois le cou, et vous a, pour ainsi dire, cueillie au vol, sous les cornes des...

— Voilà bien une belle affaire, gronda celui-ci, d'un air bourru ; en attendant, le mob est à tous les diables, et sera enfermé au stock-yard avant notre arrivée. Par saint Kévin, de don Luce ! je ne voudrais pas, pour une pipe de potteen, me laisser battre ainsi par les Américains ; donnez-moi ma gourde, puisqu'à présent elle vous est inutile, et que Dieu conserve Vos Honneurs !

— Tiens, Pat, la voici ; mais laisse-moi te dire que tu es un vrai Irischman, et que tu t'es conduit comme un brave chrétien.

— Merci, Votre Honneur ; on m'a plus souvent reproché d'être un ivrogne, que fait des compliments ; enfin, vous voyez par vous-même, que le wisky est bon à quelque chose. Allons, camarades en selle, et rattrapons le temps perdu.

Les chasseurs s'élancèrent sur leurs chevaux et partirent, en poussant le hurrah national :

— Ireland for ever !

L'émotion, plus que la gravité de la chute, avait occasionné l'évanouissement de Louise ; n'ayant plus à craindre de rencontrer les taureaux, dont l'herbe foulée accusait seule le passage dans le vallon, redevenu silencieux, elle put donc, après quelques moments de repos, remonter, non pas sur son cheval, qui avait été broyé sous les pieds des taureaux, et reprendre son chemin pour Koutio-Kouéta, où les voyageurs, arrivés vers midi, prirent un léger repas et repartirent aussitôt après pour la Conception.

Rien de bien important ne s'y était passé durant cette journée et demie ; Germaine accueillit sa mère avec une joie bien naturelle et la couvrit de caresses qui lui furent rendues avec usure ; quant à Sœur Noémie, elle n'avait à donner sur l'enfant, sa docilité, sa gentillesse, sa piété, que les meilleurs renseignements ; de son côté, Germaine, qui s'était fort amusée, ne tarissait pas d'éloges sur la bonté de la religieuse et la complaisance d'Aïka.

Le perroquet avait, de son côté, contribué puissamment à son bonheur par tous les jolis tours qu'il faisait sur son perchoir ; cependant, Germaine avait eu un chagrin, et des larmes étranglèrent sa voix quand elle le raconta.

— Vous savez bien, maman, ce joli petit oiseau gris et rouge, dont Sœur Noémie nous avait fait voir le nid, où il y avait de si jolis petits, qui ouvraient leur bec quand nous nous approchions, dans le jardin, eh bien ! les petits sont tous morts, et leur maman est bien affligée.

— Comment cela est-il arrivé?

— Le nid a été renversé et les pauvres oisillons sont tombés; je les ai vus, reprit Germaine, en faisant la moue, comme si elle allait pleurer.

— N'est-ce pas toi qui as voulu y toucher?

— Oh! non, maman, vous me l'aviez défendu; c'est l'orage, vous savez bien, ce vilain orage qui nous a tant mouillées sur la mer; quand vous avez été partie, j'ai voulu leur faire une visite avec Aïka, et nous sommes allées au jardin; avant d'arriver, nous avons entendu la mère qui pleurait, alors, nous nous sommes approchées de l'arbre et nous avons vu le nid par terre, dans la boue, avec les petits, tombés et morts de froid, et la mère qui volait tout autour.

— Et son chagrin t'a fait bien de la peine? reprit Louise, en embrassant sa fille.

— Oh! oui; j'ai bien pleuré, allez. Le pauvre oiseau me rappelait votre chagrin quand j'étais malade dans mon lit et que vous me regardiez avec des yeux rouges qui souriaient, puis vous vous tourniez, pour les essuyer, sans que je le visse.

— Qui t'a dit que je pleurais?

— Mon ange gardien, qui me disait à l'oreille : Vois comment ta maman t'aime; aime-la bien toi aussi.

— Trésor de ma vie, il avait bien raison, ton ange, s'écria l'ouvrière, dont les yeux se mouillèrent d'attendrissement; Dieu a eu pitié de moi et il t'a guérie alors; avant-hier, il nous a sauvées toutes deux de la tempête, et aujourd'hui il m'a sauvé encore la vie par miracle.

— Comment cela, petite mère?

Louise lui raconta son accident dans le run et le danger où elle s'était trouvée d'être écrasée sous les pieds des taureaux.

Germaine tremblait comme une feuille; quand le récit fut terminé, elle se jeta dans les bras de sa mère en répétant :

— Comme il est bon, le bon Dieu! comme il est bon! Allons tout de suite le remercier.

Et, se tenant par la main, la mère et la fille allèrent s'agenouiller dans la chapelle de la Mission.

— N'oublie pas ton père dans ta prière, lui dit Louise, en entrant.

Le lendemain, de grand matin, les trois voyageuses, profitant d'une charrette que le P. Ferrier envoyait au Pont-des-Français, quittèrent la Mission pour retourner à Nouméa.

Rien de particulier ne signala ce petit voyage, commencé en voiture et terminé à pied, par une route que déjà elles avaient suivies.

En arrivant au cottage loué par Mme de Lambescq pour le temps de son séjour dans l'île, elles trouvèrent naturellement la porte fermée, mais Gondou, que le commandant en avait constitué le gardien pendant l'absence de Louise, en avait les clefs, que l'ouvrière alla lui réclamer, en lui ramenant sa fille.

Le vieux sauvage lui remit son dépôt, avec la solennité qu'il mettait dans tous ses actes, et en même temps il y joignit un objet dont l'ouvrière ne devina pas d'abord la nature, parce qu'il était soigneusement enveloppé dans un sachet d'écorce lié avec un tillit.

La politesse lui défendant d'ouvrir ce petit paquet en présence de celui qui le lui remettait, elle l'emporta à la maison, et croyant sans doute que c'était quelque cadeau du vieux chef, elle le posa sur une table sans plus y penser jusqu'au soir, qu'ayant terminé ce qu'elle avait à faire, et le retrouvant sous sa main, elle le déplia plutôt par convenance que par curiosité, s'attendant à ne trouver dans le sachet autre chose que quelques pincées de poils de roussette ou tout autre objet d'une importance analogue.

Au lieu de cela, c'était une lettre à son adresse, et dont la suscription lui fit battre violemment le cœur, car évidemment elle avait été écrite par la main de son mari.

Germaine dormait dans son petit lit, personne ne pouvait, à cette heure, venir troubler le calme de sa solitude ; l'ouvrière se rapprocha de la lampe et, d'une main tremblante, rompit l'enveloppe.

La lettre était bien de Vincent, écrite posément, avec ces caractères fins et déliés qui la faisaient ressembler à un billet tracé par une femme.

Avant d'en commencer la lecture, Louise fit un signe de croix, accompagné d'une courte et fervente prière ; puis, s'armant de courage, elle se pencha sur le papier, dont le contenu pouvait d'un seul coup ruiner toutes ses espérances.

Il ne contenait que ces quelques mots :

« Chère amie ,

» J'ai réfléchi à ta proposition, comme je t'avais promis de le faire. Tout bien examiné, je l'accepte. Tâche de réparer la sottise que j'ai commise, en refusant l'offre du major avec lequel tu es venue me voir une première fois. Je serais heureux de venir habiter la Grande-Terre, près de ma fille et de toi. Intéresse à notre position tes puissants protecteurs qui, en me tendant une main secourable, n'ont pas à craindre de travailler pour un ingrat. Embrasse Germaine pour moi.

» Ton mari affectionné ,

» VINCENT. »

Louise ne pouvait pas s'attendre à tant de bonheur ; elle tomba à genoux et, la tête entre ses mains, se prit à pleurer.

Elle avait toujours confiance en son mari : on croit si aisément ceux que l'on aime, et facilement elle se persuada que, revenu par un coup de la grâce à des sentiments meilleurs, il avait rompu avec ses sinistres amis, les Compagnons du Désespoir, et que, s'il cherchait à s'éloigner d'eux, c'était pour rompre à tout jamais la chaîne odieuse qui l'attachait à la société de ces hommes pervers et rivait sa volonté à leur malice.

Pauvre femme, elle était loin de se douter que cette lettre si affectueuse, non-seulement n'avait pas été écrite à l'insu de ce Beslier, le mauvais génie de son mari, mais que lui-même l'avait suggérée, peut-être dictée, et que ces quelques mots, qui semblaient partis du cœur, avaient été pesés, examinés, débattus et enfin approuvés par les Compagnons du Désespoir, pour s'assurer une utile complice sur la Grande-Terre, complice d'autant moins suspecte aux autorités, qu'elle-même agirait avec une entière bonne foi, et aurait pour aides et pour protecteurs les gens les plus honorables.

C'était pourtant ainsi que tout s'était passé. Beslier, le chef et l'âme de la conspiration tramée et arrêtée déjà depuis plusieurs mois, avait compris que seuls ils ne pourraient pas parvenir à déjouer la surveillance des autorités, à s'emparer d'une embarcation et à sortir de la rade sans être vus et poursuivis. Trop intelligent pour se laisser aller aux espérances absurdes de quelques-uns de ses partisans, scélérats à courte vue, qui ne parlaient que de s'emparer d'un navire de commerce et de contraindre par la force l'équipage à les conduire en Australie, d'où ils gagneraient ensuite les îles pour y exercer la piraterie, il était enfin parvenu à ranger la majorité à son opinion et avait fait entrer la conspiration dans une voie plus lente, mais plus sûre.

— Avant tout, avait-il dit, il faut sortir d'ici, là est l'important, mais là aussi est le difficile. Pour y arriver, il ne s'agit pas d'employer la violence, qui ne peut que tout gâter; la ruse est le seul moyen applicable. Si cette voie est plus longue, elle est plus sûre, et si vous voulez m'écouter, non-seulement les autorités ne séviront pas contre vous, mais vous tendront la main au contraire. Voltaire, notre maître, a dit : le mensonge est un bien quand il est profitable; moi, je vois plus loin que lui, et voici mon opinion : Soyons hypocrites, puisqu'il le faut, effrontément hypocrites, et nous réussirons. La fin légitime les moyens. Quant à moi, la seule vertu que je vénère, c'est le succès. Une fois votre but atteint, rien ne vous empêchera de jeter le masque sous lequel vous vous serez déguisés et de vivre selon vos goûts, en vrais libres-penseurs, qui ne se laissent pas avilir par les simagrées d'une religion qui n'est fondée que sur l'abrutissement de l'intelligence.

Cet exorde avait bien disposé l'assemblée des Compagnons du Désespoir; cependant, comme il est ordinaire dans toute réunion, il se trouvait encore des opposants qui ne voulurent pas laisser passer, sans protester, la proposition de leur chef.

Le boucher-orateur profita de cette occasion pour tonner contre l'impudence du président, auquel il avait conservé rancune de certains mots piquants dont, dans d'autres occasions, Beslier l'avait criblé, et s'élança à la tribune, les manches de sa chemise retroussées jusqu'aux coudes, comme s'il avait voulu assommer un bœuf.

On était blasé sur ses effets oratoires, ses arguments ne convainquirent personne et Beslier, quand il s'avança à son tour, pour lui répondre, n'eut, pour le confondre, qu'à prononcer ces mots, demeurés célèbres dans les fastes oratoires des Compagnons du Désespoir :

« Citoyens, si l'orateur qui m'a précédé, a osé se présenter devant vous, en manches de chemise, c'est qu'il était bien certain d'emporter d'ici une fameuse veste, et je vais la lui donner de bon drap. »

Et là-dessus, au milieu des éclats de rire, provoqués par la déconvenue de l'ex-inspecteur de la Monnaie, il avait si bien habillé cet infortuné citoyen que celui-ci s'était vu obligé de quitter l'assemblée au milieu d'une grêle de railleries.

Toutefois, le président du club ne s'était pas contenté de ce triomphe et, profitant de son succès, avait si bien manœuvré, qu'il était parvenu à faire nommer une commission de cinq membres, sorte de pouvoir exécutif chargé spécialement de la conduite des affaires des Compagnons du Désespoir et de l'exécution, par les moyens qui leur paraîtraient les plus sûrs, des décisions prises par l'assemblée.

Ainsi que cela se pratique dans toutes les républiques, le pouvoir allait toujours se concentrant dans les mains d'un petit nombre, pour arriver forcément à demeurer la proie d'un seul, conclusion nécessaire de l'anarchie au despotisme.

Pour hâter ce dénouement, l'organisateur de la société secrète s'était fait adjoindre quatre de ses plus chauds partisans, l'ex-forgeron Gargamelle, Pointu, peintre en bâtiments, le cordonnier Maubernard et Violle, dit la Rousse, devenu célèbre par plusieurs assassinats commis, à l'époque de la Commune, pour le salut de la République.

A partir de ce moment, de la voie des tâtonnements, les Compagnons du Désespoir étaient entrés dans celle de l'action, et le premier acte de Beslier, président de la nouvelle commission exécutive, avait été de faire comparaître Vincent devant lui.

Là, il lui avait signifié qu'il aurait à aller se fixer sur la Grande-Terre, après avoir écrit la lettre destinée à Louise, à s'y fixer dans les environs de Nouméa, en faisant connaître son domicile à ses chefs, avec lesquels il devait correspondre, à l'insu de sa femme, par des moyens qui lui seraient ultérieurement indiqués.

En cas de désobéissance aux ordres qui lui seraient transmis, et auxquels il prêtait serment d'obéir aveuglément, frère Vincent fut prévenu que pour la première fois il serait puni par l'enlèvement de sa fille, et à la seconde, par la peine de mort.

Mulasse, Machéfer et autres forçats, employés dans la Grande-Ile et affiliés à la société, demeuraient chargés de l'exécution des arrêts prononcés par la cour suprême.

Comme on le voit, la menace n'était pas une vaine plaisanterie.

Trop avancé pour reculer, Vincent dut se soumettre.

Ainsi que nous l'avons dit, Louise ne se doutait de rien de cela.

Après avoir lu la lettre venant de Numbo, elle passa une nuit sans sommeil; puis, n'ayant personne auprès d'elle qu'elle put consulter, ne voulant pas non plus compromettre son mari par une réponse écrite, elle se décida, malgré sa fatigue, à aller demander une nouvelle permission au bureau de la police et, munie de son autorisation, se fit conduire en barque, avec sa fille, à l'anse de Mbi, d'où le commandant la fit accompagner par un soldat jusqu'à Numbo.

Vincent s'attendait à cette visite. Elle le trouva plus affectueux que jamais; mais, quoiqu'il se gardât bien de lui parler de ce qi s'était passé, elle devina sans peine que la résolution que venait de prendre son mari avait été autorisée, sinon approuvée par ses complices.

Mais, pour elle, l'important était de l'arracher au milieu dans lequel il se trouvait; aussi, trop prudente pour soulever de nouvelles difficultés, se garda-t-elle de témoigner le moindre soupçon et, le soir étant venu, ne le quitta-t-elle qu'en l'exhortant vivement à persévérer dans son intention, se faisant fort, dès que Mme de Lambescq serait de retour, de lui faire obtenir la permission qu'il désirait.

Il va sans dire que, de toute cette journée, Beslier ne se montra pas; comme tous ses semblables, cet homme se cachait toutes les fois qu'il avait à agir, et ce ne fut que lorsque Louise eut repassé, avec son guide, les limites du camp, que le chef des conspirateurs vint trouver Vincent pour se faire rendre compte de l'entretien qui venait d'avoir lieu.

Fort heureusement que l'ouvrière, soupçonnant un piége, s'était, elle aussi, tenue sur la défensive et n'avait parlé ni de la visite à la Mission, ni de MM. Majastre et Joubert, non pas qu'elle crût que son mari cherchât à la tromper, mais parce que, connaissant sa légèreté, elle n'avait pas voulu l'exposer à divulguer le lieu de la future retraite, où il pourrait vivre à l'insu de ses ennemis.

Le président du club des Compagnons du Désespoir eut beau tourner et retourner habilement son agent, il ne put en tirer rien de nature à compromettre Louise; si bien qu'il demeura persuadé que la pauvre femme, demeurant sans soupçon, se prêterait facilement au rôle d'instrument inconscient qu'il voulait lui faire jouer.

Rassuré de ce côté, il ne s'occupa plus que d'échauffer le zèle de Vincent par la perspective d'une fuite facile, et dont il tirerait à la fois honneur et profit, puisqu'il l'aurait facilitée plus que tout autre; mais surtout il le mit en garde contre toute indiscrétion, si légère qu'elle fût, qui pourrait tout perdre et attirerait sur la tête du faux frère d'épouvantables malheurs.

— Sur toute chose, ajouta-t-il, défie-toi des missionnaires et jésuites de toute sorte, du fameux Père Louis en particulier, qui se donne pour le protecteur de ta femme, mais qui n'est qu'un espion payé par le gouvernement des Versaillais et qui, connaissant la haute estime que nous avons tous pour toi, ainsi que l'influence considérable dont tu jouis parmi tous les déportés, ne fait semblant de travailler pour vous que pour vous épier de plus près, arracher à ta femme tes secrets, savoir par elle ce qui se passe dans nos assemblées et profiter de la moindre imprudence pour te séparer à jamais de ta famille et exciter contre nous tous la rage de nos bourreaux.

Ils causaient encore, se promenant au bord de la mer, lorsqu'ils aperçurent une barque canaque, regagnant à la voile le port de Nouméa.

Elle était trop éloignée pour qu'il fût possible de reconnaître ceux qui la montaient; pourtant, Vincent, étendant la main, dit à son compagnon:

— Voici le canot qui emporte nos espérances; puissent-elles, comme lui, arriver à bon port.

— A quoi reconnais-tu cette barque? demanda Beslier.

— A sa forme d'abord, puisque, comme tu le vois, elle ne ressemble en rien aux embarcations qui, chaque jour, conduisent des officiers à Mbi ou nous apportent des vivres , puis enfin elle répond à la description que ma femme m'a faite du canot dans lequel elle est venue. Enfin , par sa direction , il est facile de voir qu'elle ne peut venir que d'ici.

— Et tu crois que ta femme est à bord?

— Avec ma fille; j'en suis certain.

— Alors, en effet, je lui souhaite heureux voyage, car pour peu que tu sois prudent et que tu suives aveuglément les conseils que je te donnerai, je t'affirme que c'est à ta femme plus qu'à tout autre que nous devrons, dans un avenir prochain, non-seulement la fin de notre exil, mais, avec la liberté, la fortune et le bonheur.

— Dieu t'entende! fit l'ouvrier, avec un sourire mélancolique.

— Dieu! s'écria Beslier, avec un éclat de rire cynique. Ah! je t'y prends, tu seras donc toujours clérical, même avec nous; que diable deviendras-tu donc entre ta femme et son confesseur? je ne te donne pas un mois pour être redevenu un bigot. Ne sais-tu donc pas encore qu'il n'y a pas de Dieu ?

— Bah! repartit Vincent, en haussant les épaules, je crois n'avoir pas plus de préjugés qu'aucun autre parmi nous, et tu sais aussi bien que moi, que Dieu vous entende, n'est qu'une manière de parler.

— A la bonne heure, mon cher, mais avoue que c'est une locution vicieuse.

Pendant que son mari, toujours dominé par l'ascendant que Beslier avait su prendre sur sa faible nature, riait ou faisait semblant de rire de ses propos grossiers et impies, Louise, l'œil fixé sur l'enfoncement de la baie de Numbo, remerciait Dieu d'avoir couronné ses efforts, en inspirant à Vincent la bonne pensée de profiter de la protection puissante qui lui permettait de se séparer de ses complices et de venir vivre loin d'eux au milieu de sa famille.

En rentrant à la villa , elle trouva Aïka qui l'attendait; en l'absence de Mme de Lambescq, la femme du déporté n'avait personne autre à qui ouvrir son cœur; d'ailleurs, la jeune Calédonienne était déjà en partie initiée à ses secrets, l'ouvrière lui raconta le résultat de l'entrevue qu'elle venait d'avoir.

— Pourquoi ne l'avez-vous pas ramené tout de suite? demanda la jeune Canaque.

— Il faut une autorisation en règle, et j'attends, pour la demander, le retour de la commandante.

— Mon père aussi l'attend avec impatience, car il espère, grâce à lui, être rétabli, sinon dans toute sa puissance, au moins dans les biens qu'il possède dans la tribu de Magalave.

— Je voudrais qu'il en fût ainsi, puisque ton père le désire, mais Magalave est bien loin d'ici et ton départ m'affligerait.

— Pourquoi ne viendriez-vous pas y demeurer aussi bien qu'ailleurs?

— On ne nous permettrait pas de nous éloigner autant de Nouméa.

— C'est un si beau pays; vous verriez la vallée du Diahot; je suis sûre que dans votre pays de France, il n'y a pas un endroit plus riant et plus riche, plus fertile et mieux arrosé. C'est là que tu serais bien, ma Germaine, dans une belle case, sous des cocotiers, entourée de jardins remplis de belles fleurs, et au bord d'une rivière où il n'y a qu'à se baisser pour prendre de superbes poissons couleur d'or et d'argent.

— Oui, mais tout cela est trop loin.

— Oh! nous n'y sommes pas encore nous-mêmes! soupira Aïka. Le chef de Puma est un chef riche et puissant, qui a une double langue, l'une pour dire du mal de mon père dans la tribu, l'autre pour flatter les Français et leur faire croire ce qui n'est pas. Il va inventer beaucoup de mensonges pour empêcher mon père de revenir demeurer là-bas, parce qu'il en a peur, et alors celui-ci, quand il aura pris ce qui lui appartient et vendu sa terre, viendra s'établir dans le pays de ma mère.

— D'où est-elle, ta mère?

— C'est la fille de l'ancien chef de Kanala, bien plus près d'ici, dans la montagne, un beau pays aussi, mais que je ne connais pas.

— Quoi qu'il arrive, je vois bien que nous serons séparées, reprit tristement Louise.

— Séparées pour un an ou deux, c'est possible; mais vous savez bien ce que vous a dit la robe noire de la Conception, votre ami: au bout d'un an ou deux votre mari sera libre, il pourra quitter Koé ou Koutio-Kouéta et cultiver une terre à lui où il voudra. Pendant ce temps, nous chercherons le plus joli endroit dans notre voisinage, nos cases seront dans le même bosquet, nous travaillerons ensemble; vous m'apprendrez à soigner les plantes de votre pays et moi je vous enseignerai la manière de cultiver les ignames et les taros.

— Oui, c'est cela, s'écria Germaine, en battant des mains, nous ferons, sous les arbres, une jolie chapelle pour mettre ma statue de la bonne Mère, et tous les jours nous mettrons des fleurs autour d'elle, puis, nous aurons chacune un petit agneau blanc; le mien aura un ruban rose et celui d'Aïka un ruban bleu.

— Pendant que nous nous amuserons toutes les deux, continua la Néo-Calédonienne, avec cette gaieté pleine de vivacité qui est un des caractères propres aux jeunes filles de la nouvelle colonie française, mon père, qui est un grand chasseur, ira chercher du gibier, que ma mère fera cuire dans des feuilles, comme tu l'aimes tant, et ton père à toi, gardera, en dormant sous un arbre, dans la prairie, une belle vache, pour nous donner de bon lait.

— Alors, il n'y a que moi qui n'aurai rien à faire? s'écria Louise, en se mêlant à cette conversation enfantine.

— Oh! si, maman, répliqua vivement Germaine; vous, vous serez la maîtresse de tout.

— Non, ce ne serait pas juste; je veux travailler aussi.

L'enfant réfléchit un moment, puis répondit:

— Vous, vous arroserez les plus jolies fleurs et vous garderez le notou.

Le reste de la soirée se passa à bâtir des châteaux en Nouvelle-Calédonie et à faire des rêves à la Jean-Jacques, de petites maisons blanches, à contrevents verts, posées dans un nid de verdure.

Il est si bon, quelquefois, de remplacer la réalité par l'illusion.

Les jours suivants s'écoulèrent lentement, d'autant plus lentement que Louise attendait, avec une impatience plus fiévreuse, le retour de Mme de Lambescq.

Pour prendre patience, elle écrivit une longue lettre au P. Louis, lui racontant sa visite à Numbo, les bonnes résolutions de Vincent et son désir de revenir sur la Grande-Terre.

Le pauvre missionnaire eut fort à faire de lire ces quinze ou seize pages d'écriture fine, serrée, remplies de redites, décousues, mais illuminées par le bonheur ; il y répondit plus brièvement par de bons conseils et de sages avis par lesquels il s'efforçait, non pas d'éteindre, mais d'amortir cette trop grande flamme d'espérances.

Du reste, à la villa Lambescq, la Française n'était pas seule à se faire des illusions sur l'avenir. Plus mystérieux que jamais, le vieux Gondou continuait à s'entourer de tabous pour fabriquer de nouveaux tillits. Sa case était devenue une véritable manufacture de décorations à l'usage de ses futurs sujets.

Plongé dans ces graves occupations, il se montrait peu au dehors, ne sortant que pour se livrer, le soir ou le matin, à la pêche, seul dans sa pirogue, dont sa femme, en attendant de reprendre son rang royal, maniait vigoureusement les avirons.

Moins préoccupée de reconquérir sa haute position, Aïka profitait des loisirs que lui fournissait le tabou, soit en aidant la Française dans ses travaux d'intérieur, soit en jouant avec Germaine dans le jardin, dont le notou était devenu le principal ornement, ou en l'accompagnant dans ses promenades au bord de la mer.

Un matin, qu'elles se préparaient à sortir, pour aller ramasser des coquillages à la marée descendante, elles virent flotter à la corne du *Magenta* le pavillon du commandant.

La baleinière était de retour.

Ainsi qu'il est facile de le supposer, la pêche fut remise à un autre jour, et les trois promeneuses, se dirigeant vers la pirogue amarrée au bas du jardin, et qu'Aïka conduisait avec l'habileté d'un vieux matelot, y montèrent aussitôt pour se rendre à bord.

Le beau Timothée, en grande tenue, le chapeau ciré sur l'oreille, en pantalon blanc et le sabre au côté, les reçut au moment où elles accostèrent et, enlevant Germaine dans ses bras, la déposa sur le pont, où les marins, qui ne la nommaient que l'oiseau bleu, à cause sans doute de la couleur de la robe qu'elle portait pendant sa longue traversée, lui firent le meilleur accueil.

La commandante qui, en ce moment, se trouvait dans sa cabine, lui en fit un plus chaud encore, ainsi qu'à sa mère et à la Néo-Calédonienne, leur amie. Elle-même aurait voulu les prévenir et les surprendre à la villa, mais en arrivant à bord, elle avait trouvé un volumineux courrier arrivant d'Europe, et toute sa matinée s'était écoulée à le dépouiller.

Louise lui demanda des nouvelles de son voyage.

Elle en était enchantée, et son excursion dans la vallée du Diahot l'avait particulièrement charmée.

— C'est presque votre pays, dit-elle à Aïka.

— Oui, madame, répondit la Calédonienne. De notre village, qui domine le fleuve, nous pouvions embrasser d'un coup d'œil toute la vallée.

— Je ne me suis pas élevée jusque-là, mais par ce que j'ai vu, je puis juger de la magnificence du paysage par celui qui se développait devant nous; le sol est d'une fertilité extraordinaire, et les rochers nus qui forment barrière autour de cet éden ne semblent avoir été mis là que pour faire ressortir, par l'étrangeté de leurs formes et leur cou-

III.

leur ocreuse, la splendide végétation de la plaine. Mais, vous, ma chère, continua-t-elle, en s'adressant à l'ouvrière, avez-vous été satisfaite de votre expédition à la Mission?

— Enchantée, sous tous les rapports, madame; vos conseils me portent décidément toujours bonheur et, grâce à eux, ainsi qu'à votre protection, j'ai réussi au-delà de tous mes désirs.

— Vous y avez trouvé une place pour votre mari?

— Pas là, madame; mais un peu plus loin, chez un grand propriétaire, qui élève des bestiaux dans le run, à Koutio-Kouéta, et possède des cultures superbes, à Koé.

— Chez M. Joubert?

— Oui, madame.

— Comment avez-vous pu faire sa connaissance?

— L'excellent P. Louis nous a conduit d'abord chez M. Majastre; puis à Koé, il connaît beaucoup ces messieurs, et nous trouverons à nous employer tous les trois à l'une des deux exploitations de M. Joubert.

— Très-bien, très-bien; il n'y a plus qu'à écrire un mot au gouverneur pour faire sortir Vincent, bon gré mal gré, de Numbo.

— Ce ne sera pas difficile, madame, mon mari a réfléchi, et il m'a écrit de lui-même pour le recommander à votre protection pour lui faire obtenir cette faveur.

— Mais, voilà qui est parfait; aujourd'hui même, je verrai M. de la Richerie et je lui parlerai de votre affaire; seulement il serait bon de faire formuler une demande par M. Joubert.

— Elle est faite, et je vous l'apporte, madame.

— Ah! pour le coup, voici ce qui s'appelle ne pas perdre son temps; vous faites les choses à la vapeur, ma chère Louise, et vous en remontreriez à beaucoup de nos diplomates. Je vous avoue que je craignais que vous fussiez loin d'avoir autant avancé les choses; mais, à la manière dont elles vont, je ne doute plus que nous n'ayons le temps, avant de partir, de vous voir établie comme vous le désiriez.

— Partez-vous donc déjà, madame?

— Dans trois ou quatre jours, je crois, au plus tard à la fin de la semaine.

— Quoi, déjà?

— Il le faut bien ; voici longtemps que *le Magenta* a quitté la France, et il ne peut pas s'éterniser dans ce port.

— Ne descendrez-vous pas au moins un peu à terre, jusque-là, madame? demanda Louise, avec une profonde émotion.

— Je compte, au contraire, passer dans votre île le reste de mon congé, reprit la commandante, avec un doux sourire. Je tiens à être témoin du bonheur de votre réunion, et puis, vous comprenez, j'aurai assez le temps d'habiter ma petite cage pendant les deux ou trois mois que va durer notre traversée.

— La pauvre maison sera bien seule, quand vous serez tous partis! murmura la jeune Calédonienne, qui n'osait pas interroger Mme de Lambescq au sujet de l'enquête que le commandant avait promis à Gondou, de faire à Bolade, sur ses griefs contre le chef de Puma.

— Que t'importe, si nous la quittons tous à la fois? fit la jeune femme, en frappant sur la joue de celle qu'elle appelait sa petite sauvage.

Un éclair de joie passa dans les yeux de celle-ci, et ses lèvres, sans toutefois proférer une seule parole, formulèrent une interrogation si claire, que la commandante crut pouvoir répondre :

— Un peu de patience, mon enfant, rien n'est encore entièrement décidé, pour le moment; mais, quoi qu'il arrive, j'espère que ton père sera satisfait.

— Oh! je savais bien que vous ne nous oublieriez pas, s'écria Aïka, en saisissant sa main, qu'elle couvrit de baisers.

Au même moment quelqu'un frappa à la porte.

— Entrez! fit Mme de Lambescq.

— Commandante, dit Timothée, en portant la main à son chapeau, le canot est paré.

— Louise, aidez-moi à m'habiller bien vite, reprit la Française qui, un instant après, remontait sur le pont, où l'attendaient le commandant et son fidèle compagnon, le docteur Goblet.

Tout le monde prit place dans le canot, que le Provençal poussa au large.

— Savez-vous ce que c'est que cela? demanda le docteur, en retirant de l'une de ses nombreuses poches, un fragment de quartz, qu'il montra à Louise, près de laquelle il était assis.

— Un caillou, répondit-elle.

— Un caillou dont la découverte, faite par moi, s'écria-t-il, va changer la face de l'île et y attirer des flots d'habitants.

— Dites plutôt d'aventuriers, reprit le commandant, de sa voix grave.

— Qui, au bout de quelques années, deviendront de bons et riches colons, répliqua le savant.

Et, comme l'ouvrière, ne comprenant rien à cela, regardait le caillou, d'un air étonné :

— Voyez-vous, ces points brillants? continua le docteur.

— On dirait des morceaux de cuivre.

— Ça, du cuivre! C'est de l'or, du bon or, fit le naturaliste ; j'en ai ramassé en vingt endroits dans la chaîne de rochers qui entourent la vallée du Diahot. Il y a de prétendus savants qui ont osé affirmer que la Nouvelle-Calédonie n'est qu'un morceau de fer rouillé; je leur prouverai, moi, que ce fer est de l'or.

— Ce sera un grand malheur, répéta M. de Lambescq; j'ai été témoin de l'épouvantable anarchie qui régnait, à San-Francisco, à l'époque de la fièvre de l'or, et je me figure que l'enfer doit ressembler à ce que j'ai vu.

— Fort heureusement, observa la commandante, la découverte de M. Goblet n'est pas encore bien certaine; on peut trouver partout quelques paillettes d'or, mais pas assez pour constituer une exploitation lucrative.

— Certainement, madame, mais la mienne ne sera pas stérile, j'en réponds, car la science ne peut pas mentir.

— En quoi la science serait-elle compromise, s'il vous plaît?

— En tout, madame; sans doute on peut rencontrer partout quelques parcelles d'or, par suite des cataclysmes effroyables qui ont agité notre globe et brisé, sur plusieurs points, son écorce, pour en disperser les débris, mais chaque métal n'en a pas moins ses gisements particuliers, et la science nous apprend que c'est dans les rochers de première formation qu'il se rencontre plus particulièrement. Or, l'ossature de la Nouvelle-Calédonie appartient à cette époque; et de plus, ses montagnes présentent ce caractère frappant qu'elles sont dirigées dans le sens du méridien comme celles de l'Oural, de la Californie et de l'Australie, les plus riches en mines, comme on le sait; je dis plus, non-seulement elles ont la même direction, mais je prétends qu'elles ne sont que les sommets d'une même grande terre submergée, qu'elles sont identiques, et que le jour n'est pas éloigné où notre colonie prendra place parmi les plus importantes des régions aurifères.

— Ses habitants seront-ils plus heureux, monsieur Goblet?

— Et que m'importe, madame? repartit le féroce savant, la science aura dit vrai[1], c'est là l'important.

L'embarcation arrivait au quai, la conversation en resta là, et tandis que le commandant, avec sa femme, se dirigeait vers l'hôtel du gouvernement, Louise, Germaine et Aïka retournèrent à la villa, pour y préparer le déjeûner et mettre tout en ordre dans l'appartement.

La table était mise et le salon garni de fleurs, lorsque, vers midi, Mme de Lambescq arriva, avec son mari et le docteur.

[1] La science a dit vrai en effet, quatre anglais, MM. Hook, Borgnès, Pipper et Bailly, ont trouvé à 3 kilomètres du village de Manghine, à peu de distance de Diahot, un terrain aurifère d'une grande valeur dont ils ont obtenu la concession.

Aïka servait à table; la pauvre enfant était dans un tel état d'agitation qu'elle brisa une carafe derrière le docteur.

— Signe de mariage, s'écria la commandante, en riant; est-ce pour bientôt, monsieur Goblet?

— Voici quarante-deux ans que je m'y prépare, madame, et je demande encore quelques années de réflexion.

— Le temps d'exploiter votre mine d'or sans doute, fit ironiquement le commandant; mais, prenez garde que vos cheveux ne deviennent d'argent.

— Je crois plutôt, interrompit Mme de Lambescq, que ce bris de carafe est une annonce de bonheur indéterminé pour n'importe lequel d'entre nous.

— Dans ce cas, le présage a raison, s'écria le commandant, car je suis sûr que je vais faire un heureux. Aïka, va trouver ton père et lui dire qu'il vienne me parler.

La Néo-Calédonienne partit comme un trait.

— M. de la Richerie consent à ce que ce monarque rentre dans ses états? demanda M. Goblet.

— Ne riez pas, docteur; mieux vaut être le premier dans son village que le second à Rome.

— Je ne vous croyais pas si ambitieux, commandant.

— Ce n'est pas moi qui l'ai dit le premier, puisque le mot est de César.

— Par bonheur pour Aïka qui, dans son empressement, eût été capable de se heurter irrévérencieusement au tabou, son père ne s'occupait pas, ce jour-là, de la fabrication des tillits.

Le vieux chef attendait certainement avec anxiété la nouvelle que M. de Lambescq lui rapportait au retour de son voyage; mais il se garda bien d'en rien laisser paraître et, se levant, d'un air à la fois froid et digne, il suivit gravement sa fille jusqu'au salon, à la porte duquel il se tint debout, appuyé sur un long bâton de bambou et la main droite à son front, comme un soldat qui salue son chef.

On aurait dit un étranger parfaitement indifférent à ce qui allait se passer.

Seule Mme de Lambescq devina son impatience sous son masque d'impassibilité, et remarqua du premier coup d'œil que sa chevelure venait d'être frisée, ses vêtements ordinaires remplacés par son plus élégant costume et son cou enguirlandé de nombreux colliers, preuves évidentes qu'il s'était, d'avance, préparé à l'entrevue à laquelle il semblait ne se prêter que par déférence pour le chef oui-oui.

Le commandant lui lut, avec un imperturbable sérieux, l'arrêté motivé par lequel le gouverneur de l'île lui permettait de retourner dans ses Etats et de s'y faire reconnaître pour chef, à ses risques et périls, bien entendu, par ses anciens sujets.

Aïka traduisait, phrase par phrase, la lettre du gouverneur, que son père écoutait avec une religieuse attention, sans changer de position, et immobile comme une cariatide de marbre noir; pas un muscle de son visage ne bougeait, mais ses yeux brillaient d'un éclat extraordinaire, et sa taille, un peu voûtée, se redressait peu à peu avec fierté.

La lecture terminée, le commandant crut devoir ajouter quelques mots dans lesquels il engageait le sauvage à la reconnaissance et à la fidélité envers la France; puis, s'avançant vers Gondou, il lui remit, en signe de protection, une hache neuve, présent d'une grande valeur, que le nouveau chef reçut avec une émotion telle que, se sentant incapable de dissimuler plus longtemps sa joie, il fléchit le genou, posa la main du marin sur sa tête, en signe de soumission complète à ses ordres, et s'éloigna, en poussant des hurrahs frénétiques en l'honneur de ses bienfaiteurs.

Quant à sa fille, elle était ivre de bonheur, sautait en frappant des mains et semblait avoir perdu la raison.

Pour la calmer, il ne fallut pas moins que la voix de son père qui l'appelait. Elle sortit aussitôt, mais pour rentrer dix minutes après avec lui, apportant un panier de noix de cocos, d'ignames grillées et autres cadeaux de même nature, accompagnés d'un présent de tillits, du plus beau rouge, que le grand chef voulut lui-même passer au cou de son protecteur et de Mme de Lambescq.

La remise de ces insignes, auxquels Aïka joignit un charmant collier de coquillages pour Germaine, fut suivie d'un discours adressé par Gondou, en langue canaque, au commandant, qui y répondit par des félicitations sur sa dignité, des exhortations à demeurer inébranlablement fidèle à la France, et la demande, en cas de nécessité, de sa protection de grand-chef en faveur de Louise, si jamais elle avait besoin de son secours.

Cette cérémonie se termina par un échange de monnaies et de poignées de mains, après lequel Gondou se retira majestueusement, pour aller, non pas travailler, mais présider aux préparatifs de départ faits par la princesse sa compagne qui, pendant tout le reste de la journée, s'occupa à transporter sur ses épaules ses ustensiles de ménage, les filets et autres instruments appartenant à son mari, sur la pirogue qui, le lendemain, à la pointe du jour, devait les transporter à Bolade.

Aïka passa cette journée auprès de sa petite amie, qu'attristait son départ; mais la Néo-Calédonienne la consola en lui persuadant que son père ne tarderait pas à revenir se fixer à Kanala, et le soir, Germaine, pour qui les illusions de son âge faisaient miroiter un avenir charmant, embrassa son amie, avec un sourire, et s'endormit, en rêvant aux deux agneaux blancs qu'ensemble elles garderaient sur la verte pelouse de leur oasis.

CHAPITRE V

Une seconde vie

———————

Deux jours à peine s'étaient écoulés depuis le départ de Gondou et de sa famille, lorsqu'un matin, vers dix heures, un courrier, envoyé par le gouverneur général, apporta à M. de Lambescq une lettre, que celui-ci lut et remit aussitôt à sa femme.

Louise était présente à la remise du pli; mais, habituée à en voir arriver un grand nombre, elle ne se préoccupa nullement de celui-ci et continuait à repriser une garniture de dentelle que, la veille, la commandante avait déchirée en descendant de voiture, lorsque Mme de Lambescq, se tournant vers elle, lui dit :

— Tenez, Louise, voilà qui vous concerne.

— Moi, madame ?

— Oui, vous; la faveur que votre mari sollicite lui est accordée, et dès demain, il sera à Nouméa.

L'ouvrière ne s'attendait pas à une telle promptitude de la part des bureaux, aussi demeura-t-elle tout interdite.

— Est-ce que cela vous afflige? lui demanda le commandant.

— Assurément non, monsieur, et je ne saurais trop vous remercier de cet immense service; mais.....

— Allons, finissez votre phrase, reprit Mme de Lambescq; je suis sûre que vous trouvez que c'est un peu trop tôt.

— Je ne devrais pas le penser et encore moins le dire, madame; cependant, je vous avoue que vous avez deviné juste; non pas que je ne sois bien heureuse de revoir Vincent, seulement il va nous falloir partir tout de suite pour la campagne de M. Joubert et j'aurais vivement désiré ne pas vous quitter avant le moment si prochain de votre embarquement.

— Si ce n'est que cela, ma chère Louise, consolez-vous: moi-aussi je désire vous garder le plus longtemps possible, et mes précautions sont prises pour cela. C'est ici même que Vincent viendra aussitôt débarqué dans l'île, mon mari est bien aise de le voir, de lui parler, et je crois que cela ne lui fera pas de mal; à moins toutefois que vous ne souhaitiez le contraire.

— Certes non, madame, j'en serai bien heureuse, au contraire; mon mari est trop intelligent pour que les exhortations et les conseils d'une personne aussi digne de respect que M. de Lambescq ne lui soient pas très-profitables, et si j'ai encore quelque appréhension de le voir arriver, c'est que je tiendrais essentiellement à ce qu'aucun des déportés qui se trouvent à Nouméa ou aux environs ne pût savoir où va demeurer mon mari.

— Et vous avez raison, interrompit le commandant; aussi le garderons-nous prisonnier dans notre villa pendant les deux ou trois jours que nous avons à passer encore ici, puis je me charge de vous faire transporter en canot à la baie de la Dumbéa, de l'autre côté de la presqu'île, en sorte que, partant tous à la fois, nous ne laisserons ici aucune trace de notre passage, et que tout fera supposer que vous et votre mari êtes, pour un motif ou pour un autre, embarqués à bord du *Magenta* et en route pour la France.

— Merci, commandant, vous êtes trop bon pour nous; jamais nous ne pourrons assez reconnaître ce que.....

— Vous pourrez même, continua le marin, changer de nom en

arrivant chez M. Joubert, que j'avertirai par un billet, ainsi que le gouverneur; au lieu de vous appeler Vincent, vous prendrez un nom quelconque, celui de Morin, par exemple, ou tout autre, et cela achèvera de dépister les curieux qui auraient intérêt à découvrir votre retraite.

Rien ne pouvait convenir davantage à l'ouvrière que les précautions si intelligentes prises par ses protecteurs. Elle les remercia avec effusion, puis aussitôt rentrée dans sa chambre, elle s'empressa d'écrire au Père Louis, pour l'informer de ce qui se passait et le prier de joindre ses recommandations à celles de M. de Lambescq auprès du propriétaire de Koé.

Le lendemain, Vincent arriva, en effet, comme cela avait été convenu. Séparé de ses compagnons et redevenu, au moins momentanément maître de lui-même, il se montra tel qu'il était dans le fond, bon et aimant, embrassa tendrement sa femme et répondit, par les caresses les plus affectueuses, à l'accueil un peu timide que lui fit sa fille.

Il est vrai qu'en ce moment, l'idée de l'abominable serment qu'il avait prêté, avant de partir, aux Compagnons du Désespoir, n'obsédait pas sa pensée; libre un moment de la chaîne à laquelle il avait si imprudemment rivé sa volonté, il se sentait heureux comme l'oiseau dont la cage vient d'être ouverte et qui, longtemps captif, secoue ses ailes, prêt à s'élancer dans le ciel bleu.

Louise profita de ces bonnes dispositions pour le présenter à ses bienfaiteurs; il avait bien contre eux quelques vieux préjugés, moins cependant que contre les prêtres et, dans le fond de son cœur, il leur était reconnaissant de tout ce qu'ils avaient fait pour sa femme et pour lui.

Ni M. ni Mme de Lambescq ne le connaissaient. Ils furent agréablement surpris à la vue de cet homme, jeune encore, de figure douce et agréable, s'exprimant facilement, parlant avec une voix douce; écoutant avec une docilité qui n'avait rien de servile, et paraissant parfaitement comprendre ses torts, la position pénible dans laquelle il s'était mis et les devoirs qu'il avait à remplir pour se réhabiliter aux yeux de la société.

Le commandant était décidé à se montrer sévère contre le criminel endurci ; la physionomie douce de Vincent, sa contenance humble sans affectation, changèrent ses dispositions ; il ne vit plus devant lui qu'un étourdi, qui n'avait cédé qu'à une légèreté sans doute coupable, mais bien digne de pardon, et lui parla d'une manière si paternelle de lui, de sa femme, de son enfant, que les larmes en vinrent aux yeux de l'ouvrier.

L'impression produite sur Mme de Lambescq ne fut pas moins favorable au déporté et, le voyant repentant, elle trouva pour le mari de sa protégée des paroles de consolation amicales et des exhortations tout affectueuses.

Vincent, de son côté, se sentit tout changé, il n'était pas habitué à tant de douceur et à tant de bonté. Ces nobles, ces riches que Beslier lui dépeignait comme si pleins de morgue, d'égoïsme et de mépris pour le peuple, lui apparaissaient sous un jour si différent, qu'il eut presque honte des idées absurdes dont jusqu'alors il avait été imbu, et que ce fut avec une sincérité parfaite qu'il promit de se montrer digne, à l'avenir, des faveurs dont il était l'objet.

— Ce pauvre garçon vaut mieux que sa réputation, dit le commandant à sa femme, lorsque Vincent fut sorti ; je serai vraiment heureux de faire quelque chose pour lui.

— Si tous les nobles et les riches ressemblaient à ceux-ci, murmurait Vincent, en descendant au jardin avec Louise, tout le monde serait bien heureux.

— Si tu les connaissais tous, répondit-elle, en souriant, tu verrais qu'il y en a beaucoup de très-bons.

Pendant les quatre journées que le déporté passa dans cette maison hospitalière, la bonne opinion qu'il avait donnée de lui en arrivant, ne fit que se confirmer, c'était à ne pas comprendre qu'il eût pu s'enrôler dans la bande des misérables qui, pendant quelques mois, furent la terreur de Paris.

Il est vrai qu'à la villa il vivait dans un milieu qui ne ressemblait en rien à celui dans lequel l'avait plongé la vanité et retenu la faiblesse de son caractère, depuis le jour où, à Paris, il avait fait la connaissance de ses compagnons de paresse ou de débauche.

Là, au contraire, il vivait en famille, forcément éloigné de toute société mauvaise, entouré de vraies affections et n'entendant, au lieu des propos cyniques des Compagnons du Désespoir, que les douces paroles de sa femme ou les bienveillants avis de Mme de Lambescq.

Cependant il en est des mauvaises sociétés comme des liqueurs fortes, si l'usage en est fatal, la privation subite en est pénible dans les premiers temps ; sans oser se l'avouer à lui-même Vincent ne tarda pas à s'ennuyer.

Un matin, Louise le surprit assis sous les palmiers qui ombrageaient la cabane de Gondou et regardant tristement la mer.

— Que fais-tu donc là? dit-elle, je te cherchais.

— Je pensais, fit-il, à ce vieux sauvage auquel rien ne manquait dans ce jardin et qui a tout quitté avec tant d'empressement pour regagner ses montagnes, où il ne pourra vivre qu'à la sueur de son front.

— Et tu trouves qu'il a eu tort?

— Non; je suis d'avis, au contraire, qu'il a eu raison, il faut une occupation à la vie.

— Cette occupation, tu l'auras bientôt, mon ami; c'est demain que le *Magenta* appareille pour la France.

— Eh bien! tant mieux! s'écria-t-il. Ne crois pas que je n'éprouve pas pour tes protecteurs et les miens la reconnaissance qu'ils méritent à tous égards, mais j'éprouve un besoin irrésistible de travailler, de me secouer d'une manière ou d'une autre, d'avoir une occupation quelconque autre que de me promener dans un jardin, à regarder courir le notou de Germaine ou voler les papillons. Là-bas, je me fatiguerai les bras, je le sais, mais, du moins, je tuerai le temps au lieu de me laisser tuer par lui.

— En cela, tu as bien raison ; le travail est l'assaisonnement de la vie, et lorsque le soir, tu rentreras, après une journée bien remplie, tu trouveras ton repas meilleur et ton repos plus agréable.

— C'est donc demain qu'ils partent ? continua-t-il, en évitant de répondre à la phrase de sa femme.

— Oui, demain, et nous avec eux.

—Jusqu'au navire seulement, fit Vincent, avec un sourire amer.

— C'est là que nous les quitterons, mais pour retourner, nous aussi, en France, dans quelques années peut-être.

— Si ce n'est pas dans quelques mois, murmura-t-il, se parlant à lui-même.

Et son visage prit une expression singulière qui fit frissonner Louise, bien qu'elle n'eût pas entendu les paroles qu'il venait de prononcer entre ses dents.

— Il paraît qu'à Koé, M. Joubert t'emploiera d'abord comme maçon, reprit Louise, pour déguiser son trouble et donner un autre cours à la conversation.

— Pourvu que je travaille, peu m'importe comment.

— Moi, je serai occupée à la laiterie.

— Et Germaine ?

— Il est difficile de lui créer un emploi à son âge ; elle m'aidera un peu et continuera à s'instruire.

— Il y a donc une école ?

— Pas précisément ; cependant, chaque semaine, M. Joubert fait venir un instituteur pour prendre soin des....

— Ah ! oui, un jésuite, probablement ; ces gens-là ont le talent de se fourrer partout.

— Si tu préfères que Germaine ne prenne aucune leçon, tu seras libre de t'opposer à ce que.....

—Libre, libre, c'est toujours la même chanson ; allons ! je vois que je n'en aurai jamais fini avec eux; en tout cas, je t'avertis d'avance de ne pas les lancer à ma poursuite, ou je demande à retourner immédiatement à Numbo.

— Tu feras comme tu voudras, mon ami; quant à moi, je te promets de ne jamais te violenter.

Volontiers Vincent se fût mis en colère; devant la résignation de sa femme, il n'osa pas s'emporter, mais tout le reste de la journée il se tint sur la réserve et se montra d'une maussaderie qui témoignait de sa mauvaise humeur.

Louise feignit de ne pas s'en apercevoir.

— Tout cela changera, se disait-elle; c'est le vieil homme qui se révolte, mais Dieu saura bien le dompter.

Les préoccupations du reste de la journée effacèrent en partie chez l'ouvrière les pénibles impressions de cette matinée.

Il fallut s'occuper activement à emballer les robes et les toilettes de Mme de Lambescq, pour son long voyage, achever précipitamment le trousseau de Vincent, préparer les paquets pour le départ de toute la famille, songer aux provisions pour le déjeûner à faire en arrivant dans la baie de Dumbéa, réparer la cage dans laquelle on transporterait le notou, devenu le camarade et l'intime ami de Germaine, enfin songer à ces mille détails, dont chacun a son importance quand il s'agit de se transporter d'un lieu à l'autre, sans espoir de retour.

Quand le commandant rentra le soir, avec Mme de Lambescq, après avoir fait ses adieux au gouverneur général et dîné à l'hôtel du gouvernement, Louise avait déjà à peu près tout achevé, et il ne lui resta plus qu'à aider sa protectrice à changer de toilette, pour achever de fermer les coffres.

A minuit, tout était prêt, et chacun alla se coucher, moins pour dormir que pour se reposer quelques instants.

Le lendemain matin, à la pointe du jour, Timothée frappa à la porte; il venait, avec une escouade de matelots, prendre les bagages pour les transporter à bord du *Magenta*.

Il fallut encore que Louise lui indiquât ceux qu'il fallait transborder sur le navire, et ceux au contraire qu'il était nécessaire de garder à bord du canot, pour les transporter ensuite à la baie de la Dumbéa.

Vers huit heures, l'embarcation-major arriva pour prendre le commandant et toute la famille Vincent qui, chargée des derniers paquets, se dirigea, à travers le jardin, vers la petite anse, où l'on monta dans le bateau.

M. de Lambescq l'avait ainsi ordonné pour dérouter ceux qui auraient eu intérêt à savoir ce qu'était devenu le transporté.

En moins de vingt minutes, le canot accostait le navire et y déposait ses passagers.

Sur l'invitation de la commandante, Louise en gravit, pour la dernière fois, l'échelle, avec son mari.

La cheminée de la machine fumait déjà, les feux étaient allumés et de fréquents coups de sifflets indiquaient que l'équipage faisait ses derniers préparatifs.

En descendant à la cabine de Mme de Lambescq, l'ouvrière aperçut M. Goblet occupé à amariner ses plantes et ses minéraux.

Le pauvre homme suait sang et eau pour disposer convenablement tous ses trésors, mais il en avait tant qu'il paraissait impossible qu'il pût trouver place pour sa personne dans son réduit encombré de boîtes, de bocaux et de caisses.

— Si vous revoyez Gondou, s'écria-t-il, en apercevant la femme du déporté, rappelez-lui qu'il m'a promis de recueillir pour moi des échantillons de roches le long du Diahot, et expédiez-les-moi à Brest, à l'adresse de MM. Michel fils et Cie; ce sont mes correspondants, ils me les feront parvenir; surtout indiquez-moi bien les gisements, cela m'est absolument nécessaire pour compléter ma carte aurifère.

— Comment diable voulez-vous qu'un sauvage puisse indiquer des gisements géologiques, fit le commandant, qui passait en ce moment; je crois vraiment, docteur, que vous déménagez.

— Et moi, je suis sûr que j'emménage, et ce n'est pas sans peine, reprit M. Goblet, en continuant à clouer une caisse. Est-il vrai que vous allez vous établir à Koé, madame Vincent ?

— Oui, monsieur, ce soir même.

— Alors, dites à M. Joubert de me procurer une paire de notous ; ce serait une acquisition précieuse pour le jardin d'acclimatation. Je les présenterai de sa part au directeur de l'établissement, et sur la cage je ferai mettre : Donné par MM. Joubert père et fils, propriétaires à Koutio-Kouéta.

— Je n'y manquerai pas, monsieur, répondit Louise, qui ne put s'empêcher de sourire de l'état d'agitation du savant ; mais je crains bien que Gondou ne soit pas un grand savant et que.....

— N'importe, n'importe, faites-la, ma chère dame, il s'agit de prouver au docteur Rochas et à M. Garnier qu'ils se sont grossièrement trompés en ....

— Oui, monsieur Goblet.

— C'est une question de science, entendez-vous, et la science n'a pas le droit de se tromper. Ah ! si j'avais comme vous la chance de pouvoir passer ici encore trois ou quatre mois, quel mémoire je ferais pour l'Institut. Allons, bon, voilà que j'oubliais d'amarrer mon jecko ; diable d'animal va !

Et il se remit à coller, à clouer, à taper de toutes ses forces.

— C'est sans doute un fou ? demanda Vincent.

— Un grand savant, répondit sa femme.

— C'est la même chose, fit l'ouvrier.

La réception de Mme de Lambescq et les adieux, dans la cabine du commandant, eurent un tout autre caractère.

La grande dame avait préparé un charmant petit trousseau pour Germaine, elle y ajouta, pour sa mère, son portrait et celui du commandant ; derrière le cadre était collée son adresse, en France.

Vous les mettrez dans votre chambre, ma chère Louise, et quand vous aurez besoin de protection, vous saurez où et à qui écrire.

— Et vous, mon ami, dit le commandant, en remettant au déporté une excellente montre d'argent, voici aussi un souvenir qui pourra vous être utile; en consultant cette montre, songez au prix du temps et apprenez à vous en servir utilement pour arriver à une complète réhabilitation de vos fautes passées; l'avenir est à vous et vous seul pouvez, par votre bonne conduite, faire, que cet avenir soit heureux.

— Avant de nous séparer pour toujours, dit Louise, en fondant en larmes, permettez-moi de vous baiser la main.

Pour toute réponse, Mme de Lambescq lui ouvrit ses bras et l'embrassa tendrement, ainsi que Germaine.

Le moment était venu de se séparer.

La famille Vincent, devenue la famille Morin, descendit dans le canot.

Par une aimable attention, Mme de Lambescq avait demandé à son mari que ce fût Timothée qui en prît la barre.

Quand tout le monde fut assis, il poussa au large, en criant:

— Nage!

Les avirons tombèrent à l'eau et le canot s'éloigna.

Déjà il était à plus de deux encâblures, quand un petit homme parut dans les bastingages, faisant de grands signes et criant:

— Dans la vallée du Diahot, derrière le village de.....

Louise ne put pas entendre le nom, mais elle fit signe qu'elle comprenait.

A côté du docteur, la commandante agitait son mouchoir, en signe d'adieu.

Quand on eut doublé l'île de Nou, la brise se faisant sentir, les marins relevèrent leurs avirons sur les taquets et larguèrent la voile.

L'embarcation, comme une hirondelle qui rase le flot, passa devant la presqu'île Ducos, dont chaque anse se dessinait tour à tour, semblable aux découpures d'une feuille de vigne.

Au fond de la baie de Numbo, on apercevait les blanches cabanes des déportés; Morin détourna la tête et poussa un soupir : malgré lui il regrettait encore ses funestes compagnons.

Bientôt apparut à son tour l'anse Mbi, puis le canot, contournant la pointe de la presqu'île, rangea les îles Freicinet et Nié, évolua avec précaution pour éviter les bas-fonds qui embarrassent l'entrée de la baie de Dumbéa et, se rapprochant de la côte, aborda au fond d'une petite crique formée par l'épanouissement de la Dumbéa à son embouchure.

Là, se firent les derniers adieux. Timothée voulut porter à terre Germaine et son notou; il déposa l'enfant sur le sable, en lui donnant un gros baiser sur la joue, tendit la main, sans rien dire, à Louise et à son mari, puis, sautant dans la barque, la repoussa brusquement d'un coup d'anspek.

— Adieu, monsieur Timothée! lui cria Louise.

— Adieu, tout le monde! répondit-il.

Et, passant la main avec indignation sur ses yeux, qu'il sentait humides, il s'assit au gouvernail, en sifflant, pour se persuader à lui-même qu'il n'était pas ému.

Déjà les déportés chargeaient leur mince bagage dans une pirogue d'écorce conduite par six Canaques envoyés par M. Joubert pour prenpre les nouveaux arrivants.

Ce fut l'affaire d'un instant, et le canot du *Magenta* était encore en vue, que déjà les six pagayes des indigènes faisaient remonter à l'embarcation le courant sinueux de la rivière.

Quelques heures après, on arrivait à Koé. Morin et sa famille, car désormais il avait adopté ce nom, se firent conduire près du planteur; ils le trouvèrent dans son jardin, fumant sa pipe et examinant un semis de plantes apportées d'Europe.

C'était un vieillard vigoureux, grand et sec, avec d'épaises moustaches, et portant une sorte de robe de chambre couleur tabac, à brandebourgs rouges, qui lui donnaient l'apparence d'un officier supérieur en demi-solde.

En entendant arriver des visiteurs, il se retourna, reconnut Louise, jeta un coup d'œil sur son mari et dit simplement :

— C'est vous qui venez de la part du Père Louis ?

— De la part du commandant du *Magenta*, répondit le déporté, croyant à un quiproquo.

— C'est la même chose, fit M. Joubert, sans s'émouvoir ; vous vous nommez Morin ?

— Oui, monsieur, Paul Morin.

— Maçon de votre état ?

— Oui, monsieur.

— C'est bien cela, répéta le planteur ; vous venez fort à propos, j'avais grand besoin de vous et j'espère que nous serons contents l'un de l'autre.

— Je l'espère, monsieur.

— Bien, mon ami, bien. Aujourd'hui, il est trop tard pour nous occuper d'affaires, et d'ailleurs, vous avez besoin de vous installer avec votre famille ; j'ai fait réserver une case pour vous avec un jardinet ; à vos heures perdues, vous pourrez agrandir votre logement et cultiver votre terrain ; je vais vous y faire conduire, il est quatre heures, à six, le cuisinier appellera pour le dîner, vous viendrez vous mettre à table avec les autres, ce sera un moyen tout simple de faire connaissance ; demain et les jours suivants rien ne vous empêchera de faire votre ordinaire chez vous, je n'aime pas à séparer les gens mariés ; vous avez un supplément de solde pour vous procurer des vivres, et votre femme les accommodera à sa façon. Cela vous va-t-il ?

— Parfaitement, monsieur ; je vous remercie.

— Vous connaissez nos conditions ?

— Ma femme me les a dites.

— Quinze francs par mois, plus la nourriture, vous savez?

— Oui, monsieur; c'est bien cela.

— All right! Votre femme pourra gagner de 12 à 15 francs; si je suis satisfait de vos services, je vous augmenterai; c'est entendu?

— C'est entendu, monsieur.

— Vaton! cria M. Joubert.

Un Canaque, qui cultivait le jardin, s'approcha aussitôt.

Le planteur lui dit, en anglais, quelques mots; puis, se retournant vers les nouveaux arrivés :

— Suivez cet homme, fit-il; il vous conduira à votre logis.

Celui-ci les mena à une petite cabane, grossièrement construite en planches et recouverte d'un toit de chaume , à l'extrémité du quartier spécialement affecté au logement des Européens.

Une enceinte de pieux , plantés autour de la hutte, qu'ombrageait un bouquet d'arbres de diverses essences , formait sur le devant de l'habitation un enclos encore inculte mais déjà débarrassé de broussailles et baigné par la Dumbéa , un peu au-dessous de la chute qui faisait mouvoir l'usine.

D'autres cases, du même genre , ayant chacune leur jardin réservé , s'alignaient le long de la rivière.

— C'est ici , fit le Canaque, en montrant la porte.

— Voici un palais qui vaut à peine nos paliates de Numbo , s'écria Morin , en entrant dans son nouveau domicile ; mais, n'importe, chaumière ou palais, on est heureux de se sentir chez soi.

— Et ensemble, murmura Louise.

— C'est ce que je voulais dire.

Cette bonne parole de son mari la rendit tout heureuse.

Si l'extérieur de la chaumière ne prévenait pas en sa faveur , il faut avouer que l'intérieur laissait moins à désirer.

Sans être vaste, la petite maison était assez grande pour qu'on eût pu la diviser en deux pièces ; la première, destinée à servir de cuisine avait une cheminée et, pour meubles, une table de bois, avec

III.   6.

un grand banc, une armoire fermant à clef, quelques ustensiles de terre, un grand sceau de zinc, des écuelles, des verres; en un mot le mobilier indispensable à une famille et, dans l'un des angles, une pelle, une bêche et un balai.

Dans la seconde étaient les lits, garnis chacun d'une paillasse, d'un matelas, de deux paires de draps et d'une couverture de laine; une petite fenêtre permettait de l'aérer convenablement, et une seconde armoire, destinée à serrer le linge, y faisait pendant à une étagère grossière, enchâssée dans le mur, et pouvant à la rigueur tenir lieu de bibliothèque.

Sur la planche, veuve de tout livre, se trouvait une hache, un marteau, une boîte remplie de clous et une scie.

Comme l'avait dit M. Joubert, il ne tenait qu'au locataire de cette maison en miniature, de se loger, meubler comme il l'entendrait; les planches ne lui faisaient pas défaut, de tous côtés, sur les rives de la rivière, elles s'amoncelaient en énormes piles.

Au-dessus de la porte intérieure, le propriétaire avait fait clouer une croix de bois.

Vincent qui, dans toute autre circonstance, se serait emporté contre ce symbole de la superstition et l'eût regardé comme un attentat insupportable à la liberté de sa conscience, feignit, en ce moment, de ne pas le remarquer, bien qu'intérieurement il éprouvât un sentiment de joie de se retrouver pour ainsi dire sous la protection immédiate de Dieu, qu'il avait abandonné si longtemps.

C'est qu'en s'éloignant de ses tyrans habituels et en devenant Morin, Vincent commençait en même temps à devenir un homme nouveau.

L'inspection de son habitation terminée, il parut très-satisfait et dit à sa femme, d'un air de visible satisfaction :

— Notre logement n'est pas beau, mais tu verras qu'il sera possible d'en faire quelque chose de bien. Je vais chercher nos effets afin que sans plus tarder nous commencions notre installation.

A peine fut-il sorti, que Louise, toute rayonnante de bonheur, s'agenouilla devant le christ, pour le remercier de sa protection et le prier de la lui conserver.

Vincent revint un instant après, apportant le coffre dans lequel étaient contenus leur linge, leurs habits et les menus objets qu'en femme prévoyante l'ouvrière avait apportés de Nouméa.

— Range tout cela dans les armoires, pendant que je vais mettre le premier clou pour la cage du notou de Germaine; le pauvre oiseau semble ici tout dépaysé.

— Oh! vous verrez qu'il sera bientôt content, s'écria l'enfant; au bout de notre jardin, sur le bord de la rivière, il y a un gros tas d'écorces dans lequel il trouvera la nourriture qui lui plaît et dont il manque depuis deux jours; une fois rassasié, vous verrez qu'il sera aussi content que nous.

— Tu as raison, je crois, ma fille, reprit Louise; seulement, ne t'approches pas de l'eau qui peut être profonde en cet endroit.

— Ne craignez rien, petite mère, je serai sage, répondit l'enfant en emportant dans ses bras le gros oiseau qui se laissa faire et témoigna sa joie par des battements d'ailes et son cri habituel de notou! notou! aussitôt qu'il se vit délivré de sa prison et sentit la terre sous ses pieds.

— Il faudra que je bouche les fentes de ces cloisons avec de la mousse, remarqua Morin, l'air y passe et pourrait faire mal à Germaine pendant son sommeil.

— Pour cette nuit, j'appliquerai mon gros châle sur la muraille pour faire paravent, répondit Louise, qui déjà rangeait son linge dans l'armoire.

— Si j'avais de la chaux, je ferais un crépissage extérieur, reprit son mari.

— Tout viendra en son temps, mon ami, et s'il n'y a pas de chaux, la terre glaise ne manque pas sur les bords de la Dumbéa. Ah! voici la petite statue de la Vierge que j'ai rapportée de Paris;

c'est celle que tu me donnas à Mareuil, aux premiers temps de notre mariage; tu te rappelles?

— Certainement, je la reconnais; il faut la placer quelque part.

— Oui; mais, où?

— A la place d'honneur, sur cette planche, en attendant que je lui aie fait une petite niche bien soignée.

— Merci, Paul, s'écria Louise, en quittant son ouvrage pour lui tendre la main; tu es bien bon, bien bon.

Il se mit à rire, en l'embrassant, et ajouta :

— Sais-tu comment nous appellerons notre case et notre jardin ?

— Non, mon ami.

— Le petit Mareuil.

Ce seul mot renfermait de grosses promesses, si grosses que, cette fois, l'ouvrière ne put retenir des larmes de joie.

Presque au même instant, un mugissement sourd se fit entendre.

— Quel est ce bruit? demanda Morin, presque effrayé.

— Tout simplement le signal du dîner, répondit sa femme, en souriant. Ici, les cuisiniers, au lieu d'employer la cloche pour rappeler les ouvriers et les pasteurs, soufflent à pleins poumons dans une corne marine.

— Vraiment, il est bon d'être prévenu, car cette musique ressemble plus au hurlement d'une bête féroce qu'à une invitation qui, je te l'avoue, m'est fort agréable en ce moment.

— Je ne pense pas que Germaine en soit plus contrariée; depuis ce matin, c'est à peine si elle a mangé un petit morceau de pain.

L'enfant n'y songeait pas, tout occupée qu'elle était de regarder son notou fouiller avec avidité sous les écorces, qu'il retournait pour en dévorer les larves.

Heureusement, l'oiseau commençait à être rassasié, et quand Louise rappela sa fille, il quitta, sans se faire trop prier, son plantureux festin, pour revenir se coucher dans sa nouvelle demeure.

Un quart d'heure plus tard, ses maîtres étaient installés, en compagnie d'une cinquantaine de stok-keepers, devant d'énormes plats de patates grillées et de lard aux choux.

Jamais Germaine n'avait vu d'aussi féroces appétits. Il est vrai que le travail et l'air vif du run sont d'excellents stimulants de l'estomac.

Le repas terminé, on alluma les pipes, et la conversation devint générale, sans être pourtant bruyante, jusqu'au moment où le colon entra dans la salle, pour se faire rendre compte du travail de la journée et donner ses ordres pour le lendemain.

En sortant, il vint vers Morin, lui demanda s'il était content de sa maison, si rien ne lui manquait et, après lui avoir donné rendez-vous pour le lendemain matin, prévint Louise qu'il avait averti le dépensier de lui fournir, au prix convenu, le riz, la viande salée, les légumes et autres vivres dont elle aurait besoin.

Le lendemain, ainsi que cela était convenu, le déporté vint trouver M. Joubert, avec sa femme et sa fille.

C'était l'habitude du colon d'interroger ceux qu'il employait sur leurs aptitudes. Un travail ne se fait bien qu'autant qu'il se fait avec goût. Or, à Koé, il y avait une multitude de travaux spéciaux : jardiniers, cultivateurs, gardiens de troupeaux, charbonniers, scieurs de long, menuisiers, maçons, chasseurs même, chacun avait son emploi spécial.

Depuis quelque temps, cependant, la fabrication de l'huile de palmes ayant pris un grand développement à Koé, ce fut à l'usine située sur les bords d'un affluent de la Dumbéa que M. Joubert conduisit d'abord ses nouveaux engagés.

La triple opération dont se compose cette fabrication était à peu près inconnue à Louise ; quant à son mari, il n'en avait pas la moindre idée, et cette première visite les intéressa vivement.

Peu de Français ayant eu l'occasion d'assister à ces diverses opérations, peut-être ne sera-t-il pas sans intérêt pour le lecteur d'en connaître le détail.

Le cocotier, comme on le sait, appartient à la nombreuse famille des palmiers ; son fruit, que tout le monde a vu au moins quelquefois, consiste en une énorme amande, enfermée dans une enveloppe fibreuse fort épaisse, grâce à laquelle il atteint les dimensions d'un melon ordinaire. Cette enveloppe, jusqu'à présent, presque sans usage autre que de protéger la noix, doit être préalablement enlevée.

Des enfants sont chargés de cette tâche, et s'en acquittent, s'ils sont Canaques, avec leurs dents et leurs ongles ; si au contraire ils sont Européens, et par conséquent plus raffinés, avec des peignes en fer, faits au moyen de fragments de cercles. Dans tous les cas, la promptitude est la même.

La seconde opération demande plus de force et surtout plus d'adresse ; il s'agit d'ouvrir la noix qui, si le coup est mal porté, se casse irrégulièrement et, dans ce cas, ne peut plus servir qu'à la nourriture des pourceaux.

L'ouvrier chargé de ce soin est en général un homme fort, auquel on donne le nom de casseur.

D'une main il prend la noix, dont le volume est à peu près celui d'un boulet ordinaire, la roule sur un billot et, d'un seul coup de hache, la partage en deux valves égales, qu'il jette dans une corbeille.

Là commence la tâche du pulpeur ou ouvrier chargé de retirer la pulpe de l'intérieur de la noix, à laquelle elle est adhérente.

Cette troisième opération est à la fois la plus importante et la plus difficile ; aussi le colon n'y employait-il, autant que possible, que des Européens, et en particulier des Irlandais.

A cheval sur un petit chevalet en bois, de 40 centimètres de hauteur, et armé en avant d'une plaque de fer en forme de cuiller tranchante, chacun d'eux prenait la demi-noix que lui faisait passer à mesure un enfant, appuyait la pulpe sur l'instrument et, en quelques mouvements rapides et giratoires, la tranchait en minces cubons, semblables à ceux que forme la pâte d'Italie, en sorte que, non-seulement l'amande se trouvait entièrement séparée de la noix, mais en même temps réduite en pulpe amincie, qui tombait à mesure dans une corbeille, en feuilles de cocotier, placée au-dessous de l'instrument.

La corbeille remplie était remplacée par une autre, jusqu'au moment où le pulpeur, fatigué, ce qui arrivait infailliblement au bout de quinze ou vingt minutes, se levait pour céder la place à celui qui était chargé de le relayer.

— Voici une occupation qui pourra convenir à votre petite fille, dit M. Joubert, en montrant les enfants, dont la tâche consistait à présenter aux pulpeurs les noix pleines; cela n'est pas fatigant et lui donnera l'habitude du travail. Quand vous viendrez ici, soit pour pétrir la pâte, soit pour remplacer les corbeilles, elle pourra vous accompagner; nous avons du travail pour tous les âges et elle gagnera son petit salaire. Passons maintenant à l'autre atelier.

Ce second chantier était un hangar en plein air, où des femmes canaques pétrissaient la pulpe, de manière à la réduire en pâte, l'étendaient, par plaques d'égale épaisseur, sur des planches inclinées au grand soleil et la recouvraient aussitôt de feuilles de cocotier.

Il y avait là plus de vingt de ces établis où la pulpe, après avoir subi une fermentation qu'active la chaleur, dégage l'huile qui s'écoule continuellement dans des rainures pratiquées à dessein et tombe, sous forme d'un liquide incolore, dans de grandes jarres en terre.

Au bout d'un certain temps cet écoulement s'arrête, les femmes retournent alors la pâte, la brassent de nouveau, la recouvrent et répètent cette opération jusqu'à ce que l'huile ait entièrement cessé de couler.

La pulpe épuisée est alors retirée et mise en réserve pour l'engraissage des porcs, qui en sont très-friands.

— Nos procédés d'extraction sont encore bien imparfaits, fit M. Joubert, en s'adressant à Morin; mais, patience, il faut en tout commencer par le commencement. Bientôt nous aurons des moulins à huile, comme vous en avez, en Provence, pour le triturage des olives; j'ai déjà commandé une machine en Australie, et mon fils s'occupe de dessiner le plan de notre nouvelle construction. Avant deux mois nous aurons mis la main à l'œuvre; en attendant, je compte vous employer à la construction des murs de ma scierie et, dès demain, je vous conduirai à l'endroit où elle se trouve, au pied de la montagne. Nous aurons d'excellente chaux, que mes Canaques achèvent de cuire en ce moment.

— De la chaux! fit l'ouvrier étonné. J'avais entendu dire qu'elle manquait absolument dans ce pays-ci.

— Sans doute, mon ami, pour ceux qui ne veulent pas s'ingénier pour en trouver; quant aux autres, ils en ont à leur disposition une mine inépuisable.

— Dans les montagnes, sans doute?

— Dans les montagnes, il n'y a que du fer, au contraire, ou des pierres qui ne peuvent pas servir, ne renfermant aucune particule de calcaire; je fais venir la mienne tout simplement de la mer.

Cette fois, l'ex-maçon crut que M. Joubert déraisonnait. Que la mer fournisse du sable en abondance, c'est évident, mais de la chaux!

— Allons, continua le propriétaire, je vois que vous n'êtes pas convaincu; tant mieux, j'aime les gens qui n'acceptent pas comme oracles toutes les sottises qu'ils peuvent entendre. Je vous l'ai dit; demain, je vous mènerai à ma scierie, et vous verrez par vos yeux.

Pour le moment, allons à la laiterie; c'est là le département que, provisoirement, j'ai assigné à votre femme, et il est bon qu'elle se mette le plus promptement possible au courant de ce qu'elle aura à faire.

— Pardon, monsieur, interrompit Louise, avec inquiétude, mais ne dois-je pas accompagner mon mari là où il va travailler pendant deux mois ?

— Soyez sans inquiétude, je vous ai dit que je n'aimais pas à séparer les maris de leurs femmes; Paul partira, tous les matins, avec la barque, et reviendra tous les soirs jusqu'à la fin de sa tâche, quand il s'agira d'élever les murs, mais c'est ici qu'il taillera les pierres sur place, car elles sont bien meilleures qu'au pied du Coghi; ainsi donc, vous pouvez vous rassurer, excepté pour le moment du montage, il ne quittera pas la station.

La visite de la laiterie termina cette première introduction dans les travaux de la ferme, et quand le planteur quitta les nouveaux arrivés, Paul Morin était bien réellement engagé comme maçon, sa femme comme apprentie surveillante à la laiterie, et quant à Germaine, en lui donnant une petite tape d'amitié sur la joue, M. Joubert lui avait laissé le choix ou de demeurer auprès de sa mère, pour l'aider dans les travaux du ménage, ou d'aller de temps en temps passer quelques heures à la pulperie, à la condition toutefois que, quel que fût le genre d'occupation pour lequel elle optât, elle serait tenue à suivre les cours de l'école et à y prendre des leçons d'écriture, de lecture, de calcul et de religion, sous la direction du Père Ignace.

Le lendemain, de grand matin, Morin partait, avec le planteur, pour les défrichements du Coghi; le soir, il rentra enchanté.

La table était mise dans la cuisine de sa petite maison, les fenêtres avaient des petits rideaux blancs, la poêle chantait gaiement sur le fourneau, le linge serré dans les armoires, tous les effets rangés, la petite batterie mise en place, donnaient à l'intérieur l'aspect riant d'une petite maison tenue, avec cette propreté qui est presque de l'élégance, par une bonne ménagère.

L'ouvrier se mit à table, avec cette satisfaction que donne une journée bien remplie; on parla du travail fait et à faire.

— De toute la semaine, dit Morin, je ne retourne plus au défrichement; j'ai pris mes mesures et je vais tailler mes pierres ici, sur place. Vraiment, je me trouve très-bien dans cette habitation; le patron paraît être un excellent homme, et quoiqu'il ne soit pas de la partie, il est d'une jolie force pour les constructions.

— Et t'a-t-il fourni de la chaux? demanda Louise.

— Ma foi oui, et excellente. Il a de fameuses idées et, comme il l'a dit, il la fait venir de la mer.

— Vraiment?

— Pour sûr. Figure-toi qu'en arrivant là-bas, au milieu de tous ces cônes noirs, que font les charbonniers, j'en vois cinq ou six d'un blanc grisâtre et qui fumaient comme les autres.

« — Voici votre chaux qui se cuit, me dit M. Joubert.

» — Ça, de la chaux?

» — Mais oui; regardez plutôt.

» — Bah! dis-je, ce sont des coquilles d'huîtres.

» — Des coquilles de toute-espèce, répond-il, du calcaire le plus pur qui soit au monde; essayez-moi cela.

Et avec une pelle, il retire un tas de cendre sur laquelle il fait jeter de l'eau et gâcher avec un bâton. Il n'y a pas à dire, c'était bien de la chaux et de la meilleure. Vrai, c'est un homme fort, et même très-fort. Faire de la chaux avec des coquillages et des coraux, c'est ça qui est une invention! Il y a de quoi en fournir toute l'île. A présent que je connais le secret, je veux nous faire une jolie maison, aussi blanche et aussi coquette que celle que tu admirais sur les rives de la Marne et de la Seine.

— Dans quelque temps, quand nous aurons une concession à nous, au grand Mareuil, répondit Louise, nous nous ferons un petit palais, avec des étables pour nos vaches et nos moutons.

— Et une petite maison pour le rotou, ajouta Germaine.

— Certainement, reprit Morin, une jolie ferme bien blanche, sous un bouquet de cocotiers verts, avec un jardin sur le devant et une prairie verte, entourée d'une palissade : cela fera très-bien.

L'enfant battit des mains.

Tout le monde était joyeux et le repas s'acheva au milieu de projets d'avenir si riants qu'ils rappelaient presque Perrette et le pot au lait.

En ce moment, le déporté Vincent, devenu l'engagé Morin, ne songeait plus au serment qu'il avait prêté entre les mains du chef des Compagnons du Désespoir.

Malheureusement Beslier et les autres s'en souvenaient pour lui.

A Numbo on commençait même à trouver que Vincent tardait bien à donner de ses nouvelles et à se mettre à la disposition des conjurés.

— Moi, disait le boucher, j'avais bien raison de ne vouloir pas consentir à ce qu'il nous quittât; vous verrez qu'il nous trahira.

— Il n'y a pas huit jours qu'il est parti, répondait Beslier; que diable, il faut donner aux gens le temps de se retourner.

— Au moins aurait-il pu faire savoir sa résidence.

— Sa résidence, je la connais, il est dans la maison du commandant du *Magenta*, s'écria un des Compagnons.

— Le *Magenta* est parti, je l'ai vu passer, riposta le rival acharné de Beslier; après quoi il est bien possible que, grâce à la faiblesse de notre président et à la protection de ces gros bonnets, ce Vincent navigue à présent pour rentrer en France.

— Tu ne sais dire que des bêtises, répondit Beslier, en haussant les épaules.

— Oh ! dire des injures est plus facile que de donner des raisons.

— Il n'y a pas de raisons à donner. Vincent est à Nouméa ou dans les environs, voilà qui est positif. Et ce qu'il y a de certain, c'est que je saurai bien le retrouver, fût-il caché au fond d'un puits et le forcer à s'exécuter quand le moment sera venu, rugit Beslier. D'ailleurs, si vous vous défiez de moi, je vous offre ma démission ; mais, vous savez, je n'y tiens pas davantage.

— Non, non, reste notre président, s'écria-t-on de toutes parts, mais si ce Vincent nous trahit, c'est sur toi qu'en retombera la faute.

— J'en accepte la responsabilité, répondit majestueusement le président.

CHAPITRE VI

Le bonheur retrouvé

Les jours coulent vite, quand on est heureux.

— Sais-tu, dit, un matin, Louise à son mari, pendant le déjeûner, que nos protecteurs doivent être à présent en France?

— Sept ans déjà, fillette? s'écria le transporté, en passant la main sur la tête de Germaine; te voilà une petite femme. Que désires-tu que je te donne pour tes sept ans?

L'enfant regarda timidement sa mère.

— Allons donc, lorsque le commandant du *Magenta* est parti, il me disait que sa traversée durerait au moins trois mois.

— Admettons qu'il se fût trompé de quinze jours, reprit l'ouvrière, cette traversée serait terminée depuis une semaine.

— Tu plaisantes?

— Compte, mon ami; combien y a-t-il que tu n'as touché ta paie?

— Il y aura samedi un mois.

— Et combien de fois l'as-tu touchée déjà?

Morin se leva, alla prendre son livret dans l'armoire et le feuilleta.

— Trois fois, c'est vrai, trois fois, et samedi prochain fera quatre; quatre mois que nous sommes ici, c'est vrai, je ne l'aurais jamais cru.

— Nous entrons en avril, continua l'ouvrière en baissant les yeux; c'est le 20 que notre Germaine aura sept ans.

— Voyons, parle; veux-tu une robe toute neuve, un beau collier; vois, profite de l'occasion, y a-t-il quelque chose qui te fît bien plaisir?

— Oh! oui, père, fit-elle, en joignant ses mains et le regardant; mais vous ne voudriez pas me l'accorder.

— C'est donc bien cher?

— Ce n'est pas cher du tout, au contraire.

— Bien difficile?

— Bien, bien facile.

— Voyons.

— Non, je ne le dirai que quand vous m'aurez promis.

— Friponne, tu veux me tendre un piége; dis, Louise, puis-je promettre?

— Je le crois, fit la ménagère, en rougissant.

— Alors, je promets.

— Bien, bien sûr?

— Parole d'honneur; me crois-tu, à présent?

— Oh! oui.

— Eh bien! à quoi me suis-je engagé, mademoiselle?

— A vous faire beau le jour de ma naissance et à m'accompagner partout où je voudrai pendant toute la matinée.

— Oh! ma foi, ce n'était pas la peine de faire tant de mystères, s'écria l'ouvrier, en riant de tout son cœur. Je demanderai congé à M. Joubert pour une demi-journée, et je ne te quitterai pas.

Germaine sourit de son sourire d'ange, enlaça de ses deux bras le cou de son père et murmura à son oreille:

— Vous n'aurez pas de permission à demander, père, le 20 avril, jour de ma naissance, est aussi le jour de Pâques.

La physionomie de Morin se rembrunit, il repoussa sa fille et fit le geste de se lever de table. Sa femme baissait les yeux comme une coupable surprise en flagrante trahison; Germaine fondit en larmes.

Debout, le transporté n'attendait qu'un mot pour faire explosion, mais la vue de la résignation douloureuse et muette de sa femme et de sa fille l'empêchait d'éclater; sa conscience, profitant de son trouble, faisait enfin hautement entendre sa voix. Il est vrai que cette voix de son bon ange en éveillait une autre qui lui répétait: Compagnon du Désespoir, souviens-toi de ton serment.

Il y eut un instant de lutte terrible dans son cœur.

Tout-à-coup, il se pencha vers sa fille, l'enleva, la pressa sur son cœur et, lui déposant un baiser sur le front:

— Je te l'ai promis, je le ferai, dit-il.

Puis il sortit précipitamment, comme effrayé de ce qu'il venait de faire.

Son bon ange l'avait emporté.

— Viendra-t-il? demanda Germaine, avec anxiété, à sa mère.

— Oui, ma fille, répondit celle-ci. A genoux, et remercions Dieu.

Si jamais actions de grâces furent sincères, ce furent bien celles-là.

Quant à Morin, pendant quatre ou cinq jours, il se montra triste et embarrassé; volontiers il aurait repris sa promesse: il n'osa pas.

Lorsque vint le dimanche suivant, il affecta de fumer sa pipe en dehors de l'église pendant l'office; il aurait voulu que M. Joubert ou le Père Ignace lui en fissent des reproches.

Ni l'un ni l'autre n'eurent l'air de le remarquer. Le planteur lui demanda s'il voulait des graines pour ensemencer la partie de son jardin encore inculte et lui parla d'un mur à terminer.

Le Révérend Père le félicita des progrès de sa fille, en lecture comme en écriture, et vanta son intelligence.

Il n'y avait pas là motif à se fâcher; Morin remercia avec embarras et rentra pour faire une scène, espérant que le déjeûner ne serait pas prêt.

Mais, en regardant sa montre, il vit que l'heure n'était pas encore sonnée et que sa femme n'attendait que son bon plaisir pour se mettre à table.

Cependant il lui fallait un motif de se mettre en colère.

— Qui vient prêcher la retraite à Koé? demanda-t-il tout-à-coup.

— Le Père Isidore, je pense, répondit simplement Louise.

— Franchement, il ferait mieux de rester chez lui.

Personne ne répondit.

— Oui, continua-t-il, la moitié des enfants qui suivent ses leçons sont à peine vêtus, et, pour ma part, je trouve cela très-inconvenant.

— Le Père et M. Joubert exigent au contraire une grande décence de leur part.

— Bon, voilà comment vous êtes; moi, je sais ce que je vois, et la moitié de ces petits sauvages ont à peine un vêtement.

— Au mont Coghi, où il n'y a que des Canaques, c'est possible; mais ici je puis affirmer le contraire, répondit l'ouvrière; du reste, il t'est facile de t'en assurer.

— C'est ce que je ferai sûrement, fit-il. Les missionnaires devraient respecter les premiers leurs églises, s'ils veulent que nous les respections. Mais, bah! pourvu que cela fasse venir de l'argent à leur caisse, tout le reste leur est bien égal.

— L'instruction qu'ils donnent étant gratuite, je ne vois pourtant pas quel intérêt personnel ils peuvent avoir à compter plus d'élèves.

— Ça leur donne au moins du relief, continua Morin, et un certain air d'utilité, car ils sont joliment intrigants, tes missionnaires.

Louise sourit d'un sourire triste, mais ne répliqua pas. Il était évident que son mari cherchait un prétexte de s'emporter; elle le laissa aller sans le contredire.

Volontiers Morin l'aurait battue pour la punir de ne pas avoir tort.

Toute la journée il fut d'une humeur massacrante.

Le lendemain, le travail dissipant son humeur, il se sentit honteux de ses ridicules boutades et s'efforça, par son entrain, de les faire oublier.

Aimante comme elle l'était, Louise priait en silence pour lui, mais se gardait bien de lui adresser une parole qui pût blesser sa susceptibilité; elle comprenait que dans ce combat entre la conscience et les préjugés de son mari, son rôle était de se taire et de redoubler d'affection pour lui.

Elle le plaignait; lui souffrait.

Cet état dura quinze jours.

Le premier dimanche qui suivit, il sortit de bonne heure, annonçant qu'il ne viendrait pas déjeûner, parce qu'il avait besoin de faire une longue promenade, prit un morceau de pain et s'enfonça dans le run.

Là, quand il se vit bien seul, il s'assit au pied d'un arbre et passa plusieurs heures à réfléchir.

Le soir, il rentra vers l'heure du repas, s'assit à table, comme si rien ne s'était passé, et demanda à sa femme, comme la chose la plus indifférente, quand commençait la mission?

— Dimanche prochain sont les Rameaux, répondit-elle, et le Père Ignace dira la première messe à cinq heures, pour les hommes, auxquels il fera une instruction préparatoire.

— Tiens! les Rameaux déjà; s'écria-t-il, c'est vrai. Tu n'as pas encore de palme bénite pour ta chapelle, ma Germaine; demain matin, je t'en couperai deux belles, que je te ferai blanchir : ça fera très-bien autour de ta bonne Mère.

Louise eut un regard de reconnaissance pour cette bonne parole; mais ne fit pas une observation.

Germaine qui n'avait pas les mêmes motifs de discrétion demanda à son père ce que c'était que blanchir des palmes?

— Les blanchir, c'est les faire jaunir, dit-il; cela se fait en les enterrant pendant quelques jours, comme les salades : cela leur donne une jolie couleur café au lait et les empêche de se flétrir au grand air.

Il discuta ensuite gravement avec sa fille sur la disposition à adopter pour en faire un ornement convenable; Louise se mit de la partie et il fut décidé qu'on en ferait un encadrement autour de la niche.

En toute autre circonstance, cette conversation aurait été bien puérile; l'ouvrière ne la jugeait pas ainsi : la joie débordait de son cœur.

— Quand on s'occupe de la mère on est bien près d'aimer le fils, se disait-elle.

Lorsque Germaine se leva, le lendemain, son père était déjà parti pour le Coghi, où les travaux pressaient et d'où il ne revint que le mercredi dans la soirée.

— Et mes palmes, petit père? demanda l'enfant; elles ne seront pas blanches.

— Pourquoi cela?

— Vous m'avez dit qu'il leur fallait au moins quatre ou cinq jours.

— Depuis lundi matin elles sont sous terre, répondit-il, en riant. Samedi, rien ne t'empêchera de les friser.

— On les frise donc aussi?

— Comme des plumes, et ta mère te montrera.

— Oh! que vous êtes bon, père.

— Ne le savais-tu pas? dit-il.

— Oh! si, fit-elle, en appuyant sa tête sur son bras.

Le samedi soir, en effet, toute la veillée fut occupée à friser les palmes.

A Rome même elles auraient fait bonne figure.

Le lendemain, à cinq heures du matin, le déporté était sur pied.

— Prends garde, lui dit sa femme, en le voyant sortir, les matinées commencent à être fraîches.

— Ma foi, tant pis, dit-il, j'ai besoin de prendre l'air.

Puis, allumant sa pipe, il s'éloigna.

— J'espérais que peut-être il accompagnerait sa fille aujourd'hui, murmura l'ouvrière.

Et les larmes lui vinrent aux yeux.

A sept heures, elle éveilla Germaine, pour la peigner et l'habiller avec plus de soin qu'à l'ordinaire à cause de la solennité du dimanche. Elle achevait de natter ses cheveux, quand Morin rentra.

— Tiens, Louise, dit-il, en lui présentant un rameau de buis, j'ai pensé que tu serais aise de mettre cette branche à ton lit et je te l'apporte.

— Merci, fit-elle, avec une reconnaissance timide; je le ferai bénir.

— Ce n'est pas la peine, dit-il, il l'est déjà.

Elle le regarda toute tremblante.

— Oui, fit-il, bénit, et ma parole, le Père Ignace nous a joliment bien parlé.

— Tu viens donc de.....

— De la messe des hommes, certainement; n'est-ce pas aujourd'hui dimanche. Qu'as-tu donc?

— Trop de bonheur, répondit la pauvre femme, en se jetant dans les bras de son mari.

Le premier pas était fait.

En conversion comme dans tout le reste, il n'y a que celui-là qui coûte.

Il y en avait cependant bien un second, un second que certainement Morin ne croyait pas faire, en faisant le premier, dont l'idée seule l'eût mis en fureur huit jours avant, mais qui, après la mission, arriva tout naturellement.

Après avoir écouté le missionnaire, l'ouvrier, un soir, entre chien et loup, et, comme honteux de lui-même, alla le prier de l'écouter à son tour.

Longtemps, il est vrai, il hésita autour de la case de la prière, comme disaient les Canaques, il regarda si on le voyait, il tourna et retourna; entrerait-il, n'entrerait-il pas?

Il entra. Il aurait voulu ressortir, cependant le prêtre était là tout seul qui lui fit signe. Morin s'approcha de lui et lui parla; il n'était pas assez préparé, si l'on voulait lui donner quelques jours, alors, peut-être....., mais, dans ce moment....., son examen était trop incomplet...

Le Père Ignace connaissait tous ces subterfuges de l'amour-propre, il lui posa la main sur l'épaule, le fit agenouiller près de lui et le bénit.

Quand, au bout de dix minutes, Morin se releva, il se trouvait..... confessé.

Oui, confessé, lui, l'ami de Beslier, lui, le libre-penseur acharné, lui, le démocrate fédéré, le transporté de Nouméa, le Compagnon du Désespoir; confessé et, chose affreuse à dire, horrible à entendre, après cet acte d'un si abominable fanatisme, il se sentait rajeuni de dix ans, fier, heureux, débordant de joie.

Ce jour-là, Louise qui, par ses prières, était bien pour quelque chose dans cet acte courageux, ne regretta plus la France; son bonheur était indicible, et de toutes les fêtes de Pâques, ce fut bien certainement la plus belle de sa vie.

Du reste, qu'avait-elle à désirer outre le retour de son mari à Dieu, le bonheur ne leur souriait-il pas constamment depuis leur arrivée à Koé?

Ils demeuraient en famille, chez un maître, c'est vrai, mais un maître excellent, qui les payait bien, les logeait et les nourrissait en sorte que chaque salaire, s'ajoutant au salaire reçu, arrondissait la somme dont, plus tard, ils pourraient avoir besoin quand, devenus colons à leur tour, ils iraient s'établir sur leur nouvelle propriété.

Le climat maritime de l'île, l'air imprégné des effluves salines et fortifiantes de l'Océan convenaient à merveille au tempérament de Germaine qui, frêle et délicate à Paris, grandissait et se développait à vue d'œil.

La case, décorée à l'intérieur par la ménagère, à l'extérieur par Morin, prenait un aspect de cottage anglais, avec sa haie débordant de fleurs, ses légumes s'alignant en carrés et ses petites allées sablées, dans lesquelles le notou, parfaitement privé, se promenait avec des airs de grand seigneur surveillant ses domaines.

Le passé, ses douleurs, ses inquiétudes n'existaient plus qu'en souvenir, et ce fond douloureux, à demi-effacé, n'était plus pour la famille qu'une sorte de repoussoir sur lequel se détachait plus vivement le bonheur du présent.

Si la famille Morin était satisfaite de M. Joubert, il faut reconnaître que le planteur ne l'était pas moins de Paul et de sa femme.

Outre, en effet, que le maçon travaillait avec une rare habileté, qualité très-rare chez tous les déportés en général, et surtout parmi ceux qui, de près ou de loin, tenaient aux Compagnons du Désespoir, il était doué d'une intelligence peu commune, jointe à une grande activité.

Avec lui, un mot tenait lieu de longues explications; non-seulement il comprenait un plan, mais il savait, en certains cas, en faire sentir les défauts et les corriger.

Louise, de son côté, faisait merveille à la laiterie, et si sur quelques points elle le cédait en intelligence à son mari, elle rachetait cette infériorité par une exactitude extrême, une propreté exquise et une attention à bien faire qui, parfois, allait jusqu'à la minutie.

— C'est une fameuse acquisition que nous devons au Père Louis,

disait, un jour, M. Joubert à son fils aîné, chargé de l'exploitation
de Koutio-Kouéta; ces gens-là, tant le mari que la femme, valent
leur pesant d'or, car avec eux on est assuré à la fois, et que le travail sera bien fait et qu'on ne sera jamais volé.

— A Koutio, j'ai moins de chance, répondit M. Numa, jusqu'à
présent j'ai la main malheureuse, tous mes squatters irlandais sont
des ivrognes et tous les Français que j'ai engagés, ouvriers de la
transportation ou forçats prêtés par le gouvernement, des fainéants
incapables de travailler et ne songeant qu'à déserter pour aller s'a-
muser, comme ils disent, à Nouméa.

— Pour toi, qui ne t'occupes que d'élevage, cela a moins d'inconvénients que pour ton frère qui fait surtout de l'industrie.

— Je le sais bien; mais voyez cependant ce qui m'arrive avec
l'essai de sucrerie que j'ai fait au bord de la Sého : j'avais fait venir
des maçons de Nouméa, pour installer ma chaudière et réparer le
moulin à vent destiné à broyer les cannes, ils sont partis et me voilà
arrêté.

— Je t'avais dit que cet essai ne réussirait pas.

— C'est bien possible; cependant les cannes sont fort belles et il
est fâcheux de laisser perdre cinq ou six arpents bien réussis, parce
que deux canailles comme les citoyens Bourniquet et Mulasse ne
veulent pas travailler.

— Qu'est-ce que ces ouvriers?

— Deux forçats que le commandant m'avait accordés et qui,
dans la nuit qui a suivi la paie, ont jugé à propos de jouer des
jambes.

— On te les ramènera.

— C'est bien possible; mais, en attendant, nous voici en mai, les
nuits deviennent froides, en juin l'hiver va commencer et tout sera
perdu.

— Il y aurait bien un moyen d'arranger les choses; à combien de
journées estimes-tu ce qu'il y a encore à faire?

— A sept ou huit, bien remplies.

— En ce moment, nous ne sommes pas très-pressés d'ouvrage, puisque notre sucrerie ne fonctionnera pas avant l'année prochaine, et Ferdinand pourrait te prêter Morin pour quelques jours ; reste à savoir si celui-ci voudrait te suivre.

— Pourquoi pas ?

— Parce qu'il a sa femme et sa fille, et que des bords de la Sého il lui sera impossible de rentrer chez lui le soir.

— Que fait la femme ?

— Elle surveille la laiterie.

— Elle travaillera à la mienne qui est bien plus importante, et ce ne sont pas les logements qui me manquent pour leur en fournir.

— Ils ont ici une case à eux, qu'ils ont arrangée à leur guise, un jardin à cultiver ; enfin, vois s'ils veulent.

— Je les paierai davantage ; et d'ailleurs il sera bien entendu que ce ne sera que pour un mois.

— Essaie, s'ils le veulent j'y consens ; seulement, ne vas pas me les gâter, là-bas, avec tes ivrognes et tes coureurs, tu sais s'il est facile d'avoir ici de bons ouvriers.

En causant ainsi, le père et le fils s'étaient rapprochés de l'enclos dans lequel Morin béchait, en chantant, un carreau de jardin pour y semer des pois.

Tout entier à son ouvrage, le jardinier alignait ses raies au cordeau, en traçant à la bêche de petits sillons, dans lesquels le notou le suivait pas à pas, enlevant avec une rare dextérité tout insecte qui apparaissait à la surface du sol remué, quand M. Joubert, se penchant sur la haie, appela l'ouvrier.

En entendant son nom, Morin releva la tête, aperçut le maître de l'exploitation et, déposant aussitôt son instrument, s'avança vers lui en saluant.

— Vous êtes bien occupé, ce matin, dit le propriétaire.

— Comme vous voyez, monsieur, je voudrais mettre des pois, la raison avance, et je me presse; mais, c'est égal, si vous avez quelque chose à me commander, votre travail avant tout comme de raison; d'ailleurs, celui-ci n'est pas bien pénible, et ma femme pourra s'achever.

— Pour le moment, je n'ai rien à commander; c'est un service que je viens vous demander.

— A votre disposition, monsieur.

— Merci, ce n'est pas pour moi, c'est pour mon fils, que voici et qui désire vous entretenir un instant.

— Je suis au service de M. Numa aussi. Mais entrez donc, messieurs, à la maison, vous serez plus commodément qu'ici.

— Non, ce n'est pas la peine, reprit le fils du planteur, voici ce dont il s'agit : j'ai une construction à faire ou plutôt à terminer, car elle est déjà très-avancée, et j'aurai besoin de vous.

— A Koutio, sans doute, monsieur?

— Oui, à Koutio.

— Combien estimez-vous qu'il y ait de journées d'ouvrage?

— Pour trois semaines, un mois tout au plus.

— C'est un peu long, fit Morin, en secouant la tête; sans compter qu'il ne sera pas facile de revenir tous les soirs.

— Vous pourriez amener avec vous votre femme et votre fille.

— Je préfère revenir quand je pourrai; d'ici à Koutio, il n'y a pas si loin.

— De la station, c'est vrai, mais la construction n'est pas à Koutio même.

— Plus loin encore? fit le maçon, avec inquiétude; où donc cela?

— Toujours dans la propriété, un peu plus loin seulement.

— Sur la Dumbéa?

— Sur la Sého.

— C'est-à-dire près du Pont-des-Français, s'écria Morin, consterné. Dans ce cas, il n'y a pas même à penser à revenir le dimanche.

— Quant à cela, je me charge de vous faire conduire chaque samedi soir, reprit M. Numa ; toutefois à votre place, je préférerais prendre ma famille avec moi, je puis facilement vous loger tous à Koutio, en payant, bien entendu, à votre femme ses journées et en augmentant le prix des vôtres ; de cette manière, vous pourriez rentrer chaque soir, à travers le run où les stok-keeper se feront un plaisir de vous indiquer le chemin. Voyez, réfléchissez, ce n'est qu'un déplacement de quelques semaines, et vous me rendriez un véritable service.

— Très-important, en effet, ajouta M. Joubert père, car, en ce moment, il n'y a pas moyen de se procurer d'ouvriers à Nouméa.

Une semblable invitation était presque un ordre ; le déporté, le comprenant parfaitement, aussi répondit-il simplement :

— Quel jour dois-je partir ?

— Le plus tôt sera le mieux.

— Nous sommes aujourd'hui vendredi ; commencer demain n'en vaudrait pas la peine. Lundi, si vous voulez, je serai à Koutio, vers huit heures du matin.

— Seul ou avec votre femme ?

— Cela, je ne puis pas le dire absolument ; mais, dans tous les cas, j'y serai.

— Je puis compter sur vous ?

— Absolument, monsieur.

— Merci ; vous me tirez d'un grand embarras. Vous n'aurez pas besoin de porter vos outils, vous trouverez chez moi tout ce qui vous sera nécessaire ; au revoir donc, à lundi.

— A lundi, monsieur Numa.

— Adieu, Morin.

Le père et le fils s'éloignèrent et le jardinier retourna tristement à son ouvrage, en murmurant entre ses dents :

— Ils ont bien raison, ceux qui disent que le vendredi porte malheur.

Il était cependant loin de se douter des suites de son engagement.

A l'heure du déjeûner, lorsque Louise revint de la laiterie, où la retenaient les soins minutieux qu'exige la fabrication des fromages, son mari lui raconta ce qui venait de se passer et la promesse qu'il avait faite.

Louise en fut vivement contrariée; mais qu'y faire? Paul ne pouvait pas agir autrement qu'il n'avait agi; elle fut la première à reconnaître qu'il est des circonstances auxquelles il est nécessaire de se plier.

Toutefois, ne voulant pas agir à la légère, elle remit à la soirée à discuter ce qu'il y aurait à décider au sujet de ce départ pour en écarter le plus possible les inconvénients, et passa le reste de la journée à peser le pour et le contre d'une séparation d'un mois ou d'un établissement momentané à Koutic-Kouéta.

Le soir venu, la question fut remise sur le tapis.

Le parti qui, en fin de compte, leur parut le plus sage, fut celui d'une séparation.

En supposant que les travaux dureraient un mois, Morin pourrait toujours revenir quatre fois dans ce laps de temps, et n'aurait pas à faire, chaque jour, pour voir sa femme et sa fille une heure ou deux, le double trajet de la Sého à la station et de la station à la Sého.

Pendant ce mois d'absence, le petit jardin, entretenu par Louise, ne souffrirait pas trop, tandis qu'abandonné, il ne pourrait pas manquer de souffrir beaucoup. Germaine continuerait à aller à son école ou à aider sa mère dans les soins du ménage; enfin, mais ce motif, quoique le plus grave, ne fut pas mis en avant, Louise s'assurait, en demeurant à Koé, que son mari reviendrait chaque semaine passer le seul jour qu'il eût de libre, tandis que si elle eût demeuré avec lui à Koutio, elle craignait qu'il ne se laissât entraîner par ses camarades à Nouméa où il courait risque d'être reconnu, et alors, Dieu sait ce qui pourrait en résulter pour l'avenir.

La séparation pourtant avait bien ses dangers aussi. Paul, avec sa nature faible, se retrouvant au milieu d'ouvriers mauvais le plus ordinairement, ne se laisserait-il pas aller sur la pente glissante de l'entraînement; ne ferait-il pas là si près du Pont-des-Français la rencontre de quelque ancien compagnon de prison; ne tomberait-il pas malade et, dans ce cas, qui le soignerait?

Quelques graves que fussent ces considérations, elles ne pouvaient pas entrer en comparaison avec celles qui déterminèrent Louise, et le départ de Morin fut décidé.

Le lundi matin, en effet, après avoir embrassé sa femme et sa fille, il partit, promettant bien de revenir le dimanche suivant et, tant qu'il serait sur les bords de la Sého, d'agir avec la plus grande prudence pour ne pas trahir son incognito.

Le même jour, vers midi, il arrivait sur le chantier, en compagnie de M. Numa, qui l'avait pris dans sa voiture, et examinait avec lui le travail à faire à la nouvelle sucrerie.

Les bâtiments n'étaient pas encore fort avancés, mais comme la plus grande partie devait être en bois, et qu'il n'y avait de réellement important que les premières assises de pierre destinées à supporter la roue et à retenir les eaux pour leur donner plus de force, le maçon reconnut au premier coup d'œil qu'en travaillant avec ardeur il pourrait avoir terminé dans trois semaines au plus et gagner ainsi un tiers du temps pour lequel il s'était engagé.

Une quinzaine d'ouvriers, charpentiers ou terrassiers pour la plupart, occupaient déjà le chantier, sous la surveillance d'un homme de confiance, du nom de Benoît, factotum de M. Joubert, sur la plantation.

Sept ou huit de ces travailleurs n'étaient autres que des forçats prêtés par le gouvernement, et les autres des Canaques descendus de la montagne pour gagner de l'argent, dont la valeur n'a pas tardé à se faire estimer, même dans les lieux encore inconnus aux Français.

A sa grande joie, Vincent ne connaissait personne parmi ses nouveaux compagnons, et comme à leurs yeux il était et ne pouvait être que Paul Morin, il se rassura bien vite, sûr que ce nom, s'il était répété par eux à Nouméa, n'éveillerait aucun soupçon.

La première semaine s'écoula sans amener aucun incident notable.

Au chantier de la Sého, les choses se passaient à peu près comme partout ailleurs, quand les ouvriers sont engagés pour une construction dans une campagne isolée.

Le travail est largement rémunéré en Nouvelle-Calédonie, et les journées n'y sont que de huit heures.

Une cantine, fournie par le maître de l'exploitation, qui s'était chargé de nourrir lui-même ses travailleurs, s'élevait sur les bords de la rivière. Pour une retenue des plus modiques, ils y recevaient, à chacun de leurs trois repas, une abondante ration de riz, de patates, de choux, de viande fraîche ou salée.

Certes, il n'y avait pas à se plaindre.

Benoît présidait à la table, comme à tout le reste. C'était un nègre qui faisait la cuisine; il n'avait qu'une main et répondait au nom de Capello.

De toutes les nouvelles connaissances de Morin cet homme était sans contredit la plus originale.

Par son type, il différait autant des Canaques que des blancs, son adresse à se servir de son bras mutilé était prodigieuse; taillé en hercule, il ne se faisait pas moins remarquer par sa force, mais ne pouvait que difficilement se faire comprendre, moins à cause de l'idiome bigarré qu'il employait, que de la manière gutturale dont il prononçait toutes les syllabes.

Né à la côte de Zanzibar, il avait été vendu à un négrier et transporté à la Havane, où il avait appris l'espagnol et travaillé dans une plantation, jusqu'au jour ou plutôt jusqu'à la nuit, pendant laquelle, pour recouvrer sa liberté, il s'était jeté à la nage et, en dépit des requins fort abondants dans ces parages, avait réussi à gagner un navire de commerce anglais, à bord duquel il s'engagea comme matelot.

Dans cette nouvelle position, Capelio avait fait une fois et demi le tour du monde et passablement appris l'anglais, lorsqu'un terrible raz de marée fit sombrer *le Desperate*, à bord duquel il remplissait alors les fonctions de cuisinier, et le jeta, à demi-mort, sur la côte de la Cochinchine.

Le pauvre diable avait perdu tout son petit pécule; mais il ne se découragea pas, gagna Saïgon comme il le put, y fit pendant quelques mois les fonctions de portefaix, puis entra, comme porteur de bagages, au service d'un célèbre explorateur français, avec lequel il parcourut le Cambodge et une grande partie du royaume d'Anam.

Il en revenait avec son maître, lorsque lui arriva la triste aventure à laquelle il dut la perte de sa main.

Un jour, qu'il redescendait un de ces nombreux cours d'eau qui portent le nom d'Arogos et qui sont, comme on le sait, aussi infestés de caïmans que les jungles le sont de tigres, un coup de vent lui enleva le chapeau léger et bombé que portent les indigènes.

Grâce à sa forme et à son imperméabilité le chapeau flottait à la façon d'une pirogue, le nègre voulut le saisir et, d'une main se retenant au bordage, de l'autre essaya de rattraper son couvre-chef.

Mal lui en prit.

Au moment où il allait l'atteindre, une ride, rapide comme le sillon d'une flèche qui fend l'air, se dessina sur l'eau et la gueule ouverte d'un énorme caïman, émergeant subitement, engloutit à la fois le chapeau et le bras étendu vers lui.

Les voyageurs poussèrent un grand cri.

Le nègre se rejeta en arrière; mais, si brusque que fut son mouvement, la gueule se referma plus vite encore, lui tranchant le poignet aussi nettement qu'eût pu le faire le scalpel le mieux affilé.

Le nègre mutilé avait rendu, pendant ce pénible voyage, de trop grands services au voyageur pour que celui-ci pût songer à l'abandonner; entouré de soins, il guérit rapidement et accompagna, en Australie, l'explorateur qui, moins heureux que son protégé, trouva la mort dans le désert sans eau formant le centre du pays occupé par les Anglais.

Capello se trouvait, par suite de cette mort, de nouveau dénué de ressources et, qui pis est, dans l'impossibilité de reprendre son ancien métier; heureusement pour lui, à son passage à Queenstown, le voyageur avait chaudement parlé de son courage et de sa fidélité; revenu dans cette ville, il y obtint la place de garçon dans un restaurant.

Ce fut là que M. Numa Joubert le trouva, remplissant ses nouvelles fonctions et l'engagea comme cuisinier pour sa ferme de Koutio-Kouéta.

A force de savoir toutes les langues, Capello les ignorait également ou plutôt en faisait une telle macédoine qu'il était assez difficile de le comprendre.

Aussi l'usage immodéré de gestes qu'il employait pour exprimer sa pensée, faisait-il dire à M. Benoît que ce brave nègre parlait plus avec les bras qu'avec la langue.

L'histoire de Capello intéressa vivement Germaine, auquel son père la conta à la première visite qu'il fit à Koutié, le dimanche qui termina la première semaine de son engagement; Louise l'écouta, elle aussi, avec intérêt, mais ce qui la satisfit surtout, fut de voir que personne n'avait reconnu son mari et n'avait même pensé à lui demander qui il était.

Du reste, celui-ci paraissait très-content de sa position tempo-

raire, n'avait à se plaindre ni des personnes auxquelles il avait affaire, ni de sa nourriture, ni de son salaire; le jardin n'avait pas eu
non plus à souffrir de son absence, les nouveaux semis commençaient
à sortir de terre, verts et vigoureux, aucun travail ne pressait, et ce
fut d'un cœur beaucoup plus léger que, le lundi matin arrivé, Morin
repartit pour la seconde fois, se proposant bien de pousser le travail
avec acharnement pour pouvoir, sinon dans le courant de la semaine suivante, au moins au commencement de celle qui viendrait
ensuite, rentrer dans sa petite maison de Koé, à laquelle il s'était
sérieusement attaché.

Les huit jours qui suivirent ressemblèrent singulièrement à ceux
qui venaient de s'écouler; dès le jeudi, le plus gros de la maçonnerie était terminé, si bien que si la roue, commandée à Nouméa, eût
été prête le jour pour lequel elle avait été promise, on aurait pu la
placer immédiatement et commencer à faire fonctionner les meules
pour écraser les cannes, pendant que le maçon aurait travaillé aux
murs extérieurs, qu'il ne s'agissait plus que de monter.

M. Numa, qui vint le vendredi à la Sého, pour voir où en étaient
les travaux, fut émerveillé de cette activité et fit compliment au
maçon, non-seulement sur la quantité, mais aussi sur la qualité de
sa construction.

— Je n'aurais jamais cru, lui dit-il, qu'il fût possible à un seul
ouvrier d'aller si vite et je vois que je suis obligé de vous prier de
vous ralentir pour donner le temps aux autres de pouvoir vous rattraper. Demain, j'irai à Nouméa presser l'achèvement de ma roue,
que je ne pense pas avoir avant le milieu de la semaine prochaine;
vous, continuez votre maçonnerie jusqu'à samedi, et ce pan de mur
terminé, retournez chez vous jusqu'à ce que je vous fasse prévenir
que la roue est sur le point d'être placée, car je désire que vous as-
sistiez au montage, pour que l'opération se fasse dans de bonnes conditions; ensuite, vous terminerez ce qui restera pour compléter la
clôture.

Cette permission, à laquelle il était loin de s'attendre, fit grand plaisir au transporté; le serment prêté par lui au chef des Compagnons du Désespoir s'était évanoui comme un rêve et les temps où il se consolait si facilement de l'absence de sa femme et de sa famille, bien passés aussi.

L'ivrogne, le débauché et le conspirateur n'ont pas le temps de penser à leur famille; les joies de l'intérieur leur sont inconnues et, pour eux, les enfants ne sont qu'un boulet aux pieds, qu'ils s'efforcent de secouer.

Vincent avait éprouvé ces sentiments alors qu'il se trouvait sous le joug des Compagnons qui avaient fait son malheur; mais, débarrassé d'eux et rentré dans le sentier du devoir, il sentait grandir et se fortifier, de jour en jour, cet amour de la famille, qui est à la fois l'aiguillon du père de famille, pour le bien qu'il a à faire, et la plus douce récompense de celui qu'il a fait.

Le samedi venu, tout heureux de la surprise qu'il allait causer dans le cottage de Koé, il se mit à l'ouvrage de meilleure heure que de coutume, voulant achever plus tôt sa tâche et sans vouloir attendre trois heures, heure habituelle à laquelle Benoît le ramenait à Koé; il partit aussitôt après déjeûner, emportant un morceau de pain dans sa poche et, coupant à travers le run, pour arriver de meilleure heure, en évitant le détour de Koutio.

Son guide lui avait bien dit : Vous risquez de vous perdre. Lui était persuadé qu'il ne se tromperait pas; il avait fait le trajet trois fois, et quoiqu'il ne connût point la géométrie, son bon sens lui disait : La ligne droite est le plus court chemin d'un point à un autre.

Le plus court chemin, assurément oui, mais à condition de le suivre : condition essentielle à remplir dans le run, vaste prairie, broussailleuse et ondulée, où chaque ondulation, comme chaque flot de la mer se ressemble et se confond.

Lui ne se doutait même pas qu'il pût se tromper, et cependant il n'avait pas fait deux cents pas hors du chemin de Koutio-Kouéta, que déjà il s'était égaré.

Sans s'inquiéter des sentiers, il marchait toujours droit devant lui, du moins le croyant, sautant les ruisseaux, traversant des massifs, s'ouvrant passage dans des fourrés.

Le soleil était chaud, très-chaud même, bah! qu'importe; il regarda sa montre : il y avait quatre heures qu'il marchait; encore un kilomètre ou deux et je serai arrivé.

Une heure se passa encore; le soleil commençait à descendre, Morin continuait à ne pas se reconnaître : il commença à être inquiet.

Volontiers il eût fait halte pour se reposer, mais il devait être si près, si près; pourtant il n'apercevait pas la rivière.

— J'aurais dû la rencontrer, pensa-t-il, en regardant autour de lui s'il n'apercevait pas quelque berger. Le run était désert; faute de mieux, il se dirigea vers une colline plus élevée. Elle se trouvait moins près qu'il ne le supposait, il marcha encore trois quarts d'heure avant de l'atteindre; enfin il parvint au sommet; le soleil, déjà bas sur l'horizon, éclairait la plaine de ses rayons obliques et faisait miroiter, à un kilomètre tout au plus, la surface d'une rivière ombragée de grands arbres, à travers lesquels on entrevoyait quelques maisons, au-dessus desquelles s'élevait une colonne de fumée.

— Ah! enfin, la Dumbéa! fit le voyageur qui, prenant avec soin ses points de repère, descendit précipitamment pour regagner la rive avant la nuit tombée.

L'établissement était à droite.

— Il n'y a qu'à remonter le cours de l'eau, se disait-il.

A son grand étonnement, il s'aperçut, en atteignant le bord, **qu'au** lieu de remonter il fallait descendre.

Cela lui causa une certaine anxiété.

Cependant les maisons se trouvant réellement à droite, il n'y avait pas à hésiter. Il descendit donc, pressant le pas le plus possible pour ne pas se laisser surprendre par l'obscurité.

A peu de distance des habitations, il se croisa avec un pasteur à cheval, qu'il interpella :

— Suis-je loin de la ferme de M. Joubert? demanda-t-il.

— Vous voulez rire, l'ami.

— Non, vraiment; je n'en ai pas envie, n'est-ce pas Koé, par ici?

— Koé est sur la Dumbéa.

— Qu'est-ce donc que cette rivière?

— La Sého, parbleu.

— Et ce village?

— Ce n'est pas un village, c'est la nouvelle sucrerie de Koutio; vous m'avez l'air de le savoir aussi bien que moi. Bonsoir, l'ami.

Le pauvre Morin demeura un moment interdit.

— La sucrerie, répétait-il entre ses dents, et voici sept heures que je marche pour arriver au point dont je suis parti : c'est trop fort, trop fort en vérité. Et cependant il n'y a pas à dire, c'est bien la sucrerie; voici la cantine, le moulin, les ateliers, la barraque.

» Imbécile que je suis; on ne m'y reprendra plus.

» Voyons, cherchons un endroit où je puisse passer la nuit; il fait assez chaud pour pouvoir dormir dehors, et pour trois mois de paie, je ne voudrais pas qu'on me vît ici, je deviendrais la risée de tous mes camarades.

Il revint sur ses pas jusqu'à un fourré, dans lequel il se glissa, s'accommoda le mieux qu'il put au pied d'un arbre et tâcha de s'endormir, en attendant qu'il fît assez jour pour prendre le chemin de Koutio.

— Imbécile que je suis de n'avoir pas pris ma boussole; avec son aide je ne me serais pas trompé; répétait-il; pas plus tard que demain, je la demanderai à ma femme.

CHAPITRE VII

Un double échec

———

Pendant que Morin, perdu dans la brousse, employait sa demi-journée à tourner sur lui-même pour se retrouver le soir juste au point d'où il était parti à midi, et passait la nuit à la belle étoile sans autre souper que le morceau de pain dont il s'était muni le matin par une heureuse précaution, un autre transporté, également égaré, courait des dangers plus graves, non pas dans le run, mais dans l'immensité de l'Océan.

Depuis le départ de Vincent pour la ferme de M. Joubert, plusieurs mois s'étaient écoulés sans que ses compagnons de Numbo eussent non-seulement reçu de ses nouvelles, mais fussent parvenus à découvrir le lieu de la retraite de celui sur lequel ils comptaient le plus pour faciliter leur évasion.

Tout ce que l'on savait du traître, car c'est ainsi qu'on l'appelait maintenant dans la société secrète à laquelle il s'était affilié, c'est qu'aussitôt débarqué à Nouméa, en quittant la presqu'île Ducos, il avait rejoint sa femme dans la villa Gondou, alors habitée par ses protecteurs ; que M. de Lambescq en était parti avec la commandante ; que très-probablement Vincent l'avait accompagné au *Magenta*, et sans doute était parti pour la France.

Ce qu'il y a de certain, c'est qu'il avait disparu.

Pendant quelques temps Beslier, compromis par cette fuite qui dérangeait ses plans et le déconsidérait aux yeux des autres Compagnons du Désespoir, s'était flatté de l'espoir que son protégé aurait été transporté à l'île des Pins, et comme il n'était pas sans relation avec ce campement éloigné, il y avait pris les informations les plus exactes.

Tous les rapports s'accordaient à dire que l'évadé ne s'y trouvait pas.

A la rigueur, il était possible aussi qu'il se fût établi à la Mission. Bourniquet, qui y travaillait, prit tous les renseignements possibles et sut que Louise y était en effet venue avec sa fille, mais alors que le *disparu* habitait encore Numbo; mais, depuis, elle l'avait quitté et n'y avait pas reparu.

Le vieux Gondou, retourné dans sa patrie, s'y était rendu seul avec sa femme et sa fille Aïka; tous les pêcheurs de la côte l'avaient vu passer dans sa pirogue, trop frêle pour porter six personnes, ce n'était donc pas non plus avec eux que Vincent s'était évadé.

Un dernier témoignage, plus grave, s'il est possible, que tous les précédents, celui de deux déportés employés dans les bureaux du gouvernement, laissait encore moins d'espoir de le retrouver.

Il était certain que, sur la demande expresse de M. de Lambescq, le transporté avait obtenu de quitter Numbo pour aller habiter la villa, et que depuis il n'avait plus été question de lui; au moins ne retrouvait-on son nom sur aucune des listes envoyées par les propriétaires autorisés à employer soit des forçats soit des condamnés à la transportation.

Quoique furieux d'avoir été ainsi joué par celui dont il croyait s'être fait un instrument docile, Beslier n'aurait pas mieux demandé que de laisser tomber cette affaire qui faisait peu d'honneur à sa perspicacité, mais le boucher, son rival, qui ne demandait qu'à le supplanter, ou tout au moins à déconsidérer un citoyen qui l'avait si peu ménagé dans toutes les circonstances, profita de l'occasion pour attaquer le président avec violence.

Dans une réunion générale, où la question fut soulevée, il s'élança à la tribune et, rappelant avec la brutalité d'expressions qui lui était familière, que c'était contre son avis que Beslier s'était obstiné à obtenir de l'assemblée la permission pour Vincent de passer sur la Grande-Terre, alors qu'il était si facile de le garder comme otage et de forcer sa femme à rendre des services de la plus haute utilité, il l'accusa hautement de trahison, disant que pour agir ainsi il avait sacrifié les intérêts de la société aux siens, qu'il s'était fait payer une forte somme et qu'au premier jour, grâce à l'argent qu'il avait reçu, il ne manquerait pas de s'évader à son tour, si toutefois il ne recevait pas la liberté en considération des services rendus par lui à un gouvernement dont il feignait d'être l'ennemi, mais dont, après tout, il pourrait bien n'être que l'espion.

Si le boucher, au lieu de se laisser emporter par l'animosité, avait modéré son accusation, il est plus que probable que Beslier aurait, ce jour-là, perdu le fauteuil de la présidence.

Sa colère, en dépassant les bornes, sauva le vieux président.

Pâle, mais contenu, celui-ci s'avança à son tour, attendit que l'orage suscité parmi les frères, par cette attaque dans laquelle plusieurs d'entre eux n'étaient pas ménagés, fut calmé, ensuite il réfuta un à un tous les faits allégués par le boucher, justifia une mesure qu'il n'avait conseillée que d'après l'avis du plus grand nombre et avec l'assentiment presque unanime des citoyens frères, fit allusion à certains faits antérieurs relatifs à des maniements suspects de fonds pendant la Commune, et qui prouvaient que son adversaire ne s'était pas toujours montré aussi désintéressé qu'il voulait bien le faire entendre, démontra que la trahison de Vincent, quoique probable, n'était pas encore prouvée, et qu'en tout cas, mieux valait être débarrassé d'un homme sur lequel il n'était pas permis de compter, que de se l'associer dans une entreprise délicate qui, pour réussir, demandait à être conduite avec une prudence extrême.

Puis, passant à un de ces artifices connus de tous les avocats, et qui ne manquent jamais leur effet sur les masses, il déclara que républicain avant tout, dévoué à tous ses frères, pour le dernier desquels il n'hésiterait pas à verser jusqu'à la dernière goutte de son sang, il était prêt à céder la présidence au plus digne et à se démettre de ses fonctions en faveur même de celui qui venait de le calomnier si grossièrement, si l'assemblée le jugeait à propos.

Cette péroraison, accompagnée de larmes de commande, ne trompa point l'attente de l'orateur.

Des cris de vive la République! vive notre président! couvrirent sa voix; l'enthousiasme fut indescriptible.

Le boucher voulut réclamer, on le hua; alors, furieux, il montra le poing aux assistants, les traita d'imbéciles et d'esclaves, et frappant la table à coups de poing, jura qu'il ne voulait plus faire partie en aucune sorte d'une société de crétins fanatisés par un traître.

Le désordre fut alors au comble.

Le peuple souverain aime à être flatté, adulé, cajolé.

On hurla :

— A la porte l'insolent! à la porte le voleur! dehors l'insulteur!

Un imprudent osa même monter sur l'estrade pour en faire descendre le malencontreux orateur.

D'un coup de poing le boucher le jeta à bas, les dents brisées et la mâchoire disloquée.

Cet argument *ad hominem* donna à réfléchir aux autres, aussi lorsque le citoyen orateur descendit de lui-même, pour sortir de la réunion, dont il déclarait ne vouloir plus faire partie, personne ne fut tenté de lui barrer le passage.

Toutefois, une aussi grave insulte à la majesté populaire ne pouvait pas rester impunie, donc, d'une voix unanime, l'insolent fut, non-seulement rayé des cadres des Compagnons du Désespoir, mais condamné à la quarantaine.

On sait quelles sont, à Numbo, les effets de cette grave punition ; le condamné qui en est atteint est traité, par tous les frères et amis, comme un lépreux ou un excommunié au moyen-âge. Le séquestre le plus rigoureux pèse sur sa personne, on n'a avec lui de communication d'aucune sorte ; s'il s'avance vers un groupe, le groupe se disperse, s'il fait une question, nul ne lui répond ; il ne peut ni vendre, ni acheter ; c'est un pestiféré, un de ces misérables auxquels, dans les législations anciennes, les magistrats refusaient l'eau et le feu.

Pendant quelques jours, le boucher chercha à lutter contre l'anathème qui pesait sur lui, mais il ne put y réussir.

Nulle part la solitude n'est aussi pénible que dans la foule ; il s'enfonça dans la forêt, ne reparaissant au camp que les jours de distribution, et emportant aussitôt ses vivres, avec l'air farouche d'un loup blessé.

Un jour il ne revint pas ; personne ne s'enquit de ce qu'il était devenu ; seulement, dans la journée du dimanche, le commandant de la presqu'île fut averti que, dans la soirée précédente, un canot de pêcheurs avait été enlevé à la pointe orientale de l'île, et que, dans la matinée du dimanche, un des condamnés à la déportation n'avait pas répondu à l'appel au moment de la distribution.

Une embarcation fut aussitôt mise à la mer pour fouiller les lagons et tâcher de rattraper le fugitif ; mais celui-ci avait une avance de près de vingt-quatre heures et, favorisé par les courants, était parvenu à franchir la ceinture des grands récifs, en donnant, par un hasard des plus extraordinaires, juste dans la passe en pleine nuit.

Une fois au large, il avait continué à ramer avec énergie pendant plusieurs heures, se dirigeant, croyait-il, vers l'Australie, mais dans le fait, emporté par les courants, presque parallèlement à la terre, dans la direction de Saint-Vincent.

Vers le matin, épuisé de fatigue, le boucher, car c'était lui, laissa tomber les avirons et s'endormit au balancement du flot : sans doute il se croyait presque arrivé.

Quelques heures plus tard, quand, s'éveillant, il aperçut la terre aussi près derrière lui, il fut saisi de terreur, et recommença à ramer, ne prenant que le temps de manger un morceau du pain de trois livres qu'il avait emporté avec lui et de boire une gorgée d'eau.

Tout le jour il s'épuisa en efforts, jusqu'à ce qu'il eut perdu l'île de vue; mais, alors, une nouvelle terreur l'envahit, l'eau sans bornes l'entourait de toutes parts. Il ramait toujours, ses mains saignaient, sa poitrine haletait et son embarcation, simple canot non ponté, sans mât ni voile, paraissait demeurer immobile sur le flot.

La nuit approchait, une brume épaisse pesait sur la mer, rétrécissant son horizon, lui cachant les étoiles, secours inutile d'ailleurs, car moins habile que les pasteurs anciens, il n'aurait pas su se diriger sur ces guides incertains.

La nuit qu'il passa fut terrible, il mangea et but encore, mais ses minces provisions s'épuisaient, et il se sentait perdu dans cette immensité menaçante qui s'appelle l'Océan et la nuit.

Il se coucha au fond de sa barque, essayant de dormir; des bruits étranges, des clapotements de monstres, s'ébattant à la surface des flots, le réveillaient en sursaut, et alors il voyait courir autour de lui des lueurs phosphorescentes qui se creusaient en longs sillons et s'évanouissaient tour à tour.

Sa tête brûlait, il se sentait devenir fou; il s'assit sur un banc, le front caché entre ses mains.

Un nouveau bruit sourd, accompagné des sifflements aigus de la vapeur, le fit bondir sur lui-même. A quelque distance, en avant, deux lumières rouges semblaient se poursuivre en l'air; il demeura comme hébété à ce spectacle inattendu; presque au même moment, une masse énorme passant près de son canot faillit le broyer.

C'était un vaisseau. Il voulut crier, mais sa langue desséchée fut incapable de produire un son; quand enfin il put pousser un cri, les lumières étaient déjà loin et le son de sa voix lui sembla retomber comme une masse inerte auprès de lui.

Le soleil, en éclairant de nouveau l'Océan, ne fit qu'augmenter ses souffrances, la chaleur était étouffante, doublée par la réverbération de l'eau, que ne ridait pas le moindre souffle de vent.

Partout autour de lui la solitude, l'azur sans fin, un soleil de feu et plus une goutte d'eau, plus une bribe de pain; alors, il se remit à ramer avec désespoir, ne sachant s'il approchait où s'il s'éloignait, s'il tournait sur lui-même ou demeurait immobile.

Le supplice dépassait ce que l'imagination peut rêver, ce n'était pourtant que le commencement, trois jours, trois éternels jours, seul avec son désespoir, l'évadé de Numbo lutta avec la faim, la soif, la chaleur, le désespoir. Ses mains n'étaient plus qu'une plaie; la soif le dévorait, la faim tordait ses entrailles.

Hâve comme un cadavre, les yeux allumés par la fièvre, d'un regard brûlant il interrogeait l'horizon muet, se mordant les poings en blasphémant, et retombait inerte sur son banc.

— Brigand de Beslier!

S'il l'eût tenu entre ses mains, il lui aurait ouvert les veines avec ses ongles, bu son sang, il lui aurait arraché le cœur pour le dévorer.

Ses dents s'entrechoquaient; dans le paroxysme de sa fureur, il poussait des rugissements de bête fauve; puis, l'accès passé, il se laissait aller à une prostration complète. Le sang, qui affluait à ses yeux, lui montrait, dans un brouillard sanglant, des fantômes qui surgissaient, menaçants ou railleurs, tout autour de lui, et ricanaient en lui montrant leurs blessures, en lui jetant le nom d'assassin.

Les otages qu'il avait aidé à fusiller, les prêtres qu'il avait arrêtés, les victimes sans nombre de la Commune défilaient devant lui, frôlant son visage, passant comme un souffle brûlant sur ses cheveux hérissés par la terreur.

C'est en vain qu'il voulait écarter ces funèbres apparitions, disperser cet effroyable tourbillon, sa main ouverte ne saisissait, en se refermant, que le vide, et les victimes accouraient comme une volée d'oiseaux impalpables, tourbillonnant toujours plus nombreuses et criant toutes ensemble :

— Assassin, sois maudit! impie, sois damné!

Autour de l'esquif, flottant au-dessus des abîmes sans fond, tout était calme; cependant le ciel était d'un bleu d'azur, et le soleil radieux semait d'étoiles d'or le manteau émeraude de l'Océan endormi.

Au matin du cinquième jour, quelques nuages commencèrent cependant à monter à l'horizon, les flots prirent une teinte plombée, l'air devint lourd, les vagues s'enflèrent.

Tout annonçait l'orage.

Eveillé de sa torpeur par les brusques mouvements du bateau, le mourant se souleva.

L'apparence de l'Océan se faisait sinistre : la tempête allait éclater.

Il n'y avait pas besoin d'une tempête pour engloutir cette frêle coquille de noix.

Le condamné à mort se recoucha; mourir pour mourir, mieux valait que ce fût tout de suite.

Une heure s'écoula cependant.

Soulevé par les vagues grossissantes, le bateau roulait d'une manière effrayante; à chaque fois qu'il descendait dans le sillon verdâtre, la poitrine du moribond se contractait : il croyait s'enfoncer pour la dernière fois.

Mais, l'Océan se jouait de sa victime et, le reprenant au vol, le lançait sur la croupe arrondie d'une nouvelle vague d'où, en ouvrant les yeux, il pouvait voir accourir les bataillons hurlants des flots échevelés.

Tout-à-coup il se releva avec une énergie terrible : une vie nouvelle avait galvanisé ce cadavre.

Au moment où il se croyait perdu, une planche de salut lui était apparue, l'espoir furieux venait de rentrer dans son âme, et maintenant il faisait un suprême effort pour défendre sa vie contre la tempête.

A l'horizon, loin encore, un navire de commerce arrivait, toutes voiles dehors, se dirigeant sans doute vers un port pour s'y abriter.

Le naufragé arracha sa veste pour s'en faire un signal : à tout prix il voulait être aperçu.

Les oscillations du canot le jetaient sur les bancs, le meurtrissaient contre les bordages; n'importe, il se relevait, agitant toujours son morceau d'étoffe.

Le vaisseau grandissait à vue d'œil, mais sans que rien témoignât qu'à bord on eût remarqué ses signaux.

Lui, faisait des gestes désespérés; tout-à-coup, il sentit un choc terrible, qui le précipita dans la mer.

Une vague, qui remplit à demi le canot, venait de fondre sur lui.

Heureusement il savait nager, il revint à la surface de l'eau, s'accrocha à une rame attachée aux taquets et put remonter dans l'esquif prêt à sombrer.

Le navire n'était plus qu'à une courte distance; mais, dans l'impossibilité de mettre en panne, il manœuvrait pour passer au plus près de l'embarcation, qui d'ailleurs paraissait.

Une minute encore, il aurait été trop tard.

Le naufragé étendit les bras, en poussant un grand cri.

Penché à un sabord, un matelot se tenait prêt, un rouleau de cordes à la main; au moment où le navire passait, il lança l'amarre.

Le malheureux eut encore la force de la saisir et d'enrouler le câble autour de ses reins.

Ce fut son dernier effort, de nouveau, il tomba à la mer.

Grâce à la précaution qu'il avait prise, il fut possible de l'amener à bord, horriblement meurtri, prêt à rendre le dernier soupir.

Quant au canot, un second coup de mer le fit chavirer presque au même instant, le roula sur lui-même et l'engloutit.

Quelques heures plus tard, l'ex-Compagnon du Désespoir revenait à lui, sous l'influence de cordiaux et avalait, non sans difficulté, quelques cuillerées de bouillon, après lesquelles il s'endormit d'un profond sommeil, sans se soucier de la tempête qui rugissait au dehors.

Le lendemain, quand il s'éveilla, brisé de fatigue, mais déjà parfaitement libre, le vaisseau naviguait si doucement qu'on eût pu croire qu'il glissait sur les eaux d'un lac.

— Eh bien! mon ami, comment cela va-t-il? demanda au malade, le médecin prévenu aussitôt.

Ces paroles, prononcées en anglais, étaient inintelligibles pour lui.

— Où sommes-nous? demanda-t-il, en français naturellement.

Cette fois, ce fut au tour du docteur à être embarrassé; ni lui ni personne à bord ne parlait cette langue.

Le capitaine avait pourtant la prétention de l'entendre, mais il ne fut pas plus heureux que le docteur.

— Enfin, n'importe, je suis sauvé, pensait le boucher, n'importe par qui, n'importe comment, sauvé, c'est là l'essentiel.

Et, s'appuyant sur son coude, car à l'allure du navire, il était évident qu'on approchait de terre, il regarda par le sabord pour jeter un premier coup d'œil sur l'Australie, la patrie de la liberté, comme l'appelaient les déportés.

Il n'aperçut qu'une côte rocailleuse, profondément déchiquetée.

— Que diable cela peut-il être? murmura-t-il, avec effroi. On dirait Numbo.

— O yes! Numbo, fit le capitaine, en étendant la main vers une baie qui n'était que trop connue du naufragé.

— Indead Numbo, ajouta l'anglais, tout souriant.

Le malheureux proféra un horrible blasphème et retomba évanoui sur sa couche.

De même que Vincent, l'ex-Compagnon du Désespoir était revenu au point même d'où il était parti. Seulement sa promenade avait été plus longue, plus périlleuse et les conséquences qui en résultaient, infiniment plus fâcheuses pour lui que ne l'avait été pour Vincent son égarement dans le run.

Ce dernier, en effet, en avait été quitte pour une nuit passée en plein air, une légère contrariété et la perte d'une demi-journée employée à suivre sans s'en écarter la route dont la veille il avait eu l'imprudence de sortir.

Louise, que l'absence prolongée de son mari commençait à inquiéter, s'en trouva bien dédommagée par l'annonce qu'il lui fit du congé accordé par M. Numa Joubert, et qui se prolongea, non pas jusqu'au jeudi, mais quatre jours de plus par suite des lenteurs apportées dans la confection de la roue à Nouméa.

Enfin, ce travail se termina au grand plaisir du fabricant qui était allé presser les mécaniciens dans leurs ateliers installés à Nouméa, et ce fut lui-même qui, dans une visite à son père, vint chercher Morin, auquel il conta l'aventure toute récente de la tentative d'évasion si malheureuse du déporté pour le moment en convalescence à l'hôpital, au sortir duquel il allait être réintégré à Numbo, sans cependant, paraissait-il, que sa peine dût être aggravée; le gouverneur ayant pris en considération les souffrances atroces endurées par le fugitif.

Il y avait, en effet, dans son aventure, de quoi décourager tous ceux qui auraient voulu l'imiter, et Vincent fut le premier à en faire son profit en affirmant bien à Louise, que la demande de la boussole inquiétait, que si jamais il avait en effet songé à s'évader de la Nouvelle-Calédonie, elle pouvait être bien assurée qu'aujourd'hui cette tentation ne le prendrait plus.

Ce fut en arrivant au chantier de la Sého que Morin apprit la mésaventure du boucher, le rival de Beslier; tout le monde en parlait, mais il ne vint à personne l'idée de demander au maçon s'il connaissait le héros de cette triste évasion.

Le mari de Louise n'était pourtant pas sans inquiétudes, car le jour même de son retour, Benoît, devenu son ami, lui annonça que, dès le lendemain, il devait arriver de Nouméa une escouade de forçats, prêtés par le gouvernement, pour pousser activement la construction du plan à évaporation, assemblage d'une multitude d'auges en bois, soudées les unes aux autres, dans chacune desquelles on verse une partie du suc sucré, déjà à demi-réduit en mélasse, dans des bassins de cuivre, d'où le sucre brut est ensuite envoyé aux raffineries, afin d'y être blanchi et coulé en pains cristallisés d'une grosseur et d'un poids convenus, opération après laquelle il ne reste plus qu'à l'envelopper dans des chapes de papier gris fortement ficelé, et à le livrer au commerce.

Ces ouvriers arrivèrent en effet dans la matinée, au nombre de dix à douze, sous la conduite d'un surveillant, et se mirent aussitôt à l'œuvre.

Par bonheur Morin n'en connaissait aucun, donc il put se croire à l'abri de tout soupçon. L'un d'eux cependant le regardait de temps en temps avec une curiosité marquée, et le soir, Benoît, en venant examiner la roue à demi-placée, dit tout-à-coup à l'ouvrier :

— Il paraît que vous ressemblez singulièrement à un transporté de la presqu'île Ducos, car un de nos travailleurs m'a demandé votre nom.

— Ah! fit celui-ci, en pâlissant légèrement; pour qui me prenait-il donc ?

— Pour un nommé Vincent, paraît-il, transporté à Numbo, et il a été tout étonné d'apprendre que vous vous appelez Morin.

— Il y a tant de personnes qui se ressemblent, repartit le maçon, en feignant de sourire, qu'il est facile de se tromper lorsqu'on ne connaît pas très-bien les personnes.

— Lui y tenait, au contraire. Etes-vous sûr qu'il ne s'appelle pas aussi Vincent? m'a-t-il répété; il y en avait un de ce nom à Numbo, d'où il a disparu sans qu'on sache ce qu'il est devenu.

— Ah! en effet, j'en ai entendu parler, il me semble, et l'on disait qu'il s'était évadé l'un des premiers.

— C'est bien possible. A propos d'évasion, savez-vous que la presqu'île Ducos possède une illustration de plus?

— Qui cela?

Rochefort, dont les journaux ont tant parlé, ce héros de l'évanouissement et des pamoisons, si hardi quand il fallait insulter et aboyer de loin, si couard toutes les fois qu'il s'agissait de payer de sa personne, ce républicain acharné, qui s'est marié *in extremis* pour faire ses enfants marquis, il est arrivé par un des derniers paquebots et a été interné dans le campement.

— On le disait mourant.

— Oui, on avait répandu ce bruit, mais il n'en est rien, paraît-il, et je puis vous assurer qu'il jouit d'une parfaite santé, dont il profitera probablement pour s'évader à son tour.

— Vous croyez?

— J'en suis sûr, il a de l'argent et des amis, avec cela on s'évade toujours.

— De tous les criminels de la Commune celui-ci est pourtant bien le plus coupable.

— Raison de plus, mon cher; dans une révolution, ce sont toujours les plus grands coquins qui s'échappent.

— En laissant derrière eux les malheureux qu'ils ont égarés.

— Parbleu! Avec cela qu'ils s'en soucient; il faut voir, pour s'en assurer, la manière dont M. le comte Henri de Rochefort-Luçay parle de cette canaille dont l'odeur seule lui soulève le cœur.

— Dites-moi donc, reprit Morin, beaucoup plus inquiet qu'il ne voulait le paraître, quel est le nom de celui qui m'a pris pour ce Vincent?

— Oh! ma foi, je n'en saurais rien, si déjà il ne s'était échappé d'ici, il y a quelque temps, pour aller boire à Nouméa et peut-être monter quelque mauvais coup avec ses anciens camarades ; c'est un triste sujet, je vous en réponds, un nommé Mulasse

— Vous dites ?

— Mulasse ; le nom n'est pas beau, mais bien assorti à la figure bestiale de son propriétaire.

Peu importait à l'ouvrier que ce nom fût harmonieux ou grotesque. Il dissimula du mieux qu'il put la contrariété qu'il éprouvait à se trouver dans le voisinage d'un individu qu'il ne connaissait que trop et, changeant aussitôt de conversation, se mit à parler de la roue.

Benoît, qui n'avait aucune raison pour s'occuper davantage du forçat et s'intéressait au contraire vivement à la construction, n'eut garde de revenir sur un sujet qu'il regardait comme épuisé, et le reste de la conférence n'eut d'autre sujet que le travail à faire pour monter le mieux possible cette pièce essentielle.

M. Joubert, qui survint en ce moment, prit part à la discussion et, peu à peu, les idées de Vincent prenant une autre direction, il cessa de songer à Mulasse qui, travaillant non loin de là, continuait cependant à le regarder, en disant à ses camarades :

— Ou le diable s'en mêle ou ce Morin n'est autre que Vincent le déporté, avec lequel je suis venu de France et qui a disparu du campement sans laisser de traces ; tonnerre de sort ! mais il faudra bien que je tire la chose au clair et, pas plus tard que ce soir, je saurai à quoi m'en tenir.

Le soir arriva, on devait se retrouver à la cantine. C'était là que l'explication aurait lieu : des paris étaient ouverts.

Quelques minutes avant que sonnât l'heure du repas, le déporté Morin trouva une raison quelconque pour demander à M. Joubert de l'accompagner à Koutio-Kouéta.

Mulasse l'attendit en vain ; naturellement de toute la soirée il ne reparut pas.

Le lendemain matin, il était à son chantier.

— Si tu crois m'échapper ainsi, tu te trompes, pensa le forçat; tu peux avoir tes raisons pour te cacher, mais j'ai les miennes pour te découvrir, et il ne sera pas dit que je ne gagnerai pas les vingt francs que Beslier a promis en prime à celui qui lui découvrira le gîte où tu es allé te cacher pour ne pas remplir tes serments de Compagnon du Désespoir.

Sous prétexte de terminer un travail pressé, Morin déjeûna sur son chantier et se remit aussitôt à l'ouvrage.

Jamais il n'avait poussé sa besogne avec tant d'acharnement; le brave Benoît, qui cependant ne ménageait pas les fainéants, lui reprocha de ne pas se ménager assez.

— Je voudrais aller rejoindre au plus vite ma femme et ma fille à Koé, répliqua l'ouvrier, en continuant à tailler une pierre.

— J'espère pourtant que ni Mme Vincent ni la petite Germaine ne sont malades, répondit une voix railleuse.

Morin releva vivement la tête et aperçut, à deux pas de lui, Mulasse le forçat, qui retournait à son chantier.

— Bonjour, camarade, continua celui-ci, en lui tendant la main; la santé est toujours bonne?

— Très-bonne, je vous remercie, répondit Vincent, en rougissant malgré lui.

— Tiens! s'écria M. Benoît, c'est justement celui qui m'avait parlé de vous; vous le connaissiez donc?

— Tonnerre! comment ne nous connaîtrions-nous pas, ricana le bandit, nous avons servi dans le même bataillon, subi ensemble la même détention dans la prison de Versailles et fait, en bons camarades, la traversée sur *la Guerrière*. Ce sont les amis de l'île Ducos qui vont être contents, car tu avais oublié de leur donner ton adresse à Koé, mon bon, et l'on te croyait mort ou évadé.

— C'est bien de la bonté à eux de s'occuper encore de moi, répliqua Vincent, avec dépit.

— Allons donc, là-bas, on n'oublie personne, et le citoyen Beslier en particulier m'a chargé de te présenter ses amitiés. N'as-tu pas quelque commission pour lui?

— Aucune, fit séchement le maçon; qu'il s'occupe de ses affaires et me laisse faire les miennes à ma guise.

— Oh! oh! tu es devenu bien fier vis-à-vis des anciens camarades.

Sans répondre davantage, Vincent s'était remis à l'ouvrage et taillait sa pierre avec une ardeur fiévreuse.

— Allons, retourne à ton ouvrage, dit Benoît; ce n'est pas ici ton chantier, et ce n'est pas pour travailler avec la langue que tu as été envoyé.

— Oh! c'est pas la peine de se fâcher, on y va, on y va; dirait-on pas que c'est un crime prévu par le Code de dire bonjour en passant à un vieux de la vieille. Je m'en vais, suffit; au revoir, Vincent, nous nous retrouverons, mon bon; tu sais, nous avons un petit compte à régler.

— Vous connaissiez donc cet homme? fit Benoît, lorsque Mulasse se fut éloigné.

Il n'y avait pas moyen de le nier.

Le faux Morin balbutia quelques mots.

— Et vous vous appelez réellement Vincent?

— En effet, dit-il.

— C'est singulier de changer de nom quand on n'a pas de graves motifs pour cela, continua le surveillant.

— M. Joubert en était informé, répondit le transporté.

— C'est ce dont je m'assurerai, reprit M. Benoît, en regardant le maçon d'un air défiant.

— Quel malheur que ce misérable m'ait reconnu, pensait Vincent; je suis certain, à présent, qu'il m'arrivera quelque fâcheuse affaire.

Il feignit pourtant de ne pas se laisser troubler par cette reconnaissance et continua son travail jusqu'au soir où, n'ayant plus rien à cacher, il rentra à la cantine. Les forçats n'étant pas admis, dans la société des ouvriers de la transportation, Mulasse ne pouvait pas l'y attendre.

Mais le bruit de sa rencontre s'était déjà répandu par l'indiscrétion du surveillant, furieux d'avoir été joué, et tous les yeux se tournèrent sur lui avec une curiosité maligne.

Voulant faire bonne contenance, le maçon s'approcha de Capello qui, depuis son arrivée au chantier, lui témoignait une affection toute spéciale.

Le nègre le toisa du regard et, sans prendre la main qu'il lui tendait, laissa tomber, avec dédain, ces mots :

— Que désirez-vous, monsieur Vincent ?

— Dîner comme d'habitude, s'il y a moyen, répondit l'ouvrier, en grimaçant un sourire.

— C'est bien, mettez-vous où il vous plaira, on va vous servir.

Mortifié au plus haut point, Vincent s'approcha de la première table venue; deux ouvriers qui s'y trouvaient s'en écartèrent aussitôt.

Les autres riaient et chuchottaient

Le sang lui monta au visage; cependant il se contint, mangea rapidement, presque avec rage, et se retira dans sa chambre.

A peine fut-il sorti que les commentaires les moins charitables se croisèrent de tous côtés.

— Ce doit être quelque forçat en **rupture** de ban, dirent les uns.

— Un voleur ou un assassin, ajoutèrent d'autres.

— Il est certain que, pour se cacher avec tant de soin, il faut qu'il ne se sente pas la conscience nette, reprit un transporté; s'il n'avait comme nous fait partie que de la Commune, il n'aurait pas à rougir, au contraire; car si nous sommes les vaincus, nous n'en représentons pas moins, aux yeux du monde, les défenseurs des grands principes de la liberté, de l'égalité et de la fraternité.

Assis au coin du feu, M. Benoît écoutait sans rien dire, mais il ne put s'empêcher de murmurer entre ses dents :

— Toute sa conduite est plus que louche ; il y a quelque chose de plus ou de moins là-dessous.

— Là-dessous, ricana un second transporté, il y a plus qu'un hypocrite, plus qu'un voleur, plus qu'un assassin, il y a ce que je sais maintenant, car Mulasse m'a tout dit.

— Qu'y a-t-il donc? s'écria-t-on en chœur.

— Il y a un mouton.

Quelques Canaques, ignorant le sens de cette expression, se mirent à rire.

— J'aurais cru, fit Capello, qui gardait rancune aux caïmans, que tu aurais nommé un animal plus féroce, le crocodile, par exemple.

— Je préfère le crocodile au mouton, reprit le transporté qui, probablement, et pour cause, parfaitement au courant de l'argot des prisons, connaissait la valeur de l'expression par lui employée.

— Ah ça! qu'est-ce donc que ton mouton? demanda Benoît.

— Un mouchard, un traître, crièrent plusieurs voix.

— En France, dans la bonne société, reprit le transporté, après avoir craché, d'un air suffisant, sans doute pour témoigner de ses belles manières, nous appelons mouton, un individu que la police enferme, comme criminel, avec un malheureux qui refuse d'avouer, afin de le faire parler, en feignant de se lier avec lui, et le dénoncer ensuite ; ces misérables pourvoyeurs de guillotine ne reculent devant aucune infamie pour gagner leur argent; ils se glissent partout, épiant, écoutant, affectant, s'il le faut, les plus purs sentiments patriotiques. Sans cette graine de traîtres, sans cette vermine, la glorieuse Commune n'aurait pas succombé, ce sont eux qui ont encloué nos canons, noyé nos poudres, révélé à l'ennemi toutes nos dispositions et fini par ouvrir les portes aux Versaillais, après nous avoir désarmés.

— C'est vrai, très-vrai, cela, crièrent les autres transportés.

— Cela peut être vrai, mais ne prouve pas que ce Vincent ait fait cet ignoble métier, reprit M. Benoît.

— Attendez, attendez, continua le discoureur, et vous allez voir. Ce Vincent était connu à Paris, dans son quartier, pour un bigot et sa femme pour une fanatique, aux ordres des jésuites et de la prêtraille. Quand la République fut proclamée, après la chute du tyran, les tartuffes de la robe noire, craignant que le pouvoir arraché de ses griffes par la généreuse colère du peuple ne fût perdu pour toujours et que leur caste ténébreuse reçût enfin le traitement qu'elle méritait, poussa habilement ses suppôts les plus dévoués à se mêler aux vrais patriotes pour les espionner et faire avorter leurs desseins.

» Ce fut alors que ce Vincent, cessant ostensiblement d'aller à la messe et de se livrer à d'autres actes de superstition cléricale, se faufila dans les clubs, y parla en exalté et se demena si bien que, profitant de la bonne foi du parti républicain, il parvint à obtenir un poste honorable dans l'armée fédérée.

» Il n'en demandait pas davantage ; bientôt, grâce à ses manœuvres, jointes à celles d'autres êtres aussi dégradés que lui, il parvint à jeter la désunion et le trouble dans nos rangs. Malgré son héroïsme, la malheureuse phalange fut vaincue.

» Le sang le plus pur de la France rougit les pavés immortels des rues de Paris ; les cachots se remplirent de citoyens vertueux ; des bourreaux, transformés en juges, se constituèrent en tribunal de mort, et des milliers d'innocents tombèrent sous les balles liberticides de l'infâme armée de Versailles. »

Un murmure d'approbation accueillit cette belle tirade et permit à l'orateur, ancien président de club et bourrelier de son état, de reprendre haleine.

— Allons au fait, fit Benoît impatienté.

— Le fait le voici : après avoir touché le prix de sa première trahison.....

III.   9.

— Ah! permettez, il n'avait rien touché au contraire, puisque, d'après Mulasse même, que j'ai interrogé, il fut mis en prison avec lui.

Le bourrelier haussa les épaules.

— Si lui n'avait rien touché, sa femme avait reçu pour lui, et la preuve, c'est que l'or ne lui manque pas, si bien que pour venir ici elle ne s'est pas embarquée comme tant d'autres malheureuses sur un mauvais transport; elle est arrivée, avec sa fille, sur un navire de guerre, où elle dînait à la table du commandant, avec une comtesse millionnaire, et l'état-major la saluait comme une grande dame.

» Mais le gouvernement avait peur que quelque chef important lui eût échappé, si bien qu'un ministre versaillais, celui des finances, je crois, fit dire à Vincent : « Fais semblant de te laisser pincer avec eux, nous te condamnerons pour la forme à la déportation; là, tu continueras à espionner, pour nous découvrir tous leurs projets et les éventer. Ensuite tu changeras de nom, tu te feras oublier quelque temps, puis tu reviendras en France jouir de tes rentes. »

— Canaille! gronda Capello.

— Partie conclue; le Vincent accepte, fait le patriote renforcé, demande à être interné à Numbo, où il n'avait rien à voir puisqu'il était sensé condamné à la déportation simple, réussit à se faire affilier à la société des Compagnons du Désespoir; puis, quand tout est prêt pour une évasion en masse, paf! il s'esquive, vient faire sa dénonciation, et pendant que ses dupes vont expier en prison leur trop grande confiance, ce scélérat disparaît tout-à-coup de Nouméa, et, changé en M. Paul Morin, vient attendre tout tranquillement à Koé qu'un navire soit en partance pour le transporter, avec Mme et Mlle Morin, en France, où on lui a promis la décoration, peut-être même une place de sous-préfet.

— Ce n'est pas possible! s'écria M. Benoît.

— C'est la vérité vraie, répondit le transporté, avec cet aplomb

solennel que donne une longue habitude du mensonge et de la ca-
lomnie.

Sauf les Canaques, qui n'avaient pas très-bien compris le récit,
tous les auditeurs étaient indignés; plusieurs proposèrent une punition exemplaire.

Peut-être même se seraient-ils immédiatement portés à des voies
de fait, si le régisseur, craignant que les choses n'allassent trop loin,
et n'étant pas encore d'ailleurs parfaitement convaincu de la culpa-
bilité de l'accusé, ne s'y fût opposé d'une façon si catégorique, menaçant le premier qui bougerait de le rendre responsable de toutes
les suites qu'une pareille affaire ne manquerait pas d'avoir, que,
malgré leur animation, il ne se trouva personne d'assez courageux
pour oser désobéir.

Mais, il n'en fut pas moins convenu que le traître serait provisoirement mis à la quarantaine la plus sévère, et le surveillant en chef,
déjà très-peu bien disposé pour son ancien protégé, s'engagea à débarrasser au plus vite le chantier de la présence de cet homme aussi
lâche qu'odieux.

Fort heureusement pour Vincent que sa tâche était à peu près
terminée et que M. Joubert arriva le lendemain matin, assez à temps
pour que Benoît pût lui faire son rapport sur les événements de la
veille, avant le retour des ouvriers au chantier.

Le propriétaire savait à quoi s'en tenir sur cette affaire. Il blâma
fort son régisseur de s'être laissé ainsi circonvenir; puis, séance te-
nante, chassa ignominieusement le bourrelier et Mulasse, premiers
auteurs de tous ces bruits.

Cette punition, qui ne fit que les irriter davantage et les acharner
à la perte de Vincent, ne changea pas la position du maçon vis-à-
vis ses camarades, persuadés que le maître de la ferme n'agissait
ainsi que pour se conformer aux ordres du gouverneur.

Quant à Benoît, obéissant plutôt à son dépit qu'à sa conscience,
s'il eût l'air de montrer plus de bienveillance pour Vincent, ce ne

fut pas sans lui en vouloir intérieurement et, comme beaucoup de gens qui ont eu des torts vis-à-vis quelqu'un, de lui garder rancune avec obstination.

Seul, M. Joubert, désolé d'avoir involontairement causé à son meilleur ouvrier des désagréments immérités, fit tout ce qu'il put pour le dédommager, mais le mal était sans remède, et ce ne fut pas sans un profond découragement, que, vers la fin de la semaine, il rentra dans son cottage de Koé, où la nouvelle de cet incident affligea profondément la pauvre Louise, en réveillant toutes ses craintes pour l'avenir.

CHAPITRE VIII

Pouébo

Quelques semaines se passèrent cependant sans apporter aucun changement dans la position du transporté. Son jardin prospérait à merveille; la laiterie, parfaitement organisée, rapportait de beaux produits; tout allait pour le mieux dans la plantation, et la regrettable aventure de la Sého paraissait oubliée, lorsqu'un jour, en rentrant dans sa petite maison sur le soir, Louise trouva, piquée avec une épingle à la porte de son jardin, une lettre dont l'enveloppe portait pour suscription :

Au citoyen Vincent, dit Morin; chez M. Joubert, station de Koé.

D'où venait cette lettre? qui l'avait portée? Germaine, qui avait passé une grande partie de la journée dans le jardin, ne put en rien dire, elle n'avait vu personne.

Inquiète, sans se rendre compte du pourquoi, l'ouvrière hésita longtemps sur ce qu'elle avait à faire, mais n'osant pas rompre le cachet et la dissimuler à son mari, elle se décida enfin à la lui remettre quand il revint pour souper.

Il l'ouvrit, la lut et, la froissant vivement entre ses mains, la jeta sur la table avec dépit en s'écriant :

— Maudit voyage ! je m'attendais à cela.

— Qu'est-ce ? demanda timidement Louise.

— Regarde, dit-il.

La lettre n'était pas signée et consistait en ces quelques mots, tracés d'une main exercée à contrefaire sa propre écriture :

« C'est en vain que tu te caches, on sait où te trouver ; souviens-toi de ton serment : *Si je manque à ma promesse, je me reconnais digne de mort.* Les frères te somment de faire connaître tes intentions ; malheur à toi si tu es un traître. »

— Bah ! fit-elle, ce sont des menaces anonymes faites pour nous effrayer ; il n'y a pas de quoi s'en occuper.

Vincent ne dit rien, il connaissait ses anciens compagnons, ceux entre les mains desquels il avait prêté le fatal serment, et savait, à n'en pas douter, de quoi ils étaient capables.

Ces menaces l'inquiétaient donc sérieusement ; toutefois, après y avoir réfléchi, il fut de l'avis de sa femme et se garda bien de répondre.

Huit jours s'écoulèrent, après lesquels une nouvelle lettre, d'une écriture toute différente, fut encore trouvée, mais cette fois sous la porte même de la maison.

« Si dans trois jours le traître Vincent n'a pas fait sa soumission aux ordres du comité, il recevra un premier avertissement. »

Impossible de savoir qui apportait ces lettres mystérieuses.

— Tu devrais les montrer à monsieur Joubert, dit Louise.

— Tout cela ne ferait que nous attirer des désagréments ; attendons, et tâchons de surprendre le porteur de ces sommations.

Le quatrième jour, le premier objet qui frappa les yeux du transporté, se rendant à son travail, fut le cadavre du notou de sa fille, étranglé par une ficelle à laquelle pendait un papier sur lequel était écrit :

« 1er avertissement. Tu vois que nous pouvons atteindre les traîtres ; tu as huit jours encore. »

La pauvre Germaine fut désolée ; son père, furieux, alla trouver M. Joubert pour lui exposer ce qui lui était arrivé.

— Je ne vois qu'un moyen pour arriver à connaître le coupable, fit celui-ci après avoir réfléchi ; ne faites semblant de rien, mais pendant les derniers jours demeurez à l'affût chez vous ; de mon côté, je vous promets de surveiller les gens suspects, car il est évident que si le mot d'ordre vient de Numbo ou de Nouméa, l'exécuteur des vengeances du comité secret ne peut être qu'un des ouvriers employés sur la plantation.

Malheureusement, outre que ces ouvriers se trouvaient être fort nombreux sur la plantation, il était d'autant plus difficile d'en soupçonner l'un plutôt que l'autre, que les antécédents de la plupart étaient déplorables et que, Canaques, Américains, Anglais, Irlandais ou Français, ils appartenaient presque tous à cette classe d'aventuriers qui, lancés depuis leur enfance à travers le monde à la recherche de la fortune, se préoccupent peu de la légitimité des moyens à employer pour se procurer de l'argent.

Deviner entre tous ces inconnus n'était pas facile.

Les huit jours s'écoulèrent donc sans amener d'autres résultats qu'une frayeur croissante chez Louise.

A l'expiration du délai accordé par le correspondant anonyme, Vincent crut devoir redoubler de vigilance.

La nuit venue, au lieu de se coucher après avoir éteint sa lumière, il s'embusqua derrière sa porte à peine entrebâillée et attendit, armé d'un gros bâton noueux.

Depuis quelques heures il montait sa garde et déjà ses paupières, apesanties par le sommeil, commençaient à se fermer, quand un petit bruit sec, produit par le frottement d'un corps dur contre le mur en bois, et l'apparition d'une légère lueur qu'il aperçut à travers les jointures des planches, le réveilla subitement.

Bien persuadé qu'il avait affaire à quelque malfaiteur, il ouvrit rapidement la porte et s'élança au dehors pour faire le tour de sa maison.

L'obscurité, presque complète, l'empêcha de remarquer, dans

son trouble, une corde tendue presque ras-terre et qui, s'embarrassant dans ses pieds, le fit rudement tomber sur le sol au moment même où une ombre, se détachant du tronc d'un arbre voisin, prenait la fuite dans la direction de la haie servant de clôture à l'enclos.

Tout contusionné, il se releva pourtant rapidement et, précédé par un petit chien griffon dont M. Joubert avait fait présent à Germaine pour la dédommager de la perte de son notou, **il s'élança** sur les traces du fugitif.

Mais celui-ci avait, grâce au piége si habilement placé, pris une grande avance, aussi quand Fidèle et son maître arrivèrent au pied de la clôture, l'inconnu, après l'avoir franchie, avait-il déjà disparu par une ouverture pratiquée d'avance dans le paddok.

Tout ému de sa chute et de cette alerte, Vincent demeurait pourtant immobile près de la clôture, retenant son petit auxiliaire qui jappait avec rage, et cherchant à sonder du regard les ténèbres, lorsque des cris d'effroi, partis de sa maison, le firent se retourner.

Le toit de chaume prenait feu.

Si Louise, éveillée par l'inquiétude ou le bruit, n'eût remarqué ce commencement d'incendie, c'en était **fait de** la maison.

Le maçon y courut assez à temps pour éteindre les flammes et, avec l'aide des voisins sortis de leurs cases en toute hâte, put se rendre maître du feu, qui n'avait dévoré que quelques poignées de paille au milieu desquelles fumait encore la torche lancée à dessein par l'incendiaire.

Cette fois, l'attentat prenait les proportions d'un crime véritable. Des recherches plus sérieuses que celles qu'avait motivées la mort du notou, ne produisirent cependant pas un résultat plus satisfaisant, et pendant même qu'elles se poursuivaient, de nouvelles lettres arrivèrent, mais directement par la poste de Nouméa, adressées, les unes au propriétaire pour le sommer d'avoir à expulser de Koé le sieur Paul Merin, traître et parjure, les autres à Vincent pour lui enjoindre de faire sa soumission à qui il savait, sous peine les plus grands malheurs.

Comme il est facile de le comprendre, ces menaces effrayèrent singulièrement Louise, surtout à cause de sa fille, que le terrible correspondant menaçait de faire enlever à ses parents si le maçon continuait à manquer à ses serments.

Pour éviter un pareil danger, Vincent se résigna à quitter sa jolie petite maison qu'avec raison il trouvait trop isolée, pour venir demeurer dans l'habitation principale où deux chambres, mises à sa disposition, durent remplacer le frais cottage et son beau jardin.

Ce luxe de précautions dérouta sans doute le vengeur inconnu chargé d'exécuter les arrêts du tribunal des Enfants du Désespoir, car, cette fois, le terme assigné se passa sans que les dernières menaces pussent être mises à exécution.

Mais ces précautions elles-mêmes furent un vrai supplice pour toute la famille du transporté, depuis Louise qui, n'osant pas se séparer de sa fille une seule minute, passait ses journées dans les transes, et la nuit ne pouvait plus fermer l'œil, jusqu'à la pauvre Germaine qui, pour ainsi dire conduite en laisse du matin au soir, ne pouvait ni courir avec les enfants de son âge, ni s'occuper de ses chères fleurs, ni travailler à son jardinet, et n'avait plus d'autre distraction que de friser son nouvel ami Fidèle, lui apprendre à faire le beau ou à se laisser poser des lunettes sur le nez, comme un grave professeur, pendant que sa petite maîtresse prenait ses leçons soit de lecture soit d'écriture sur la table auprès de lui.

Les choses durèrent ainsi près d'un mois, alors commença un nouveau système de persécutions : à la laiterie, le lait tournait dans les auges; les vaches mouraient dans les étables; si Vincent travaillait au jardin, le lendemain ses plants étaient arrachés; s'il faisait une construction, la muraille s'écroulait; une puissance occulte, malfaisante, inévitable, s'attachait à tout ce qu'il entreprenait, et un billet jeté sur une fenêtre, piqué à un arbre, passé sous une porte, avertissait charitablement le propriétaire que ces vexations continueraient tant qu'il se rendrait complice de la trahison de son ouvrier en le gardant près de lui.

Du reste, peu à peu, tous ou presque tous les employés de Koé s'étaient ligués contre ce malheureux, sur lequel les calomnies les plus atroces pleuvaient de tout côté.

Cette existence n'était plus tolérable.

Pendant plusieurs mois, Vincent avait résisté avec une énergie bien étonnante pour quelqu'un de son caractère ; mais l'homme le mieux trempé s'use vite à ce métier.

L'empoisonnement de Fidèle, l'unique plaisir de sa fille, fut la dernière goutte d'amertume qui fit déborder la coupe.

En voyant Germaine en larmes auprès de son chien expirant, Vincent entra dans une sorte de rage.

— Voilà donc, s'écria-t-il, ce qu'il en coûte de vouloir être honnête, le malheur s'acharne contre vous. Convertissez-vous, répètent les prêtres, et Dieu vous bénira, vous retrouverez le calme et le bonheur. Il est joli le calme dont nous jouissons depuis que.....

— Vincent ! Vincent ! fit Louise en joignant les mains, mon ami, je t'en supplie.

— Oui, continua-t-il en arpentant sa chambre à grands pas, j'étais plus heureux à Numbo ; là, au moins, je n'avais à m'occuper que de moi, à souffrir que pour moi, ces misérables ne pouvaient atteindre que ma personne ; ici, il faut que je tremble pour tous les miens ; c'est pire que la prison, c'est pire que la mort.

— Ah ! misérable que je suis, de m'être associé à ces gens-là, d'être devenu leur propriété, de m'être attaché aux pieds un boulet dont à présent je ne puis plus me délivrer ; il faut cependant que cela finisse.

— Veux-tu que j'aille demander conseil au père Louis ? demanda l'ouvrière.

— A quoi bon ! je sais ce qu'il te dirait · Dénoncez-les ou bien changez encore de résidence. Les dénoncer, je ne le puis pas, j'ai prêté ce malheureux serment, je ne veux pas devenir un traître ; changer de résidence, qu'est-ce que cela ferait ? l'île est couverte d'affiliés qui m'auraient bientôt découvert, et tout serait à recommencer. Non, il n'y a plus qu'une chose à faire, et je la ferai, le vin est tiré, il faut le boire, buvons-le donc, et le plus tôt sera le meilleur.

Il prit sa casquette et se dirigea vers la porte.

— Où vas-tu, Vincent ? s'écria Louise éperdue.

— Trouver M. Joubert, lui dire que je le quitte pour retourner seul à Numbo, vous avez assez d'argent pour abandonner cette île de malédiction, vous repartirez, tu ramèneras Germaine en France et vous tâcherez d'y oublier celui qui a été la cause de tous vos malheurs, c'est assez souffert comme cela pour un misérable qui vous a perdues en se perdant lui-même.

— Vincent ! je t'en supplie, ne fais pas cela ! sanglotta l'ouvrière en s'attachant à ses genoux.

— C'est mon devoir, et je le ferai.

Germaine, interdite, contemplait avec stupeur cette scène violente ; quand elle vit son père repousser sa pauvre femme pour sortir, elle s'élança vers lui et se cramponnant à sa vareuse :

— Ne nous quittez pas, père, s'écria-t-elle, ne nous quittez pas.

Il enleva l'enfant dans ses bras, l'embrassa avec fureur, puis la reposant :

— Il le faut, dit-il, les innocents ne doivent pas payer pour les coupables.

— Ne partez pas, père, ne partez pas, continuait Germaine ; qui nous garderait contre les méchants ?

— Ta mère demeurera avec toi, et vous repartirez pour la France, où il n'y a pas de méchants, dit-il d'une voix brisée par l'émotion.

— Oh ! mon Dieu ! non, repartit le petite fille en regardant tris-

tement le cadavre de son chien, quand vous serez parti, maman
recommencera à pleurer comme elle faisait quand vous étiez là-bas
au bord de la mer, et moi je mourrai comme Fidèle.

Ces mots firent tomber la résolution du transporté ; il se rapprocha de la table, passa sur ses yeux le revers de sa main en répondant comme s'il se fût parlé à lui-même :

— Il faut bien cependant prendre un parti.

L'orage était apaisé ; plus calmes l'un et l'autre, le mari et la
femme se concertèrent sur les moyens à prendre pour se soustraire
à la persécution qui pesait sur eux.

Comme toujours dans les cas épineux, il fut convenu qu'on
s'adresserait au Père Louis.

Dans les circonstances présentes, un voyage à travers le run eût
été entreprise par trop périlleuse ; Louise se décida à écrire au
R. P. pour l'informer de ce qui se passait.

Sa réponse ne se fit pas attendre.

Le missionnaire exhortait ses protégés à patienter quelques jours
encore, promettant de venir lui-même à Koé pour s'entretenir avec
eux de leurs affaires et en causer avec le propriétaire.

La semaine qui s'écoula dans l'attente de cette visite sembla
longue d'un siècle au malheureux Vincent.

Enfin le prêtre arriva.

Vincent était au travail ; Louise en profita pour raconter à son
conseiller tous les détails de la conversion de son mari et les divers
épisodes d'une persécution qui n'avait évidemment pour but que
de l'éloigner de la bonne voie et en faire l'esclave de l'infâme
Beslier.

Le Père Louis écouta avec un intérêt douloureux toute cette histoire. Il sentait combien il est difficile d'arracher à la vengeance des
scélérats un imprudent qui s'est laissé enlacer dans les liens d'une
société secrète qui, comme celle des Compagnons du Désespoir,
avait des ramifications occultes dans toute l'île et pouvait compter

sur le concours acharné de misérables prêts à ne reculer devant aucun crime, tant pour éviter une dénonciation que pour effrayer les frères par la punition exemplaire d'un traître ; mais il s'agissait non-seulement de disputer la vie d'un honnête ouvrier au poignard des assassins, mais encore d'arracher une âme à la perdition, et, en sa qualité de missionnaire, il se résolut à employer toutes les ressources pour détourner de la famille Vincent les malheurs qui la menaçaient.

Depuis l'arrivée des condamnés dans la Nouvelle-Calédonie, la sévérité des autorités s'était singulièrement relâchée, et plusieurs des transportés en avaient profité pour obtenir d'échanger leur résidence forcée à la presqu'île Ducos contre celle de l'île des Pins, où, sauf la permission d'en sortir, ils jouissaient d'une liberté à peu près entière, à la condition de répondre à l'appel du dimanche.

Pour les encourager au travail et à la bonne conduite, le gouvernement les traitait plutôt en exilés qu'en condamnés ; outre qu'il leur fournissait des vivres et les rémunérait largement lorsqu'ils voulaient bien consentir à travailler, il ne demandait pas mieux, aussitôt qu'une occasion s'en présentait, de les laisser passer sur la grande terre, où ils trouvaient facilement une position que leur envieraient la plupart des plus honnêtes et des plus laborieux laboureurs ou artisans français.

Les fabricants de révolutions ont tellement exploité les horreurs de la transportation, les douleurs de l'exil, les privations de tout genre qu'ont à y endurer les malheureuses victimes de leurs convictions, que de bonnes âmes se laissent encore prendre à ces feintes larmes et s'imaginent réellement que ces pauvres égarés sont dignes d'une pitié généreuse.

Or, rien n'est plus faux.

Et d'abord on oublie un peu trop vite que ces victimes de la cruauté réactionnaire ne sont, pour la plupart, que des ivrognes, des assassins, des voleurs, des incendiaires et le reste ; les otages égorgés, Paris brûlé, les orgies de la Commune et autres crimes de ce genre qui ont mis la France à deux doigts de sa ruine complète, sont autre chose que la manifestation d'opinions politiques.

Mais, supposant même que ces gens-là fussent moins coupables, il est curieux de voir quelles sont les tortures qu'ils ont à endurer.

En France, un brave ouvrier qui ne peut pas payer son terme ou ses impositions, est tout simplement saisi; le laboureur qui a usé sa vie par le travail tombe dans la dernière misère sans que la société s'inquiète de venir à son secours; le malade couché sur un peu de paille n'obtient qu'avec peine un lit à l'hôpital; et quant à l'ivrogne et au fainéant, personne ne songe à lui payer ses loisirs.

Ces vérités sont, il me semble, incontestables.

Pour le déporté, les choses se passent tout autrement; rien ne l'oblige à travailler, et le plus souvent il en profite pour ne rien faire, mais la loi lui accorde un logement, des vivres plus que suffisants, des vêtements pour l'hiver et pour l'été; malade, il est immédiatement admis à l'hôpital, où il trouve médecin et médicaments.

Veut-il devenir colon, s'il est simple déporté, il n'a qu'à formuler sa demande, et aussitôt le féroce gouvernement lui accorde un terrain dans l'endroit le plus fertile, lui fournit des graines, des instruments, l'installe, lui et sa famille transportée gratuitement de France, au bord de quelque rivière, au milieu d'un bois de cocotiers, l'aide de ses conseils et de son argent, puis au bout de cinq ans, s'il n'a pas pendant ce laps de temps tenté de s'évader, le déclare propriétaire de sa concession, libre de la vendre ou de la transmettre à ses enfants.

S'il meurt avant les cinq ans, sa famille n'en reste pas moins sur le sol occupé et, le terme légal expiré, devient propriétaire à son tour.

Il est vrai que tous ne sont pas aptes au travail de la terre, mais la Nouvelle-Calédonie leur offre d'autres ressources.

Le travail libre y est largement rémunéré. En huit heures de travail par jour, un artisan, même peu habile, peut actuellement gagner, à Nouméa, 10 à 15 francs par jour.

Les exemples ne manquent pas : un ouvrier voilier se fait en ce moment plus de 500 francs de bénéfice par mois ; un déporté cordonnier, qui emploie dix ouvriers dans son atelier, gagne pour sa part 50 francs par jour ; un ébéniste, plus modeste, 400 francs par mois ; et un enfant de dix ans, fils d'un déporté, reçoit 100 francs par mois, plus le logement et la nourriture, en faisant des commissions pour une maison de commerce.

Infortunés martyrs !

Il est vrai que la plupart se refusent à travailler.

Ceux-là sont logés, vêtus et nourris aux frais de l'État.

Pauvres gens !

Dernièrement, les journaux racontaient la mort d'un malheureux facteur rural qui, par un froid horrible, avait été enseveli dans la neige tombée en abondance et à travers laquelle chaque jour, du matin à la nuit, il exposait sa vie pour porter le *Rappel* ou la *République* à quelque patriote pleurant, au coin de son feu, sur les malheurs des transportés.

Ce facteur recevait six cents francs par an.

Sa place sera disputée.

En France, il faut travailler pour vivre, travailler ou voler.

Là-bas, ce n'est pas la même chose ; il suffit de se promener ou de dormir, à la condition d'avoir été condamné.

Parmi les transportés qui avaient obtenu de passer sur la grande terre, presque tous s'étaient établis soit à Nouméa, soit dans les environs.

Plusieurs appartenaient à la société des Compagnons du Désespoir, qui comptait de nombreux et sûrs affiliés parmi les forçats de l'île de Nou employés par le gouvernement dans les divers chantiers des postes, échelonnés le long de la côte, dans les bois er exploitation ou chez les particuliers propriétaires de stations et ayant besoin de bras nombreux.

Grâce à eux, le doucereux Beslier avait sa police parfaitement organisée, et des agents prêts à exécuter les arrêts du tribunal dont il était le président.

D'une vingtaine qu'ils étaient au commencement, les frères avaient dépassé le nombre de 200.

En y réfléchissant, ils auraient bien dû comprendre qu'une évasion en masse devenait impossible, mais chacun comptait, le moment venu, profiter de l'effort commun pour se sauver avec le petit nombre, en abandonnant ses complices.

En général, dans tout complot il en est de même.

Pendant la conversation de sa femme avec le missionnaire, Vincent était rentré.

Pour lui, un prêtre n'était plus un objet de terreur ou de haine, mais de respect, et en ce moment où son sort se trouvait pour ainsi dire entre les mains de l'homme de Dieu, un sauveur attendu avec une vive impatience.

— Eh bien ! mon Père, dit-il quand Louise eut cessé de parler, voyez-vous un moyen de nous arracher aux menaces et aux violences auxquelles nous sommes en butte de la part de ces misérables?

Le missionnaire réfléchit un moment :

— Vous êtes trop voisins de Nouméa et de la presqu'île, dit-il enfin, et il est absolument nécessaire que vous vous éloigniez momentanément.

— Nous éloigner ! s'écria l'ouvrière, mais où irions nous? Dans les montagnes du centre, nous mourrions de faim au milieu de tribus dont quelques-unes pratiquent encore l'anthropophagie en secret ; à la concession Majastre nous serions découverts à peine arrivés, et partout ailleurs le long de la côte, là où il y a des postes, nous risquons de rencontrer des transportés qui ne manqueraient pas de nous dénoncer.

— Sans compter, reprit Vincent, qu'il sera bien difficile de trouver du travail et d'obtenir la permission de changer ainsi de résidence avant d'avoir prouvé, que là où j'irai, je serai dans la possibilité de gagner ma vie.

— Non, mon ami, tout cela n'est pas aussi difficile que vous le supposez. Sans doute il vaudrait mieux demeurer auprès de M. Joubert si cela se pouvait, mais outre que vous y seriez en proie à mille vexations, vous occasionneriez de vrais dommages à la personne chez laquelle vous vous trouvez, soit par des empoisonnements de bestiaux, des incendies de forêts et autres attentats à sa propriété.

— Cela n'est que trop malheureusement arrivé déjà, murmura le déporté, et arrivera partout où nous irons. En entrant dans cette malheureuse association, je me suis rivé le malheur aux pieds!

— Voilà malheureusement ce qui n'est que trop vrai et à quoi ne pensent pas ceux, et ils sont nombreux, qui se laissent séduire comme vous l'avez fait, repartit le prêtre, mais à présent il ne s'agit plus de revenir sur le passé, ce qui importe est de prévenir ou, du moins, d'atténuer ses effets dans l'avenir.

— Comment faire ?

— En tâchant de dépister vos ennemis. Vous y aviez réussi pendant quelques mois en vous établissant à Koé, qui cependant ne se trouve qu'à quelques kilomètres de Nouméa. A présent, je vous propose de vous transporter à l'extrémité de l'île, non pas à Balade même, où vous pourriez faire quelques mauvaises rencontres, mais dans les environs, à Pouébo, par exemple, sur la côte septentrionale de l'île qui est infiniment moins fréquentée que celle où nous nous trouvons. Nous avons une Mission dans ces parages, je vous recommanderai à nos Pères, vous y changerez encore de nom, par surcroît de prudence, et vous pourrez vous y dérober aux recherches des gens qui vous veulent du mal.

— Oui, pour un temps, mais après ?

— L'avenir est à Dieu, mon cher ami, et d'ici à quelques mois il peut survenir de tels changements dans votre position, que vous n'ayez plus rien à craindre du ressentiment d'une société qui, par suite de jalousies, de rivalités ou autres événements, ne peut tarder à se dissoudre. Vous m'avez dit vous-même que ce Beslier, auquel, à tort ou à raison, vous attribuez des idées de vengeance contre vous, avait de nombreux ennemis parmi les Compagnons du Désespoir. Qu'y aurait-il donc d'impossible qu'il fût dénoncé par ses complices, ou même assassiné ; et quant à vous, ne pourrait-il pas se faire que d'ici là vous ayez obtenu avec votre grâce, à laquelle certainement M. de Lambescq travaille avec ardeur, la permission de retourner en France.

— Dieu fasse que ma Germaine revoie un jour ce beau pays ! murmura Vincent ; quant à moi, je n'aurai jamais ce bonheur, j'en suis trop indigne.

— Vous avez mérité d'en être banni, mon frère, mais vous pouvez aussi mériter d'y rentrer ; si la loi est juste, elle est aussi miséricordieuse, et la société, à laquelle le droit d'une légitime défense permet de frapper ceux qui menacent son existence, ne demande pas mieux que d'ouvrir ses bras à ceux de ses enfants qu'elle voit rentrer dans l'obéissance.

— Que j'ai mérité mon sort, cela n'est que trop certain, mais ma pauvre femme, mais cette innocente, qu'ont-elles fait, elles ? murmura Vincent ; quand je les vois, quand je pense à elles, et j'y pense toujours, c'est plus fort que moi...

Le Père Louis aurait pu entrer dans de longues explications sur la solidarité des peines, il préféra consoler l'affligé, relever son courage abattu, et lui montrer dans l'avenir un espoir de salut.

Le déporté ne demandait qu'à être conseillé ; plein de confiance dans la prudence du missionnaire, il lui promit de lui obéir aveuglément.

— Je vais parler à M. Joubert, répondit le Père Louis ; j'avais pensé à vous faire prendre la barque à l'embouchure de la Dumbéa, mais, toute réflexion faite, il vaut mieux que vous reveniez avec moi à la Mission ; là, personne ne soupçonnera le voyage que vous allez entreprendre, et j'aurai tout le temps nécessaire pour avertir nos bons Pères de Pouébo, chez lesquels vous vous rendrez directement en contournant la pointe de Prony.

Le plus prudent était de suivre ce conseil, Vincent et sa femme y consentirent, et le missionnaire s'étant entendu avec le propriétaire de l'exploitation, il fut convenu que le départ pour la Mission aurait lieu la nuit suivante.

Quoique la perspective de revoir la Conception, où elle avait été si bien accueillie, et le plaisir de retrouver ses anciennes connaissances adoucît pour Louise le chagrin du départ, ce ne fut pas sans un vrai serrement de cœur qu'elle franchit pour la dernière fois le seuil de la petite maison dans laquelle elle avait vécu si heureuse pendant quelques mois. L'avenir s'était assombri d'une manière si pénible au moment où elle commençait à se croire à l'abri de toute crainte, qu'elle ne put retenir ses larmes en partant pour le nord de l'île et en s'éloignant du plus sûr et du plus zélé de ses protecteurs.

Vincent n'était pas moins triste, quoique plus maître de lui ; et lorsqu'il alla serrer la main de M. Joubert, qui avait été si bon pour lui, l'émotion de sa voix trahit malgré lui les sentiments qui l'agitaient.

De tous les émigrants, Germaine se montra la plus courageuse ; sa vie s'était passée en voyages ; habituée à changer constamment de place, elle s'attachait plus aux personnes qu'aux lieux, et sa philosophie de sept ans lui faisait voir la terre comme une patrie immense, habitée par des nomades sans cesse occupés à transporter leur camp suivant les nécessités du moment.

D'ailleurs elle allait revoir son amie la Sœur Rosalie, le vieux Mungo, le beau perroquet Ecarlate, si bien habillé avec ses plumes rouges qui le faisaient ressembler à un suisse de cathédrale, et la mer verte et immense avec ses îles, ses rochers, ses fleurs vivantes, ses poissons qui bondissent : n'était-ce pas une compensation suffisante au regret de quitter son jardin, que le notou n'animait plus de sa présence ?

Il faut si peu de chose pour être heureux à sept ans !

Et puis sa mère lui avait dit que Pouébo se trouvait peu éloigné de Magalave, la capitale du vieux Gondou, où elle retrouverait sa chère Aïka devenue princesse, c'est-à-dire dans son esprit ayant une belle couronne sur la tête, et sur les épaules un manteau d'or comme toutes les princesses des contes de fées, les seules qu'elle connût.

Son joyeux babillage pendant la chevauchée à travers le run endormi sous les rayons de la lune, eut bientôt dissipé la tristesse anxieuse de ses parents. La conversation devint plus animée, et lorsque, au point du jour, la petite caravane arriva en vue de la Mission, les sombres préoccupations s'étaient tout naturellement dissipées comme un brouillard qui, après avoir roulé lourdement au fond des vallées obscurcies, s'élève en s'éclaircissant jusqu'au sommet des montagnes et finit par s'évanouir dans le ciel sans laisser de trace.

L'accueil fait aux voyageurs aurait suffi à lui seul pour leur faire oublier leurs inquiétudes : missionnaires, religieuses et jusqu'aux Canaques employés dans l'exploitation, les reçurent comme de vieux amis que l'on se réjouit de revoir.

Écarlate se mit en frais de gentillesses pour plaire à Germaine, et le gros chien de Mungo, quoique hargneux de son naturel, se montra plein de complaisance pour Fidèle dont cependant, s'il l'eût voulu, il n'aurait fait qu'une bouchée.

Le séjour à la Mission ne devait être que d'un jour ou deux ; le chargement de la barque pour Pouébo n'étant pas encore prêt, personne ne songea à s'en plaindre. Les nouveaux venus se trou-

vaient là comme chez eux ; mais ne voulant pas être une charge, ils
avaient demandé avec instance à être utilisés

Moitié par respect pour la règle qui veut que, dans un établissement sagement dirigé, chacun ait son occupation, moitié pour éviter
aux émigrants les ennuis d'une oisiveté forcée, le Père Directeur
avait tout simplement accédé à leurs désirs. Le matin, Vincent
pêchait avec Mungo ; le soir il travaillait au jardin ; Louise parta-
geait avec Sœur Rosalie les soins de la laiterie, et Germaine elle-
même se rendait utile, dans la mesure de ses forces et de son talent,
au moulin à huile, où son travail consistait à présenter une à une
les noix de coco au pulpeur.

Le soir, après une journée bien remplie, on causait en famille,
et ce n'était certes pas le moment le moins bien occupé. Dans ces
conférences, ou plutôt dans ces conversations, il y avait toujours à
s'instruire et à s'édifier. Les missionnaires parlaient un peu de tout,
ils avaient tout vu. Morale, agriculture, voyages, religion, géogra-
phie, sciences, tous les sujets y passaient, et dans tous les cas l'ex-
position en était faite avec tant de clarté, de précision et de simpli-
cité, qu'il était impossible de ne pas comprendre.

Quinze jours s'écoulèrent ainsi.

Vincent avait presque oublié qu'il devait partir, lorsqu'un soir
Mungo vint avertir que l'*Arche d'alliance*, c'est ainsi que l'on avait
baptisé la petite corvette, serait prête pour mettre à la voile le lendemain.

Ce fut un nouveau chagrin, plus vif peut-être pour Germaine
que ne l'avait été le départ de Koé.

Le lendemain, en effet, après une messe dite par le Supérieur
pour appeler les faveurs du ciel sur les passagers et aussi sur le
navire dont c'était le premier voyage, l'équipage et les émigrants se
rendirent à bord.

Là, on se dit adieu une dernière fois, puis, sur l'ordre du capitaine engagé par les Pères de la Mission, et auquel Mungo servait

de maître timonnier, le navire, ouvrant peu à peu ses voiles, sortit lentement de la baie pour longer la côte, doubler la pointe du Sud et, changeant complétement de direction, remonter jusqu'à Balade, en côtoyant le rivage et faisant escale sur les principaux points où se trouvent soit des postes, soit des établissements.

De la Conception à Pouébo, le trajet à la voile n'est pas de moins de quinze jours, en supposant que le vent ne soit pas contraire, ce qui arrive presque toujours au moins pendant une partie de la traversée, puisque les navigateurs ont à se diriger d'abord vers le sud, et ensuite à tourner vers le nord.

A peine sortie de la baie, l'*Arche d'alliance* se trouva précisément contrariée par les vents et obligée de courir de larges bordées pour pouvoir avancer.

— Si cela continue, dit Louise à Mungo, nous resterons longtemps en route.

— Priez Dieu, au contraire, que le vent tienne, fit le Canaque, ce vaisseau n'est pas une pirogue, et les pagaies ne serviraient de rien pour le faire avancer.

— Mais puisque le vent lui est contraire.

— Vent très-bon, très-bon, répéta l'indigène, *Arche d'alliance* deux jours comme ceci, douze jours comme ça.

Et il montrait alternativement le sud et le nord.

Il ne s'était pas trompé.

Après avoir péniblement atteint la baie de Prony, dont elle passa assez près pour que Vincent pût admirer les magnifiques pins colonnaires qui en couvrent les pentes, elle décrivit un demi-cercle et vint faire sa première escale à Yaté pour s'y abriter pendant la nuit, comme du reste elle le faisait chaque soir sur un point quelconque de la côte, parce qu'obligée de naviguer entre les rochers et la ceinture de récifs, elle aurait couru de trop grands dangers en continuant son voyage dans l'obscurité.

Une fois ancrée à l'embouchure de la rivière qui arrose les belles

plaines de Yaté, la corvette n'avait plus rien à craindre, et le capitaine, profitant des quelques heures de jour qui restaient encore,
descendit à terre pour tâcher de tuer quelques poules sultanes dans
les roseaux, pendant qu'une partie de l'équipage s'installait de son
mieux pour faire la cuisine et passer la nuit sur la terre ferme.

Louise et son mari profitèrent de l'occasion pour descendre eux
aussi, mais sans autre but que de procurer à Germaine la distraction
d'une promenade et d'un repas sur l'herbe, car en cet endroit il n'y
avait pas de vestige d'habitation, et la fraîcheur des nuits est peu
faite pour séduire tout autre qu'un Canaque.

Les fleurs ne manquaient pas au bord de la rivière et dans la
plaine, d'une fertilité extrême mais inculte aujourd'hui, après avoir
cependant servi de champ d'expérience à une colonie phalansté-
rienne dont les belles théories coûtèrent fort cher au gouvernement
en 1861, et ne produisirent, comme tous les essais du même genre,
que des querelles, des discordes, la ruine et en fin de compte la
dispersion des travailleurs harmoniques.

Ce fut une petite Icarie.

Le gouverneur, qui s'était laissé séduire par les belles théories
du socialisme, dut regretter amèrement les graines, l'argent et les
instruments qu'il avait beaucoup trop généreusement accordés à ces
utopistes du travail en commun.

Le résultat devait en être prévu, il a toujours été et sera toujours
le même.

Sans l'idée de Dieu, il n'y a de possible que le désordre et la
misère.

Germaine revenait chargée d'une botte de fleurs, lorsque Mungo,
accroupi près de la berge dans l'attitude d'un homme qui surveille avec un soin extrême une opération délicate, leur fit signe
d'avancer.

Ils arrivèrent avec empressement.

— Manger avec moi quelque chose très-bon, fit le Canaque dans
son style laconique.

La course avait mis l'enfant en appétit, elle se rapprocha du sauvage ; celui-ci attendit encore quelques instants, puis, enlevant une touffe de gazon, découvrit une petite fosse pavée de cailloux chauds sur lesquels, dans sa carapace de feuilles aromatiques, venait de cuire un rôti dont l'odeur chatouillait agréablement les narines.

— Une poule sultane ? demanda Louise.

Le Canaque secoua la tête.

— Un canard vert ?

— Encore meilleur, dit-il en montrant ses dents blanches.

— Qu'est-ce donc ? demanda Vincent.

Sans répondre, Mungo éventra l'enveloppe et en retira un hideux vampire.

Les Français poussèrent un cri d'horreur ; on eût dit un gros rat. Germaine en était toute tremblante.

Un peu décontenancé par la réception faite à son succulent rôti, le Canaque essaya de dissiper les préjugés de ses compagnons contre ce mets qui, en effet, paraît-il, ne manque pas de délicatesse et rappelle, par le goût, la chair du lapin, mais il ne put pas vaincre l'obstination des *oui-oui*, comme les appelait avec mépris le vieux Gondou.

Heureusement, une seconde fosse contenait une truite superbe et cuite à point. Le poisson fit les frais du repas.

Il ne restait plus que les arêtes quand le capitaine revint de la chasse, rapportant pour tout butin, au lieu de poules sultanes, une grosse chouette blanche, gibier aussi rebutant que coriace, auquel le plus intrépide Canaque refuserait de toucher.

Le lendemain, quoique le vent soufflât dans la bonne direction, il était si faible que l'*Arche* fit fort peu de chemin, force fut donc de passer la nuit suivante dans la baie d'Unia, appelée aussi baie du Massacre, à cause de l'assassinat du capitaine Dornaud et de l'équipage du canot dans lequel cet explorateur, intrépide jusqu'à la témérité, avait osé tenter un voyage de circumnavigation autour de l'île.

Il y avait longtemps que ce fait de cannibalisme s'était passé, cependant le souvenir en existait encore dans les lieux théâtre du crime. Du village habité par la féroce tribu de Kuanné, quelques cases seules demeuraient debout à demi ruinées, les terres incultes ne produisaient aucune moisson, et les arbres, mutilés par la hache, rappelaient la vengeance terrible que les Français avaient tiré du meurtre de leurs compatriotes.

Depuis la plaine de Yaté, fertilisée par la rivière et les cours d'eau qui descendent d'un plateau de 400 mètres d'élévation, mais formant une vaste cuvette à laquelle on a donné, à juste titre, le nom de *Plaine des lacs*, le paysage présentait un aspect désolé.

Partout des roches ferrugineuses et couleur de rouille, plongeant à pic dans la mer, formaient une sombre muraille contre laquelle la mer se brise avec une violence inouïe lorsque les cyclones, nés dans le voisinage de l'équateur, viennent, rarement il est vrai, s'abattre sur l'île et la dévaster.

De la baie du Massacre jusqu'à Nakéty, des cours d'eau ont brisé çà et là le rempart et fertilisé quelques parties de la plage, sur lesquelles on aperçoit des bouquets de cocotiers et des villages, mais ceci n'est que l'exception, jusqu'à la baie de Kanala, long canal de cinq à six milles, s'épanouissant en un vaste port et laissant plonger le regard dans une plaine fertile bornée, à l'horizon, par des montagnes au-devant desquelles, comme une sentinelle avancée, se dresse un pic aigu, de forme régulière, au sommet couronné de nuages, qui tantôt forment turban et tantôt semblent flotter comme des banderoles.

Le sol, cultivé par plusieurs colons français dont un fort, occupé par une petite garnison française, protège la sécurité, offre un aspect plus agréable, et volontiers Louise aurait débarqué en cet endroit si la vue d'une escouade de forçats, employés à la construction d'une route, ne l'eût engagée non-seulement à ne pas descendre à terre, mais même à préparer une cachette sûre pour son mari, en cas que quelques-uns des condamnés ne fussent envoyés à bord, soit pour y apporter, soit pour y prendre des colis.

Ce luxe de précaution fut pourtant inutile, et le lendemain l'*Arche d'alliance* continua son voyage en s'éloignant sensiblement de la côte, qui se creuse profondément en cet endroit, pour ne se relever qu'à Houagape.

Cette courbure est si prononcée, que la corvette dépassa même la ligne des grands récifs et se trouva pendant quelques heures dans l'Océan, mais, comme l'avait dit Mungo, le vent était excellent, et si les passagers ne purent pas étudier le rivage à cause de la distance qui les en séparait, ils eurent en revanche la satisfaction de faire une traversée beaucoup plus rapide qu'à l'ordinaire.

Il faisait pourtant presque nuit close quand le capitaine donna l'ordre de jeter l'ancre à Houagape.

Un jour peut-être ce village, car ce n'est encore qu'un port sans importance, deviendra une ville importante ; pour le moment, il consiste en quelques cases groupées sur un rivage plat et sablonneux, semé de bouquets de cocotiers qui dans le temps ont dû former une forêt, mais que la hache a dévastés.

Vincent et sa femme eurent tout le temps de le visiter, ce qu'ils firent d'autant plus volontiers, que Mungo les avait avertis qu'ils y trouveraient une Mission, au supérieur de laquelle le vieux serviteur les présenta comme amis du R. P. Louis.

Il n'en fallait pas davantage pour que les bons Pères leur fissent excellent accueil, les conduisissent à l'église, qui n'est encore qu'une case couverte de chaume, à la scierie, au jardin, et leur racontassent l'histoire dramatique de l'établissement de la Mission, qu'au moment où l'on s'y attendait le moins les cannibales, excités par Onine, grand chef d'Amoi, attaquèrent avec fureur.

Les Pères étaient perdus si un catéchiste, qui avait trouvé moyen de s'échapper, n'eût prévenu à temps la garnison de Kanala.

Une baleinière fut aussitôt envoyée avec dix soldats commandés par un sergent ; c'était bien peu, mais ces braves gens, fondant à l'improviste sur les assiégeants, traversèrent leurs lignes et pénétrèrent jusqu'à la Mission, dans laquelle ils se barricadèrent et qu'ils défendirent avec une telle énergie qu'ils donnèrent le temps à de nouveaux renforts d'arriver.

Les sauvages, vaincus, se retirèrent, mais l'équipage de la *Gazelle* les poursuivit jusque dans leurs montagnes, et la tête des quatre principaux chefs de l'insurrection ayant été mise à prix, trois d'entre eux furent livrés et fusillés. Plus malheureux peut-être, Onine parvint à s'échapper cette fois ; ce ne fut pas pour longtemps, et, de nouveau impliqué dans l'assassinat d'un colon français, il mourut misérablement en prison.

Le surlendemain, on doubla le cap Téko et, rasant le rivage de plus près, la corvette vint jeter l'ancre à Hienghène, autrefois capitale d'une des plus puissantes tribus de l'île et celle qui, sous les ordres du féroce anthropophage Bouarate, opposa la plus vive résistance à l'établissement du Christianisme ainsi qu'à la prise de possession de l'île par les Français.

On peut juger des mœurs de ce cannibale par un propos qu'il tint un jour à Thindine, son beau-frère, prince ou téa de Monélébé. Une famine affreuse ravageait l'île, Bouarate, étant venu voir son parent, fut frappé de l'abattement de ses forces.

« [1] Tu vois, dit-il, combien tu es maigre et comme tu as le ventre rentré : regarde comme je l'ai gros et saillant ; c'est que je me nourris bien. A quoi te servent tes sujets ? Mange-les et tu deviendras comme moi. »

Inutile de dire que Thindine suivit le conseil.

Pas plus que Houagape, Hienghène n'est habitée que par des colons français qui, presque tous, préfèrent la côte opposée, sauf la vallée du Diahot, où la recherche de l'or a attiré dès sa découverte

----

[1] Historique.

de nombreux aventuriers ; mais, longtemps capitale, le village est encore un des plus considérables de notre Nouvelle-Calédonie ; un peu éloigné du rivage, il est bien placé sur un monticule où les Canaques ont dressé leurs cases coniques à portes très-basses et très-étroites, en tout semblables à celle dont Gondou avait construit un si curieux specimen dans le jardin de la villa.

Presque toutes sont aussi surmontées de coquillages, de conques marines et même de crânes, trophées de victoires remportées par leurs féroces propriétaires.

En revanche, les environs sont charmants, les cocotiers nombreux, la vallée spacieuse et fertile, le port petit, mais sûr.

Ce qui frappa le plus vivement les passagers, fut la muraille cyclopéenne qui ceinture ce havre naturel. Les roches qui la composent surgissent du sein de la mer tellement perpendiculaires et si hautes, que plusieurs d'entre elles ont mérité le surnom de *Tours de Notre-Dame*.

Longtemps, le lendemain, l'*Arche d'alliance* côtoya cette muraille fantastique qui, jusqu'au mont Léby sur lequel elle s'appuie, ressemble à un immense rempart construit pour interdire l'accès de l'île.

Enfin on atteignit l'extrémité des falaises, et du pont du navire les passagers purent embrasser du regard une vaste plaine verdoyante, tout ombragée de cocotiers, au-delà de laquelle, comme les marches d'un gigantesque escalier, se dressaient montagnes sur montagnes ; presque à la dernière terrasse et tranchant par la blancheur de ses cases sur le fond sombre d'une forêt, Louise aperçut un village indigène dont elle demanda le nom à Mungo.

— Magalave, répondit celui-ci ; Gondou là.

— Et cette ville ? fit Vincent en indiquant un autre groupe de cases au-dessus desquelles s'élevait un massif de constructions surmonté d'une tour.

— Ça Pouébo; grosse maison église.

— Oh ! maman, vois comme nous serons près d'Aïka ; nous irons la voir, n'est-ce pas ?

— Certainement, fit Louise, et elle viendra aussi.

— Dans son carrosse, n'est-ce pas ? reprit Germaine, qui pensait toujours à Peau-d'Ane ou à Cendrillon.

— Pour peu que le carrosse soit lourd, il doit avoir peine à monter, s'écria Vincent ; pour arriver là-haut il faut un attelage d'aigles ; mais c'est égal, l'ami Gondou doit jouir de son palais d'un bon air et d'une belle vue.

Moins d'une heure après, la corvette donnait dans la passe du port, où elle devait séjourner deux jours avant de continuer sa course pour Balade ; les Pères avaient non pas reconnu, mais deviné que le navire en vue était celui de la Mission et l'attendaient sur le rivage.

CHAPITRE IX

Magalave

De toutes les côtes de la Nouvelle-Calédonie, celle de Pouébo à Heinghène est la mieux connue ou du moins la plus anciennement étudiée avec soin, ainsi qu'il est facile de s'en convaincre en lisant les nouvelles annales de la marine.

Malheureusement ce n'est pas à l'importance de ses ports, mais au peu de sûreté qu'elle présente à la navigation qu'est dû cet honneur.

Le 9 juillet 1846, un des officiers les plus distingués de la marine française écrivait en effet au ministre de la marine :

« Monsieur le ministre,

» La corvette *la Seine*, dont le commandement m'avait été confié, n'existe plus ! »

Telle est la première ligne de son rapport.

Par un temps superbe et une mer magnifique, le bâtiment avait touché dans toute sa longueur, sans qu'il fût possible de le relever.

« Le point de la terre où nous débarquâmes, ajoute le comman-
» dant, est éloigné, par terre, de neuf milles de Balade, et le vil-
» lage, qui est celui de la tribu *la plus mauvaise*, *la plus anthro-*
» *pophage*, s'appelle Pouébo. »

Malgré ce mauvais renom, si bien mérité, les premières personnes que M. Lecomte rencontra sur le rivage, furent deux missionnaires, qui reçurent de leur mieux les naufragés et leur fournirent tous les secours dont il leur était possible de disposer.

L'équipage trouva à la Mission des vivres et un logement, mais naturellement pas un nouveau navire ; il fallut donc attendre qu'un vaisseau eût été expédié de Sidney et, n'ayant pas d'autre occupation, les officiers consacrèrent leurs loisirs forcés à relever la côte.

Comme on le voit, les missionnaires n'avaient pas attendu à être précédés par une expédition armée pour venir se fixer au milieu des cannibales, aussi féroces que ceux dont, à quelques kilomètres de là, Bouarate était le chef.

Malgré le danger, sans cesse suspendu sur leur tête, d'être massacrés et dévorés, ces hommes de Dieu se cramponnaient pour ainsi dire depuis trois longues années à ce sol inhospitalier, non pas, comme l'ont écrit leurs ennemis, pour s'enrichir par un commerce impossible, mais pour sauver les âmes au prix de leur sang et conquérir à la civilisation ces peuplades abruties par le plus féroce des despotismes.

On pourrait croire que le long séjour des Européens dans leur île, la vue de la supériorité de leurs armes et de la puissance des navires de guerre qui, sans faire usage de leurs canons, pouvaient, par leur seule masse, broyer toutes leurs pirogues, eût inspiré une crainte salutaire aux sauvages.

Il n'en fut rien et Bouarate qui, pendant que les Français habitaient Pouébo, avait feint la plus grande amitié pour les missionnaires, fut, après le départ de l'équipage, le premier à lever le masque.

Ce misérable avait vendu un terrain pour établir une nouvelle Mission, dans sa tribu, sur laquelle il se rua tout d'abord pour la piller.

Presque en même temps, le chef de Balade attaquait l'établissement de cette tribu, assommait un frère d'un coup de casse-tête, incendiait le hangar et les bateaux, et mettait le feu au principal bâtiment ainsi qu'à l'église.

Par un miracle de la Providence, les religieux s'échappèrent sans être vus par une porte de derrière, se cachèrent dans les bois et purent gagner, le lendemain, Pouébo, qui n'était pas encore soulevé.

Mais, l'exemple donné par Bouarate et son complice était trop alléchant pour ne pas être suivi par les autres chefs.

Enfermés, au nombre de treize, dans leur pauvre maison, les missionnaires y passèrent quelques jours étroitement bloqués.

Pendant ce temps, la persuasion qu'avaient les sauvages qu'en partant le commandant français avait laissé aux pères des armes et des munitions leur sauva la vie; mais, peu à peu rassurés par l'inaction des assiégés, les anthropophages résolurent d'en finir avec eux.

Le tambour de guerre résonna dans les montagnes et les guerriers, barbouillés de suie, s'étant assemblés, sous les ordres de Pacaïna, passèrent la nuit à danser leur danse de guerre, agitant leurs lances et proférant les plus terribles menaces.

L'heure du martyre approchait.

Pour s'y préparer, l'héroïque phalange, tombant à genoux, fit le sacrifice de sa vie et reçut la dernière bénédiction de son évêque, Mgr d'Amata, puis tous, s'embrassant, se firent les adieux suprêmes.

Les sauvages semblaient n'avoir attendu que ce moment; au nombre de plusieurs centaines, ils cernèrent la maison de peur qu'il échappât un seul étranger, et commencèrent à lancer contre la porte d'énormes pierres pour l'enfoncer.

Ebranlée sur ses gonds, celle-ci craquant de toutes parts allait tomber, quand soudain des cris de rage éclatèrent au dehors, en même temps que l'attaque cessait brusquement.

Dieu venait de faire un nouveau miracle en faveur des siens.

La corvette *la Brillante*, commandée par le vicomte Dubouzet, entrait dans le port et débarquait soixante hommes armés sur le rivage.

Les missionnaires furent sauvés, et les Canaques ayant osé tendre une embuscade aux marins, dont cinq furent blessés, reçurent le juste châtiment de leur crime, par la dévastation de leurs plantations et l'incendie de leurs cases.

Depuis ce temps jusqu'à 1852, la Mission avait été abandonnée, et les Pères, après plusieurs tentatives infructueuses pour rentrer dans l'île, avaient dû y renoncer pour aller s'établir à l'île des Pins.

Ils en étaient revenus depuis dix ans, Bouarate et leurs autres persécuteurs étaient morts; le drapeau national flottait sur cette terre, devenue française, et Pouébo, au moment où y débarquèrent Vincent, sa femme et sa fille, n'était plus un repaire de brigands.

Les cases avaient bien conservé leur même forme originale, leurs murs revêtus d'écorce de niaoulis les faisaient toujours ressembler à d'énormes ruches, mais une belle église s'élevait au milieu d'elles, et les Canaques, à demi-nus, au lieu de se barbouiller de suie pour pousser le cri de guerre, portaient pour la plupart une croix de cuivre suspendue à leur cou, et ne s'occupaient plus que de pêche et d'agriculture.

Ils n'étaient pas les seuls, déjà près d'eux vivaient beaucoup de colons, attirés par la fertilité du sol et l'abondance des cocotiers, dont la pulpe sert à engraisser des porcs, objet d'un trafic considérable.

Mais, de tous ces établissements, celui de la Mission était sans contredit le plus important et le mieux cultivé; les troupeaux y prospéraient, l'huilerie occupait le premier rang parmi les usines de ce genre, et les nouvelles plantations promettaient de magnifiques résultats.

Le Père Jean, supérieur des missionnaires de Pouébo, avait assez à faire dans sa concession pour y employer facilement deux personnes de plus, d'ailleurs Vincent lui était chaudement recommandé. Il l'attacha au jardin, se réservant de le faire travailler prochainement à la construction de l'église, qui n'était pas encore terminée; Louise fut envoyée à la laiterie et l'on décida que Germaine continuerait, comme par le passé, à partager son temps entre l'école et les petits travaux auxquels pouvait se livrer, sans fatigue, une enfant de son âge.

Tout était si bien réglé dans la maison, qu'au bout de deux ou trois jours les nouveaux venus crurent se retrouver chez eux.

Chez eux, ils s'y trouvaient en effet, car ils obtinrent, comme chez M. Joubert, la libre jouissance d'un terrain.

— Sais-tu que nous sommes encore mieux ici qu'à Koé? dit un jour le transporté à sa femme.

— Nous n'y étions pas mal, cependant, répondit-elle, en souriant.

— C'est vrai, mais le run ne me va pas, c'est trop triste, l'on a toujours peur de s'y égarer comme cela m'est arrivé une fois. Ici, au contraire, la plaine est un vrai jardin, où rien n'arrête la vue, et puis, là-bas, nous n'avions que la Dumbéa, tandis qu'ici nous jouissons de la mer que j'ai prise en amitié.

— Elle est si belle, fit Louise.

— Et sa bordure de sable fin, toute couverte de coquillages, ajouta Germaine, comme elle est jolie aussi.

— Les montagnes ont bien leur beau côté, avec leurs grands bois qui, le matin, semblent noirs, et le soir au soleil couchant font l'effet d'une draperie de velours vert.

— A propos de montagnes, il faudra bien cependant nous décider à aller un jour faire une visite à l'ami Gondou, reprit l'ouvrier, car je vois que, contrairement à ce que je pensais, Aïka ne vient jamais à Pouébo.

— Oh! oui, maman, allons-y, s'écria Germaine; j'ai tant envie de revoir ma princesse.

— La difficulté ne serait pas d'obtenir quelques jours pour faire cette excursion, reprit Louise, mais bien de trouver quelqu'un pour nous conduire jusque-là sûrement, car j'ai entendu dire qu'il y a imprudence à s'aventurer dans la montagne, en sorte que.....

— Au-delà de Magalave, c'est possible, interrompit Vincent, quoique la vallée du Diahot, qui se trouve tout près, soit déjà en grande partie colonisée; mais en ne dépassant pas la capitale de notre ami, nous courrons d'autant moins de risques que, tout auprès, la Mission a acquis une forêt qu'elle fait exploiter.

— Puisqu'il en est ainsi, profitons de l'occasion, s'écria Germaine, toute ravie de penser qu'elle allait enfin revoir sa bonne amie. Vous le voulez bien, papa, n'est-ce pas?

— Allons, puisque cela lui fait tant de plaisir, qu'en penses-tu, toi, Louise?

— Si tu es sûr qu'il n'y a pas de danger, bien volontiers.

— Nous ne resterons que deux jours, trois au plus et, comme je te le disais, la permission sera facile à obtenir, seulement il faut attendre l'arrivée du premier chargement de bois, Germaine et toi pourrez profiter des mulets qui retourneront au chantier.

Pendant les huit jours qui s'écoulèrent jusqu'à l'occasion désirée, Germaine n'eut plus qu'une pensée, celle de son voyage dans la montagne.

Enfin, les muletiers arrivèrent, et Vincent s'étant de nouveau informé auprès d'eux, s'il n'y avait aucun danger à courir, il fut convenu que le déporté et sa famille se joindraient à la petite caravane.

Le lendemain, en effet, après une nuit, pendant laquelle l'émotion l'empêcha de fermer les yeux, Germaine, commodément assise sur la selle plate d'une mule, dont son père tenait la bride, quitta la Mission, en suivant la belle route qui, à travers la plaine, s'avance jusqu'au pied de la montagne.

La première partie du voyage n'offrit aucun incident à noter; les plantations succédaient aux plantations, les villages aux villages, sans rien présenter qui attirât l'attention d'une manière spéciale.

Ce ne fut qu'après une halte, au bord d'un ruisseau, pour le déjeûner, que l'ascension commença, facile d'abord, puis plus abrupte, mais sans offrir de grandes difficultés, jusqu'à un bois rempli d'épaisses broussailles et de cailloux, où il fallait aux bêtes de somme toute la sûreté de leur pas pour avancer sans broncher et sans s'abattre.

Bien que son père continuât à marcher à ses côtés, et que sa mère ne fût qu'à quelques pas en arrière, Germaine ne se sentait pas très-rassurée dans ces haliers épais, au milieu desquels, à chaque instant, se faisait entendre des bruissements suspects.

Son père avait beau lui dire que les forêts de la Nouvelle-Calédonie ne donnent asile à aucune bête féroce et que l'île ne nourrit pas de serpents, la demi-obscurité qui l'entourait, le coup d'aile brusque d'un pigeon sauvage dans les branches, le cri sourd du kagou fuyant dans le sous-bois, la faisaient tressaillir malgré elle, et tous les récits de scènes de cannibalisme qu'elle avait entendus à Pouébo lui revenaient à la mémoire.

Volontiers, malgré son désir de revoir Aïka, elle aurait rebroussé chemin et renoncé à tenter de nouveau de telles aventures.

Il n'y avait pas jusqu'à son escorte de Canaques, braves ouvriers pourtant, dont chacun avait au cou un chapelet avec une croix, en signe de leur nouvelle croyance, qui n'excitât sa défiance.

A demi-nus, les yeux brillants, les dents blanches, les cheveux crépus et le teint couleur de suie, ils ressemblaient plus à la vérité à des démons qu'à des catéchumènes, et en frappant le tronc des arbres avec leurs cognées, poussaient des cris tellement perçants pour faire avancer leurs mules, qu'on eût dit bien plutôt une troupe de cannibales se préparant à attaquer leurs ennemis pour les massacrer et faire de leurs cadavres un de ces horribles festins, dont le souvenir,

III.

noins à Pouébo que sur tout autre point de l'île, est loin d'être oublié.

Par bonheur le bois n'était pas très-profond, et bientôt la caravane, qui venait de le traverser, se retrouva sur une pente rocheuse et nue, inondée de lumière.

Il n'en fallut pas plus pour rendre à l'enfant toute sa confiance, et ce fut avec une joyeuse admiration, qu'après avoir gravi pendant quelques minutes l'escarpement, elle promena son regard sur le splendide paysage qui l'entourait.

Dominant, de l'endroit élevé où elle se trouvait, la forêt, cause de ses premières inquiétudes, elle apercevait par-dessus la cime des grands arbres une partie de la plaine de Pouébo, avec ses riches cultures, sa rivière se déroulant comme un ruban d'argent, dans la verte plaine, la ville se serrant contre la nouvelle église et, au-delà, la côte rocheuse, se relevant en noir bourrelet au-dessus de la mer immobile comme un lac et se confondant avec le ciel à l'horizon.

Tout eût été pour le mieux si, en jetant les yeux du côté de la montagne, dont le soleil, déjà sur son déclin, mettait en relief chaque saillie, tandis que des ombres fortement accusées en estompaient les dépressions, on eût pu espérer arriver avant la nuit au but du voyage.

Mais, rien n'est trompeur comme la montagne, surtout en Calédonie, où l'extrême pureté du ciel permet mal d'apprécier les distances, et les voyageurs qui, de la côte, s'étaient figurés que Magalave, le nid d'aigle qu'ils apercevaient perché sur son rocher, se trouvait au sommet de la première croupe, s'apercevaient maintenant qu'entre le village et eux se creusaient des vallées, peu profondes à la vérité, mais nombreuses et formant comme les marches successives d'un gigantesque escalier.

Les Canaques employés à l'exploitation des bois avaient cependant assuré qu'on arriverait à la fin de la journée.

Vincent s'adressa à celui d'entre eux qui connaissait le mieux le français et lui demanda s'ils étaient encore fort éloignés.

— Dans une heure, nous serons à la forêt, répondit-il.

— Et de là combien faut-il pour arriver à Magalave?

— Deux heures seulement.

Le transporté examina le soleil qui rougissait de plus en plus en approchant de la mer dans laquelle il allait se plonger.

Louise vit ce regard.

— Dans deux heures il fera nuit, dit-elle; le crépuscule dure si peu ici.

— En effet, fit Vincent, et le mieux sera de passer la nuit au campement.

Cette perspective souriait peu à Germaine; cependant elle ne fit pas d'objection, l'idée de se trouver seule dans la montagne pendant l'obscurité lui paraissant pire qu'une nuit sous les arbres.

Louise était moins satisfaite, elle connaissait les inconvénients de la nuit passée en plein air même sur les indigènes qui y sont le plus habitués, et craignait pour sa fille l'influence funeste de la rosée.

— Où dormez-vous habituellement? demanda Vincent au Canaque qu'il venait d'interroger.

— Partout, répondit celui-ci, avec insouciance.

— Vous devez avoir bien froid?

— Le bois ne manque pas pour faire du feu.

— Le feu peut s'éteindre.

— Cela arrive, fit le bûcheron, en riant.

— Et alors, on prend des maladies, dit le père, avec inquiétude.

— Quelquefois.

— N'avez-vous pas de case?

— Nous n'en faisons pas habituellement; mais, pour ta femme et ta fille, nous en aurons bientôt construit une.

— Je ne refuse pas et te remercie.

Débarrassé de cette inquiétude qui, pour lui, était la seule véritable, Vincent cessa de s'inquiéter pour le reste de son voyage.

A l'heure fixée par le Canaque, on atteignit la forêt; les pigeons y arrivaient de la plaine à l'approche de la nuit, et les chasseurs canaques, devenus très-habiles dans le maniement des armes à feu, eurent bientôt fait de s'en procurer quelques couples.

Presque chaque jour ces volatiles formaient au repas une addition qui n'était pas à dédaigner.

Le campement, composé d'une trentaine d'hommes, rappela singulièrement à l'ancien employé de M. Joubert les chantiers établis par le planteur, sur les bords de la Dumbéa, au pied du mont Goghi.

Seulement, il n'y avait pas là une rivière pour transporter les planches, et il fallait nécessairement avoir recours aux bêtes de somme.

Pendant que le repas cuisait dans de petites fosses, à la manière accoutumée, deux ou trois architectes improvisés s'occupaient d'élever le palais dans lequel Germaine et sa mère devaient passer la nuit.

Ce fut l'affaire de quelques instants; une douzaine de pieux appuyés circulairement autour d'un tronc d'arbre, servant de colonne centrale, en formèrent la charpente; les Canaques les assujettirent au moyen de lianes fortes et flexibles; puis, détachant avec leurs haches de longues lanières en écorce de niaoulis, ils en revêtirent, en un clin d'œil, la carcasse de la case qui se trouva aussitôt parfaitement capable de défendre les deux voyageuses contre la pluie et la rosée.

Malgré les instances de sa femme, et quoique la cabane fût plus que suffisante pour loger trois personnes, le Français se refusa à user de cet abri. Il alluma sa pipe et alla bravement s'asseoir au feu de bivac avec les indigènes; puis, quand l'heure du repos fut arrivée, il s'étendit sur le sol, après avoir eu soin de se rouler dans une couverture et dormit jusqu'au matin, aussi bien qu'il aurait pu le faire sur le lit d'herbes sèches préparé pour sa femme et sa fille.

Le jour commençait à peine à poindre dans la forêt, quand il s'éveilla frais et dispos, et les deux voyageuses étant bientôt après sorties de leur case, la petite caravane, réduite à quatre personnes, dont un guide canaque, et à deux mulets, prit la route beaucoup moins longue, mais infiniment plus escarpée que la veille, par laquelle on monte au dernier sommet, sur lequel est assis Magalave.

A mesure que les voyageurs s'élevaient, le paysage devenait plus beau et le ciel plus pur; enfin ils arrivèrent au plateau, du haut duquel on apercevait à la fois les deux côtes opposées de l'île, profondément découpées, et formant comme un feston irrégulier d'or et d'azur.

Seul le village ne répondait pas à l'attente de Germaine, qui demeura péniblement surprise en ne voyant devant elle qu'un groupe de misérables huttes, en tout semblables à celles de la plaine, au milieu desquelles, au lieu du palais féerique de la princesse, elle n'aperçut qu'une case plus vaste, surmontée d'un hideux trophée de crânes, fichés au sommet d'un poteau.

Cependant, cette construction étant la plus grande, il n'y avait pas à douter que ce ne fût là que résidât Gondou, et les voyageurs, entourés par la population, peu habituée à voir des *Oui-oui* à Magalave, se dirigeaient vers la case principale, quand, du milieu du groupe des curieux un cri, mêlé de joie et d'étonnement, retentit et légère comme une gazelle, Aïka s'élança au-devant de Germaine.

La princesse n'avait ni couronne, ni robe d'or, ni manteau d'argent; jamais même, il faut l'avouer, Louise et sa fille n'avaient vu eur amie dans un aussi simple déshabillé.

Des cheveux courts, et blanchis avec de la chaux, un collier de petits coquillages et un jupon en fibres de palmier, tombant de la ceinture aux genoux : c'était tout

Les délicatesses de la mode n'avaient pas encore, paraît-il, pénétré jusqu'à Magalave.

Ce manque de costume jeta, il faut bien l'avouer, un peu de froid dans les premiers moments de l'entrevue; mais cette froideur ne dura qu'un instant et, désireuse de se soustraire à la curiosité publique, Louise pria la Calédonienne de la conduire à la case de ses parents.

Aïka fit traverser le village en entier à ses visiteurs et se dirigea vers la forêt.

— Ne demeurez-vous pas à Magalave même? demanda Louise.

— Non, répondit la jeune fille, nous vivons relégués dans le bois.

— Comment, relégués! Ton père n'est-il donc pas roi?

— Mon père a trouvé la place prise par un de nos parents, répondit la jeune fille en baissant la tête. Il a voulu lutter contre lui, et certainement il aurait reconquis son rang, car il était brave et prudent; mais l'âge et la maladie ont trahi ses forces; il a fallu abandonner la puissance à un autre et se retirer dans cette solitude où mon père, triste et malade, ne s'occupe plus qu'à mourir.

Les voyageurs continuèrent à marcher vers les bois et y pénétrèrent; ils n'avaient pas fait cent pas dans la direction d'une petite clairière, au bord de laquelle on distinguait une hutte misérable, quand la jeune fille, s'arrêtant, leur montra un vieillard d'une maigreur effrayante, couché au pied d'un arbre et cherchant à réchauffer ses membres glacés par la maladie aux rayons du soleil.

— Mon père, dit-elle.

C'était bien lui, en effet, mais dans quel état, un vrai cadavre, aux trois quarts nu, les yeux gonflés par la fièvre qui le dévorait, la peau blafarde, parsemée de taches blanchâtres.

Malgré l'aspect repoussant du chef, Louise et Vincent lui tendirent la main, en lui adressant le salut d'usage.

Gondou reconnut ses vieux amis et essaya de soulever ses bras osseux. Mais il ne put y parvenir et les laissa retomber avec une sorte de grognement guttural.

— Personne ne soigne-t-il ton père? demanda Louise à la jeune fille.

— Nous avons fait venir les sorciers et les médecins, répondit celle-ci; ils l'ont saigné à la tête, aux épaules, aux pieds, ont battu le tambour autour de lui et lui ont piétiné sur le corps pour en chasser les esprits; ses côtes craquaient comme si elles allaient se briser, et il poussait des cris de douleur; mais rien n'y a fait. Alors, suivant la coutume, nous l'avons porté sous cet arbre pour l'y laisser mourir.

— Quoi! vous ne le rentrez pas même la nuit?

— A quoi bon, son sort est de mourir comme meurent presque tous nos guerriers. Il a pris la maladie des pluies, sa poitrine a gonflé et, depuis ce temps, il n'a pas cessé de tousser, en portant la main sur son côté.

— C'est une fluxion de poitrine, répondit Vincent; peut-être pourrait-on le sauver encore.

— Peut-être, murmura Louise; mais, pour cela, il faudrait pouvoir l'emmener.

— S'il y consent, on pourrait essayer, fit le déporté. Aïka, demande à ton père s'il ne voudrait pas venir avec nous.

La jeune fille traduisit la question au malade.

— Laissez mourir le vieil arbre dans sa forêt, répondit-il; les médecins l'ont condamné.

— Les médecins de la prière sont plus savants que les sorciers de Magalave, repartit Aïka; ils sauveront mon père.

— L'oiseau de la mort a chanté pour moi et mes oreilles l'ont entendu; les *Oui-oui* ne sont pas plus puissants que la destinée.

Malgré son obstination, Vincent voulait essayer de le sauver; mais ni exhortations, ni prières ne purent vaincre sa détermination.

Ni sa fille, ni les Canaques présents à la discussion ne parurent s'étonner de ce refus; malgré son amour pour son père, la jeune fille elle-même, élevée dans les préjugés de sa tribu, ne comprenait pas qu'on pût attacher tant d'importance aux souffrances d'un homme dont l'heure était arrivée.

Toutefois, elle se refusa à suivre ses visiteurs à Pouébo, où elle promit d'aller les rejoindre dès que le vieux Gondou aurait cessé de vivre.

— Le mieux que nous ayons à faire est de retourner à la Mission, dit alors Louise à son mari, et de prévenir les Pères ; on ne peut pas laisser mourir ainsi un chrétien loin de tout secours.

Cette décision arrangeait fort les autres Canaques, qui ne se gênaient pas pour témoigner leur répulsion à demeurer plus longtemps auprès du moribond.

La petite troupe repartit donc aussitôt pour le campement et, le lendemain, dès la pointe du jour, pour Pouébo.

Aussitôt instruit de ce qui se passait, le P. Jean fit seller un cheval et, accompagné de deux Frères, se rendit auprès du vieux chef.

Germaine, qui s'était promis tant de plaisir de sa visite à la princesse, était revenue consternée.

Jamais désillusion des honneurs n'avait été plus complète.

Plus heureux que les visiteurs, le P. Jean, qui mieux qu'eux connaissait la langue du pays et les motifs propres à agir sur l'esprit des sauvages, parvint à faire consentir le vieux Gondou à se laisser transporter au bord de la mer, en lui promettant que s'il venait à mourir à la Mission, son corps serait rapporté à la tribu pour y recevoir la sépulture due à un aussi illustre guerrier.

Deux jours après son départ, le missionnaire revint, ramenant le malade, que des Canaques, se relayant de distance en distance, portaient sur une civière. Son état laissait peu d'espoir, pourtant sans être encore désespéré. On lui assigna une maison en pierre servant d'infirmerie pour son logement ; et pour la première fois de sa vie, Gondou, qui jusque-là n'avait pas connu d'autre couche qu'une natte étendue par terre, fut placé dans un lit.

Des Sœurs de charité, aidées de Louise et d'Aïka, s'occupèrent aussitôt de le soigner.

Pendant plusieurs semaines la maladie, enrayée par l'habileté du docteur de la Mission, disputa le terrain avec acharnement, sans qu'il fût possible de savoir qui de la vie ou de la mort l'emporterait; enfin ce fut la vie qui sembla triompher, et peu à peu le vieux Gondou entra en convalescence; mais, à mesure que les forces revenaient, l'obstination du Canaque reparaissait et avec elle le désir de retourner à sa chère Magalave, pour y reprendre la lutte contre son heureux compétiteur.

En vain Louise et son mari, les missionnaires et sa propre fille Aïka l'engageaient à renoncer à un pouvoir si difficile à ressaisir et d'ailleurs si précaire; en vain tous ses vrais amis l'exhortaient-ils à se retirer à Kanala, où sa femme possédait une propriété que le gouvernement français lui reconnaissait; tout ce qu'il fut possible d'obtenir de lui se borna à la promesse de demeurer à Pouébo jusqu'au moment où il aurait entièrement repris ses forces, ce qui, il faut le dire, dans l'esprit des missionnaires, équivalait à une renonciation perpétuelle de retour dans ses montagnes, car il était bien évident qu'à son âge et après une aussi rude maladie il ne les recouvrerait jamais.

Ce ne fut pas sans peine qu'on lui arracha cet engagement, bien qu'il le prît beaucoup moins au sérieux que personne, puisque même après avoir donné sa parole, il continua à faire les plus beaux projets de restauration de son trône à Magalave et à fabriquer ses chers tillits, sur lesquels il comptait pour gagner de nombreux partisans à sa cause.

Les missionnaires laissèrent faire au vieux Canaque ce qui lui plut, sachant bien que jamais ils n'arriveraient à domestiquer cet ours des forêts et, pour occuper son activité, lui concédèrent un carré de terrain complanté de quelques cocotiers, à l'ombre desquels il se dressa, avec cette adresse particulière à ses compatriotes, une case qu'il revêtit d'écorce de niaoulis et surmonta d'une énorme conque marine, peinte en jaune et en rouge.

A toute cette installation Germaine gagna de recommencer la société de sa chère Aïka qui, beaucoup plus susceptible de civilisation que son père, ne tarda pas à quitter les vêtements par trop primitifs de Magalave, pour reprendre le costume européen auquel l'avait déjà habituée son séjour à la villa Gondou.

Quant à la vieille sauvagesse, sa mère, elle ne changea rien à ses habitudes, et continua à servir de domestique et de bête de somme à son très-redouté seigneur, à planter des ignames, à se blanchir la tête avec de la poudre de chaux, à aller chaque matin recueillir des coquillages dans la vase ou parmi les rochers, à repriser les filets de son mari, auquel le Père Jean avait fait cadeau d'une pirogue pour une légère redevance de poisson, et à manier la pagaye, sinon avec plus de grâce que sa fille, au moins avec beaucoup plus de force et d'habileté.

Grâce au retour de son amie, et à la reprise de leur vie calme et occupée, Germaine eut bientôt entièrement oublié Koé. L'existence qu'elle menait à Pouébo était en effet aussi heureuse que possible; le jardin, tout aussi fertile que celui des rives de la Dumbéa, lui fournissait des fleurs en abondance pour en parer le petit oratoire, en forme de grotte, qu'avec quelques rocailles artistement tapissées de mousse et de coquillages, son père avait construit pour elle, à ses moments perdus, au beau milieu d'un massif de mélolencas aux grappes parfumées; l'enfant appelait ce petit sanctuaire sa grotte de Lourdes et passait des heures à la parer de tout ce qu'elle pouvait supposer le plus propre à l'embellir.

D'autres fois, avec ses parents et sa grande sœur, elle allait se promener le long du rivage, le soir, après une chaude journée, courant pieds nus sur le sable tiède et faisant ample collection de coquillages, dont Aïka lui apprenait la manière d'en faire des colliers, des chapelets et mille autres objets qui, en la distrayant, lui apprenaient utilement à se servir avec habileté de ses doigts.

Ou bien si la mer était irritée, le temps chargé de nuages, si la pluie tombait de manière à empêcher la promenade, on allait ensemble à la salle commune de la Mission pour y écouter, tout en travaillant, quelque lecture à la fois intéressante et morale, ou bien on recevait, dans la petite villa, la visite de Gondou et de sa fille.

Le vieux sauvage s'asseyait au coin du feu, fumant avec délices sa courte pipe, tout en polissant une pagaye ou sculptant le manche d'une hache de porphyre, pendant que les *Oui-oui*, réunis autour de la table, s'occupaient, pour gagner ses bonnes grâces et reconnaître ses nombreuses complaisances, à éplucher des poils de roussette.

Malgré son apparente résignation, le Canaque dépossédé n'avait plus qu'une pensée, retourner dans ses montagnes, et à plusieurs reprises il s'était adressé aux autorités françaises pour en obtenir la permission de reprendre les hostilités. Il aurait voulu que ses protecteurs lui fournissent des armes et des soldats.

Naturellement le commandant du poste, qui voulait avant tout entretenir la paix dans le district soumis à son administration, faisait traîner la pétition en longueur.

Gondou devenait tous les jours plus sombre.

Un jour, qu'il était à la pêche, Louise demanda à la fille du chef pourquoi il se montrait si morose.

— Mon père est en colère, répondit celle-ci.

— En colère et contre qui?

— Contre les Français, répondit-elle, auxquels il reproche de l'avoir trahi.

— Il te l'a dit?

— Hier au soir, il nous a conté un de ses rêves, ou une histoire inventée à plaisir, et j'ai bien vu que sa patience se lasse.

— Que t'a-t-il conté? fit Louise, en riant.

— Une histoire bien terrible.

— Une histoire! s'écria Germaine, friande comme on l'est à son âge de ce genre de récits; répète-la-nous, Aïka.

— Je n'oserais pas; si le commandant le savait, il se fâcherait.

— Personne ne le lui répétera.

— Et vous-mêmes vous ne seriez pas contents.

— Dis toujours ; un conte ne fâche jamais personne.

Aïka résista encore un peu ; mais enfin moitié parce qu'elle comptait sur la discrétion de sa petite sœur, moitié par envie de satisfaire sa curiosité, elle se décida à lui faire ce récit, exacte traduction d'un de ces apologues que les vieux chefs hostiles à la domination étrangère se plaisaient à faire circuler dans les tribus de la montagne pour entretenir la haine contre les *Oui-oui*.

« ¹ Il y avait une fois, dit-elle, un chef qui tendit ses filets dans un arbre de la forêt pour y prendre des roussettes, car il avait faim de chair. Quand il revint voir si la proie était prise au piége, il y trouva une masse blanche de forme humaine, dont il eut peur, car il vit bien que c'était un génie.

» — Délivre-moi, demanda celui-ci, d'une voix doucereuse.

» — J'ai peur, fit le chef.

» — Délivre-moi, je ne te ferai pas de mal, et te donnerai, au contraire, des présents.

» Le chef monta sur l'arbre, mais à peine eut-il dégagé le génie blanc, que celui-ci lui sauta à la gorge, se cramponna à son dos et lui cria :

» — Descends de l'arbre et conduis-moi à ta cabane.

» — Oui, mais lâche prise et faisons route ensemble.

» Le génie refusa, et le chef se rendit à sa case, en portant son fardeau.

» Arrivés à la cabane, où la mère attendait son fils :

» — Qui m'amènes-tu ? lui dit cette femme effarée.

» — C'est sans doute un génie étranger ; je ne sais ni qui il est, ni d'où il vient ; il s'est collé à mon dos ; en vain ai-je secoué le

¹ Ce récit est tiré d'une étude sur la Nouvelle-Calédonie, par V. du Rocher.

corps en avant, en arrière, à droite et à gauche, impossible de m'en débarrasser.

» — Trève de paroles ; qu'on me donne à manger, cria l'étranger, d'une voix tonnante.

» Puis, il se mit à engloutir ignames, taros et poisson, sans permettre que nul autre que lui y touchât.

» Lorsqu'il eut enfin terminé :

» — Laisse-moi, dit le grand chef, voilà des perles, des bracelets, prends-les et retourne au lieu d'où tu es venu.

» Vaine prière, le chef dut garder son fardeau et, à la nuit close, il alla se coucher, portant toujours sa lourde charge. Cependant le monstre s'endormit, et le chef put alors s'en débarrasser.

» Vite il prit ses plus belles armes, son plus riche bracelet, sa toque rouge et son aigrette, et il courut à Boudé, demander asile à son allié.

» — Frère, est-ce toi que je vois? lui dit celui-ci.

» — Oui, c'est moi, qui erre sans asile ! J'ai tendu un piège aux roussettes et j'y ai trouvé un être inconnu qui s'est jeté sur mes épaules, sans vouloir me lâcher ; je t'en prie, cache-moi.

» — Prends place à mon foyer, répondit le vaillant chef de Boudé, et ne crains rien. Nous savons manier le casse-tête et éventrer un ennemi, nous attendrons cet étranger de pied ferme.

» A peine ces mots étaient-ils prononcés, qu'un épouvantable ouragan se déclare, un énorme nuage couvre l'horizon ; il a sa tête au sommet des montagnes et son pied dans la plaine ; il avance, porté sur l'aile des vents, et bientôt on reconnaît le génie blanc, car c'était lui.

» Le chef de Boudé prie son hôte de se retirer, et celui-ci se réfugie à Heinguène.

» — Frère, est-ce toi que je vois? dit le chef de Heinguène.

» — Oui, c'est moi, qui erre sans asile, etc.....

» Mais bientôt l'ouragan se précipite sur Heinguène et le fugitif se sauve à Pouaï

» Même accueil, même déception

» Il se réfugie à Honagap; même événement.

» A Kanala, même persécution.

» Enfin il arrive à l'extrémité de l'île, aux confins de la terre ; là, il n'y a plus d'autre refuge que la mer.

» Deux petits enfants se promenaient sur le rivage.

» — Qui êtes-vous? leur dit le fugitif.

» — Et toi, qui es-tu?

» — Je suis un grand chef; j'erre sans asile, etc.....

» — Suis-nous, répondent les enfants; nous te conduirons dans une belle case au fond de la mer.

» Ils percent la vague ; le chef les suit au moment où l'ouragan accourait.

» Le grand chef trouva au fond de la mer une magnifique cabane, des ignames, des taros, des bananes, des cannes à sucre, de la chair et du poisson.

» Cependant le génie blanc n'avait pas pu les poursuivre, parce qu'il ne savait pas nager; mais il monta sur un rocher, appela les oiseaux et leur ordonna de boire la mer.

» Et aussitôt l'eau commence à baisser, les écueils à s'élever, puis enfin la cabane se découvre.

» Aussitôt le génie étranger se précipite; mais au moment où il passait la tête pour entrer, le plus petit des enfants la lui trancha d'un coup de hache. »

— Et puis? demanda Germaine, étonnée de la brusquerie de ce dénouement.

— L'histoire est finie, fit Aïka; tu vois bien que le génie est mort.

— En quoi cela peut-il irriter les Français? fit Louise à son tour.

— Le génie méchant représente les étrangers, répondit la Néo-Calédonienne, en baissant la voix, et pour le tuer, il a suffi, non pas d'un grand guerrier, mais de la main d'un enfant. Si le commandant savait que mon père raconte cela, nous serions perdus.

— Rassure-toi, nous ne le dirons pas; je te promets même de ne pas en parler à ton père.

— Surtout à lui, s'écria Aïka; s'il venait à apprendre que j'en ai parlé, il me briserait la tête.

— Mon Dieu! il est bien méchant! fit Germaine; te casser la tête pour un conte!

Sa mère en profita pour lui faire sentir le danger qu'il y avait à répéter tout ce que l'on entend dire et lui inculquer plus fortement la discrétion.

Outre que par nature Germaine était discrète, la crainte d'attirer sur son amie une si terrible punition que celle dont elle était menacée, aurait été une raison plus que suffisante pour faire garder le secret à l'enfant.

L'apologue de Gondou ne fut donc pas divulgué et, pendant plusieurs mois encore, le vieux Canaque continua, dans le secret de son intérieur, à faire une opposition tacite aux Français, sans qu'aucun de ceux-ci ne prît garde à ses menées peu dangereuses.

Il est même probable que Louise avait complétement oublié la confidence d'Aïka, lorsqu'un terrible accident vint mettre fin aux rêves ambitieux du monarque dépossédé.

Depuis plusieurs heures il était occupé, dans sa pirogue, à la pêche sur les grands récifs, quand une saute de vent, aussi violente qu'inattendue, souleva les vagues d'une manière furieuse, dispersa la flottille des pêcheurs et jeta contre les rochers plusieurs canots, que déchirèrent les pointes aiguës du corail.

Gondou était un de ces intrépides nageurs pour qui, à une lieue de toute terre, un accident de cette nature n'est pas un événement d'une grande importance; il se jeta à la mer pour retourner au rivage, soit en grimpant dans une embarcation plus heureuse que la sienne, soit tout simplement à la nage, mode de voyager qui, pour un Canaque, diffère peu de la marche.

Mais, ce qui dans sa jeunesse eût été une simple promenade, se trouva, malheureusement pour lui, une entreprise au-dessus de ses forces; un choc, qu'il reçut au-dessus du genou, contre un rocher aigu, acheva de le perdre.

Il continua cependant à lutter contre une mer démontée, dont les vagues énormes, retombant sur lui de tout leur poids, lui laissaient à peine le temps de respirer, mais l'entaille profonde qu'il avait reçue, sans en soupçonner tout d'abord la gravité, lui faisait perdre une quantité de sang considérable.

Comprenant que seul il ne pourrait pas échapper à la mort, il se décida alors à appeler ses compagnons à son secours.

La fureur de la tempête les avait dispersés et son appel se perdit dans les sifflements du vent.

Se voyant abandonné, il détacha un lambeau d'étoffe qui lui couvrait la tête, le déchira pour en bander fortement sa blessure, de manière à arrêter l'hémorragie et, s'emparant d'une pagaye qui flottait près de là, essaya de se reposer quelques instants.

Bientôt pourtant, sentant le froid qui envahissait ses membres, il se remit à nager tantôt entre deux eaux pour se soutenir plus facilement, tantôt au contraire s'élevant, par un brusque mouvement, pour voir de plus loin et tâcher de se faire mieux entendre.

Cette lutte désespérée dura près de deux heures; n'en pouvant plus, il allait se laisser couler, quand il fut enfin aperçu par l'équipage d'une pirogue, qui gouverna sur lui pour le sauver.

On put le hisser à bord, presque sans connaissance, et l'étendre au fond du canot, dont la manœuvre nécessitait les forces de tous les hommes.

Ce ne fut qu'en arrivant au port qu'il fut possible de s'occuper de lui; il était trop tard et il avait perdu trop de sang.

On le transporta à l'hôpital, où le docteur, après avoir posé un appareil sur sa blessure, eut toutes les peines du monde à le rappeler à lui

Il ouvrit pourtant les yeux, reconnut sa femme qui, accourue à la première nouvelle du sinistre, se déchirait le visage et la poitrine avec un fragment de coquillage, et poussait des hurlements comme ont coutume de le faire les veuves calédoniennes.

Un grand nombre de Canaques, auxquels l'entrée de la chambre avait été interdite, entouraient l'infirmerie, mêlant leurs gémissements à ceux de la femme désolée ; Aïka pleurait silencieusement près du lit sur lequel reposait son père sanglant, entouré du médecin et de deux missionnaires, venus en toute hâte pour tâcher de profiter du premier éclair de raison du malade, afin de lui donner l'absolution.

En revenant à lui, Gondou jeta sur toute l'assistance un regard étonné ; puis, sentant que ses jambes étaient déjà paralysées, il comprit qu'il allait mourir et il inclina sa tête devant l'image du Christ. Puis, quand il eut reçu le pardon, il essaya de sourire, pour montrer qu'il ne craignait pas la mort, et murmura le mot de Magalave, en faisant un signe.

Le Père Jean connaissait son désir d'y être transporté, il ne crut pas devoir lui refuser cette consolation, et chargea Aïka de lui dire que son vœu serait accompli.

Une lueur de joie illumina le regard terne du vieux roi, qui laissa retomber sa tête et ferma les yeux.

Quelques minutes plus tard, il avait cessé de vivre.

On rejeta un drap sur son visage et, pendant que les Canaques allaient préparer un brancard, pour transporter la dépouille du chef, Louise demeura seule dans la chambre mortuaire, lisant des prières pour le repos de cette âme d'anthropophage devenu chrétien.

Pendant que la pieuse chrétienne rendait les derniers devoirs à la dépouille mortelle du vieux roi, elle ne se doutait pas qu'un homme, nouvellement arrivé de la vallée du Diahot, où il était employé comme chercheur d'or, et qui l'avait entrevue par hasard, le matin même, regardait du dehors dans l'intérieur de la chambre, cherchant à voir sans être vu.

Cet homme, c'était encore Mulasse, le Compagnon du Désespoir, Mulasse, qu'un hasard fatal semblait attacher aux pas de Vincent.

CHAPITRE X

Découverts !

———

Aussitôt la mort de Gondou connue à Pouébo, un Canaque partit en toute hâte pour Magalave, afin d'en informer le chef et lui demander la permission de faire à son ancien rival les funérailles accoutumées dans sa tribu.

Toundo accorda volontiers cette autorisation, proche parent de Gondou et son héritier légitime, car sur la Grande-Terre la loi salique qui exclue les femmes de la couronne est reconnue comme en France, il voyait par cette mort son autorité affermie et ses droits incontestés.

Aussi, bien loin de faire opposition au vœu de son parent, donna-t-il immédiatement des ordres pour construire la case dans laquelle le cadavre serait déposé à son arrivée et convoqua-t-il tous ses sujets pour venir reconnaître le corps de leur ancien prince, le pleurer et lui rendre les honneurs funèbres.

Si, au lieu d'être mort chrétien, Gondou eût persisté jusqu'à la fin dans le paganisme, qui était encore la religion d'une grande partie de ses anciens sujets, et même au fond celle de son successeur, celui-ci aurait livré sa dépouille aux sorciers qui, après avoir, suivant les rites calédoniens usités dans la montagne, desséché le corps sur

une claie suspendue au-dessus d'un feu modéré, l'auraient transporté, en grande pompe, dans un petit bois funèbre servant de cimetière, pour l'y placer soit entre les branches des arbres, soit dans
une sorte de hamac en lianes et y laisser blanchir ses ossements avec
ceux de ses ancêtres.

Mais, le prince défunt étant chrétien et les missionnaires s'oppo-
sant à la pratique des rites superstitieux, il fut convenu qu'un des
prêtres de Pouébo se joindrait au cortège, et que le cadavre serait
simplement mis dans une fosse creusée dans une enceinte spéciale,
dont le sol, ayant reçu une bénédiction chrétienne, servirait désormais de cimetière.

Tout étant ainsi réglé d'avance, un coureur partit aussitôt pour
Pouébo, afin d'y apporter la réponse du chef.

Le brancard était déjà disposé et le cadavre, revêtu de ses insignes
de commandement, colliers et bracelets, hache de serpentine et toque rouge à plumes, fut transporté à l'église, où le Père Jean fit les
prières d'usage au milieu d'un concours énorme de Canaques des
environs, faisant cortège à la veuve et à la fille du mort, qu'après
la cérémonie Louise ramena à leur case, pendant qu'un prêtre, accompagné de Vincent et monté à cheval comme lui, se dirigeait vers
la montagne, à la tête du convoi, composé de deux cents hommes
environ.

Le trajet était long, mais les porteurs ne manquaient pas pour se
relayer, et marchaient d'un pas rapide, dont un rythme lugubre
marquait la mesure.

En quelques heures la plaine fut traversée, et le long cordon
commença à se dérouler en suivant les flancs de la montagne.

A mesure que l'on avançait, la foule augmentait, grossie par l'arrivée de nouveaux groupes, les uns sans armes, les autres portant la
lance et le casse-tête, mais tous dans les dispositions les plus paci-
fiques.

En approchant de Magalave, l'agitation commença cependant à

augmenter et la cérémonie à prendre un caractère moins recueilli; de chaque bois, de chaque ravin, sortaient des bandes de guerriers, peints en guerre, l'aspect farouche et frappant, avec des hurlements effrayants, leurs longs boucliers de bois rayés de bandes rouges, blanches ou noires.

D'autres sentinelles, postées à la cime des rochers, faisaient entendre en même temps les sons rauques de leurs conques marines ou de leurs trompes d'écorce, et du milieu des broussailles s'élevait un houhoulement plaintif poussé en chœur par les femmes et les enfants invisibles.

A un kilomètre environ de la capitale, le cortége fit une halte d'une demi-heure environ, pour attendre l'arrivée des nouveaux porteurs.

Le son des trompes les annonça enfin, et ce ne fut pas sans surprise que le déporté qui, ainsi que le prêtre, avait mis pied à terre, vit tout-à-coup s'avancer une vingtaine de sauvages, portant à la main des feuilles de cocotier et coiffés de chapeaux monstrueux, en forme de melons, de plus d'un mètre de diamètre, formés de petites branches de salsepareille et de fougères entrelacées.

Autrefois, ces *tabanés*, conduits par un sorcier, se livraient à une foule de cérémonies magiques; mais, dans la circonstance présente, ils se bornèrent à se ranger des deux côtés du brancard, qu'ils soulevèrent sur leurs épaules et à le transporter silencieusement vers la case mortuaire, située à l'entrée du village, et près de laquelle les attendait le nouveau roi, entouré d'une cinquantaine de guerriers à demi-nus.

Aucune femme ne se montra pendant tout le temps de la cérémonie, l'usage le voulant ainsi, et ayant pour sanction la peine de mort contre toute curieuse qui aurait l'audace d'approcher en un pareil moment.

Arrivés auprès de la case, les porteurs déposèrent leur fardeau, puis découvrirent le visage du mort, devant lequel défila toute l'assem-

blée, afin de se bien convaincre que c'était bien là, en effet, le cadavre de l'ancien chef.

Cette formalité remplie, le cortége se reforma avec un redouble-
ment de lamentations, et le corps, enlevé de nouveau, fut porté directement à l'enclos dans lequel avait été creusée la fosse où il
fut descendu ; pendant que le missionnaire récitait les dernières
prières.

Quelques coups de fusil furent alors tirés en l'air, des flèches et
des zagaies brisées, jetées sur le cercueil ; puis, quand la terre l'eut
recouvert, les assistants se retirèrent tumultueusement, accompagnant le nouveau roi.

Malgré l'intérêt que devait avoir pour lui une cérémonie de cette
nature, ce fut avec un véritable soulagement que Vincent la vit se
terminer par une distribution de bananes, de taros et autres mets
préparés, par ordre du teca, pour les assistants, dont plusieurs avaient
passé la journée à jeun.

Il était trop tard pour retourner le même jour à Pouébo, aussi le
missionnaire se décida-t-il à passer la nuit dans le campement du
bois appartenant à la Mission ; moins cependant parce qu'il espérait
y être mieux qu'à Magalave, que pour ne pas être témoin de la fête
funéraire ou pilou-pilou donnée par Toundo à l'occasion des funérailles de son rival.

Du reste, Toundo, malgré ses manières doucereuses vis-à-vis des
missionnaires, était un ennemi bien connu du catholicisme, qu'il
persécutait en secret dans sa tribu, autant qu'il le pouvait, et bien
qu'il s'en défendît avec horreur, très-suspect de pratiquer encore
l'anthropophagie toutes les fois qu'il trouvait l'occasion favorable
pour faire, en secret, un de ces abominables festins, dont la crainte
seule des Français avait déshabitué les peuplades du littoral.

A la fourberie et à la cruauté, défauts particuliers à sa race, le
nouveau roi en avait joint d'autres, tout-à-fait inconnus en Calédonie, avant l'arrivée des étrangers ; la passion des liqueurs fortes,

pour lesquelles la plupart des Canaques professent encore une répugnance invincible, mais auxquelles il s'était habitué peu à peu par la fréquentation des aventuriers chercheurs d'or qui, depuis plus d'une année, exploraient les montagnes voisines de Pouébo, et la cupidité la plus sordide, éveillée en lui par la vue des richesses renfermées dans les entrailles de la terre.

De là sa haine occulte contre le catholicisme, haine sans cesse avivée par des intelligences secrètes nouées avec les Compagnons du Désespoir qui, jugeant utile de se ménager des alliés, chez lesquels ils pussent trouver un refuge assuré en cas d'échec ou un utile auxiliaire pour la réussite de la tentative qu'ils méditaient, l'alléchaient par la promesse d'une bonne part dans leurs opérations, et lui payaient en eau de feu une redevance ou tribut, pour en obtenir la facilité de pousser leurs investigations dans les montagnes où ils ne pouvaient pas se passer de sa protection.

Les missionnaires n'ignoraient pas ces mauvaises dispositions, mais avaient peu à s'en inquiéter ; le temps était passé où des técas, à la tête de leur tribu, pouvaient, d'un moment à l'autre, les assiéger dans leurs établissements, les piller et les massacrer.

Quant aux autorités de l'île, soit ignorance de ce qui se passait, soit mollesse ou indifférence, elles ne songeaient pas à surveiller ce sauvage et s'endormaient dans une paisible sécurité sur les agissements des déportés qui, peu à peu, obtenaient la permission de venir s'établir sur la Grande-Terre et conspiraient presque en plein jour.

Du nombre de ceux auxquels une trop grande indulgence avait permis de changer de résidence se trouvaient Beslier et plusieurs autres de ses plus dangereux compagnons.

Désespérant de pouvoir s'évader facilement de la presqu'île Ducos, où il lui était presque impossible de s'emparer d'un canot, et décidé à se faire transporter sur un autre point de la côte, ce bandit avait eu recours à la ruse, témoigné un véritable repentir de sa conduite passée et affiché un tel retour à des idées meilleures, qu'en récompense de sa bonne conduite, il avait obtenu d'abord son transfèrement à l'île des Pins d'où, après deux mois, sur le témoignage du commandant, il lui avait été permis de venir s'établir sur la Grande-Terre.

Comme nous l'avons dit, c'était là le but de son ambition.

A peine arrivé à Nouméa, le chef des Compagnons du Désespoir avait si bien manœuvré qu'il entra dans les bureaux du gouvernement, en qualité d'expéditionnaire.

Il avait une certaine instruction, beaucoup de zèle, encore plus d'astuce, en sorte qu'il ne lui fut pas difficile de se mettre au courant de toutes les affaires qu'il lui importait de connaître, et en particulier de celles de la police de surveillance.

L'inspection des dossiers lui apprit, ce qu'il soupçonnait déjà, qu'elle se faisait très-mal et ne s'étendait guère au-delà d'un rayon de quelques lieues autour de Nouméa, ainsi que sur quelques points de la côte.

Son plan fut aussitôt dressé.

Cessant entièrement de s'occuper de ceux de ses complices qui n'avaient pas pu ou pas su sortir de la presqu'île Ducos, il se contenta d'endormir leurs soupçons, en leur faisant dire de ne pas bouger, parce qu'il s'occupait de préparer une expédition pour les délivrer. Il se mit en rapport avec dix ou douze déportés à demi-graciés, établis comme lui sur la Grande-Terre, et leur persuada de renoncer aux positions ou aux emplois qu'ils occupaient, soit à Nouméa, soit dans les environs, pour passer à l'extrémité nord de l'île, sous prétexte d'aller se livrer à la recherche de l'or dans la vallée du Diahot, où les bras manquaient pour le lavage des terrains aurifères, mais en réalité pour y être à l'abri de toute surveillance et pouvoir, en cas d'échec, se réfugier dans les montagnes, où ils avaient la presque certitude de ne pas être poursuivis et de pouvoir se cacher jusqu'à une nouvelle occasion favorable.

Ce stratagème ne pouvait manquer de réussir.

Les chercheurs d'or, attirés de ce côté par l'appât des dernières découvertes, demandaient avec instance des ouvriers, qu'ils payaient chèrement, et les autorités, désireuses de favoriser une industrie qui pouvait, en peu de temps, attirer dans l'île une colonie considérable et faire de la Nouvelle-Calédonie une seconde Californie, ne demandaient pas mieux que de mettre à leur disposition le plus grand nombre possible d'ouvriers.

En quelques mois, tout l'état-major de la conspiration se trouva donc réuni dans la célèbre vallée, n'attendant plus que son chef pour mettre leur projet à exécution.

Celui-ci, toutefois, ne se hâtait pas, il sentait qu'il était nécessaire de réussir du premier coup, et ne voulait rien laisser au hasard de ce qu'il pourrait lui enlever.

Une autre raison l'avait aussi retenu à Nouméa, la soif de la vengeance.

Mulasse l'avait, en effet, informé du séjour de Vincent à la station de Koë. Or, Beslier, qui avait cru se faire un esclave dévoué du déporté, ne pouvait pas lui pardonner ce qu'il appelait sa trahison, et était résolu à l'en punir d'une manière terrible, soit dans sa personne, soit dans celle de sa famille.

Peu s'en était fallu, en effet, que la disparition subite de celui qu'il représentait comme l'instrument aveugle de ses volontés ne le déconsidérât entièrement aux yeux des Compagnons du Désespoir, dont il était le chef.

On se souvient que le boucher, son rival, avait profité de cette occasion pour amener une scission dans le groupe des affiliés de l'île Ducos, et quoique cette tentative eût échoué, la confiance des Compagnons dans leur ancien chef n'en avait pas moins été si fortement ébranlée que, pour reconquérir son prestige, Beslier était résolu, coûte que coûte, à punir le déserteur et à le forcer, en dépit de tout, à remplir toutes les obligations auxquelles l'astreignait l'imprudent serment par lequel il s'était lié

A partir de ce jour, la persécution contre Vincent avait commencé.

Pour Beslier, la reconnaissance ne comptait pour rien, mais la vengeance pour tout.

Ne pouvant atteindre son ennemi dans sa personne, il s'était attaqué à celle de son protecteur, M. Joubert.

Les intelligences, qu'avec une habileté perfide, le chef des Compagnons entretenait parmi les Canaques lui avaient permis de causer de graves préjudices au planteur, sans que celui-ci pût soupçonner la main d'où partaient les coups qui le frappaient.

Quand on veut faire sortir un renard de son terrier, disait le vieux communard à son ami le forçat Mulasse, il n'y a pas de meilleure méthode que de l'enfumer.

On sait comment, en effet, moins pour se soustraire à de continuelles vexations que pour mettre un terme aux attentats commis sur la propriété qu'il habitait, Vincent s'était résolu à s'en éloigner, avec sa femme et sa fille.

Mais, encore une fois, en quittant Koé, le déporté, grâce à l'aide du Père Louis, avait disparu sans que ceux qui le guettaient pussent deviner ce qu'il était devenu.

Toutes les finesses de Beslier, pour retrouver la trace du fugitif, avaient avorté.

Ne pouvant pas parvenir à se venger de Vincent, et pressé d'organiser l'évasion qu'il méditait, le chef des Compagnons du Désespoir s'était enfin décidé à renoncer à ses projets de vengeance pour aller rejoindre ses complices.

Dans ce but, il avait abandonné, sous un prétexte quelconque, son emploi dans les bureaux du gouvernement, et demandé l'autorisation de venir à Balade, pour y fonder, disait-il, un atelier de cordonnerie.

L'autorisation lui avait été accordée, et depuis un mois environ il s'était établi, avec deux ou trois ouvriers, ses complices, qu'il était censé diriger, dans une case de Balade, à quelques kilomètres de Pouébo.

Il était loin alors de se douter que Vincent demeurât si près de lui.

Mulasse, devenu muletier au service d'un chercheur d'or, pour lequel il faisait de fréquents voyages soit à Balade, soit à Poni et dans la montagne, lui servait d'émissaire.

A partir de ce jour, il avait redoublé d'efforts et déployé toutes les ressources de son imagination.

La conspiration, qui jusque-là n'avait existé qu'en projet, devenait de jour en jour plus sérieuse et paraissait réunir toutes les chances du succès le plus complet.

On sait que la pointe extrême de l'île, depuis Balade jusqu'à Banibari, est très-irrégulièrement découpée et offre à la petite navigation des criques sans nombre où il est facile à un canot, même d'un fort tonnage, de s'abriter sûrement.

Beaucoup de caboteurs, attirés par la spéculation, fréquentaient ces parages, les uns pour s'y livrer à la pêche du trépang, les autres pour exploiter les bois, d'autres encore apportant, soit aux habitants de Balade, soit aux mineurs du Diahot, vivres, habits et instruments exportés de l'Australie ou provenant de Nouméa.

Il s'agissait de surprendre une de ces embarcations isolées, faire son équipage prisonnier après en avoir, au besoin, massacré le capitaine et, en profitant de la passe Jundé ou de celle des Anglais, faire voile pour l'Australie avant que l'éveil eût été donné aux autorités.

Seulement, comme pour ce coup de main il fallait exposer sa vie et que, des quatorze Compagnons du Désespoir disséminés dans ces parages, deux ou trois seulement eussent été disposés à tenter l'aventure, Beslier avait imaginé un stratagème parfaitement combiné.

Au lieu de faire attaquer l'équipage par ses compagnons, il emploierait son allié Toundo, en lui abandonnant la cargaison du navire qu'il serait facile de transporter et de cacher dans les montagnes, tandis que lui et ses complices feraient disparaître, en s'embarquant, la trace du délit, c'est-à-dire le canot et son équipage.

Si le coup réussissait, les fugitifs n'auraient qu'à s'embarquer immédiatement ; si, au contraire, l'équipage résistait, ils se disperseraient aussitôt, laissant à Toundo la responsabilité de son agression, sans qu'il pût les convaincre d'en être les instigateurs.

Ou si enfin, par malheur, quelqu'un des Compagnons s'était compromis, il aurait la ressource de s'enfuir dans la montagne et de s'y cacher jusqu'à une nouvelle occasion.

Le mot d'ordre étant donné partout, chaque navire était épié sans s'en douter, et tout un système télégraphique de feux disposés sur les montagnes, prêt à donner le signal de la réunion sur l'ordre du chef suprême.

Bien résolu à ne rien brusquer, celui-ci attendait patiemment, recevant presque chaque jour les rapports de ses émissaires, dont son plus grand souci était de modérer la précipitation, lorsqu'un soir entra précipitamment dans son atelier Mulasse, essoufflé et les yeux brillants.

Plusieurs personnes se trouvaient en ce moment dans le magasin, et le chef de la maison, comme il s'intitulait modestement, leur montrait ses chaussures avec son plus agréable sourire quand le forçat entra comme un ouragan.

Du premier coup d'œil, Beslier vit qu'il allait parler.

— Que désire monsieur ? fit-il en s'avançant aussitôt pour couper court à toute indiscrétion.

Mulasse comprit le signe qui accompagnait cette demande et balbutia quelque chose.

— Veuillez attendre un instant, on va vous servir, reprit le négociant ; le temps de satisfaire ces messieurs et je suis à vous.

Puis il continua son boniment comme s'il n'eût pas eu d'autre souci que celui de vendre sa marchandise.

Au bout de quelques minutes, les acheteurs sortirent.

— Viens, fit alors Beslier en entraînant Mulasse dans le jardin qui se trouvait derrière sa case; tu as sans doute quelque chose d'important à m'annoncer?

— J'arrive de Pouébo, et j'y ai vu quelque chose.

— Oui, je le sais; l'*Arche d'alliance*, mauvais endroit, il n'y a rien à faire et, qui plus est, mauvais navire.

— Mauvais! il est superbe, au contraire.

— Très-mauvais; il appartient à la Mission, et fût-il dans la crique la plus déserte, jamais nos alliés ne consentiraient à.....,

— C'est possible, mais ce n'est pas de cela que je voulais te parler. Sais-tu que Gondou est mort?

— Je l'ai appris hier au soir; mais cela a aussi très-peu d'importance; Toundo n'avait rien à craindre de lui, et cet événement ne change en rien ses dispositions.

— Je l'ai vu apporter avant-hier mourant sur la plage; il y avait un monde énorme; on l'a déposé dans l'infirmerie.

— Et transporté à Magalave, m'a-t-on dit.

— Tout cela est vrai, mais ce n'est pas tout.

— Peu importe, te dis-je.

— Ah! peu importe; eh bien! puisque tu es si bien informé, pourrais-tu me dire qui le gardait sur son lit en récitant des prières?

— Un prêtre, sans doute.

— Non, une femme.

— La sienne ou Aïka, sa fille.

— Ni l'une ni l'autre.

— Alors je ne sais pas.

— Et moi je le sais parce que je l'ai épiée par la fenêtre sans être vu et que je l'ai parfaitement reconnue. Celle qui le gardait n'était autre que la citoyenne Vincent.

III.   13

— Louise Vincent ! s'écria Beslier dont les yeux brillèrent d'une joie sauvage. En es-tu sûr, au moins ?

— Parfaitement sûr.

— Ils sont donc à Pouébo, les misérables ?

— A la Mission, depuis plusieurs mois ; ils y sont venus de Koé directement. J'ai vu Vincent le traître ; lui aussi, il était allé à Magalave, mais j'ai attendu son retour jusqu'à ce matin.

— T'a-t-il vu, lui ?

— Non, certes ; il ne se doute pas que j'ai découvert sa retraite. Je l'ai suivi, en me cachant, jusqu'à la case qu'il occupe au bout d'un jardin, à l'extrémité du village. Ai-je gagné la récompense promise ?

— Tu l'as gagnée et tu la toucheras, pas plus tard que tout à l'heure, fit le déporté en lui serrant la main avec force ; mais, dis-moi, ne sais-tu pas autre chose ?

— Paie-moi d'abord, reprit Mulasse, avec son mauvais sourire ; les bons comptes font les bons amis.

— Voici l'argent, fit le communeux, en sortant une pièce d'or de sa poche ; et peut-être y en aura-t-il le double à gagner, si tu sais retenir ta langue et ne pas donner, comme la première fois, l'éveil au gibier.

— Peut-être, n'est pas un engagement.

— Il y aura quarante francs de plus pour toi, s'écria Beslier, qui ne comptait plus en ce moment, si tu m'aides à venger les Compagnons du Désespoir de la trahison de cette canaille, je te le jure ; mais, dis-moi, que sais-tu de plus ?

— Que ce monsieur se porte très-bien, qu'il est gros et frais comme un rentier de Paris, et qu'il a, comme à Koé, un jardin à lui et une maison, où il demeure avec sa femme, sa fille et la sauvagesse, et où il ne serait pas difficile de le flamber, en y mettant le feu pendant la nuit.

— Garde-t'en bien, il nous échapperait encore, et nous nous compromettrions pour rien.

— Alors, que faut-il faire ?

— Me répondre.

— Alors, parle.

— Que font-ils là-bas, et comment vivent-ils?

— Comme à Koé, exactement; le père est maçon ou jardinier, la mère s'occupe de la laiterie et la fille travaille à la fabrique d'huile de cocos.

— Séparément, alors?

— Sauf à l'heure des repas; je tiens tous ces détails d'un Canaque de mes amis.

— A quelle heure sont leurs repas?

— A neuf heures, deux heures et six heures du soir, en hiver, sept en été; après le dernier, ils ne se séparent plus.

— Tu es certain, bien certain de ce que tu avances.

— Parfaitement.

— Alors, je tiens ce scélérat, et il ne m'échappera pas, gronda le bandit; où es-tu, en ce moment-ci?

— A Pouébo, où il faut que je retourne sur-le-champ.

— Pour combien de temps?

— Vingt-quatre heures au plus.

— Et puis?

— Je repars pour la vallée.

— C'est bon. Comment se nomme le Canaque, ton ami?

— Bouri-Bouri.

— Envoie-le-moi, j'ai à lui parler.

— Pour qu'il fasse le coup et reçoive la récompense à ma place? Merci.

— Tu es bien défiant.

— Je suis prudent, voilà tout.

— Veux-tu vingt francs, et tu n'auras aucun risque à courir?

— J'aime autant cela.

Beslier sortit une seconde pièce d'or de son porte-monnaie.

— A présent, que vas-tu faire? lui demanda le forçat.

— Cela me regarde.

— C'est vrai, fit Mulasse, en empochant l'argent; bon succès et au revoir! N'as-tu pas autre chose à me recommander?

— Dire aux camarades que tout va bien, ne parler à personne de Vincent et continuer à surveiller les embarcations qui peuvent entrer dans les criques.

— Alors, rien de nouveau ; bonsoir!

— Bonsoir! Envoie-moi Bouri-Bouri.

Le lendemain, Bouri-Bouri arriva.

C'était un espion de Toundo, établi en qualité de pêcheur à Pouébo; grand, leste, vigoureux, mais le front bas, le regard mauvais, et dans la coupe du visage quelque chose de bestial.

Une vraie figure de coquin déterminé ; Beslier n'aurait pas pu mieux rencontrer : il ne leur fallut pas longtemps pour s'entendre.

Vincent, de retour à Pouébo, avait repris ses occupations, sans rien soupçonner.

Seulement il avait eu une fameuse peur pendant la nuit passée à la forêt.

— Si jamais j'ai cru devoir être rôti vivant, c'est bien cette fois, répétait-il à sa femme et à sa fille, en leur racontant, avec émotion, les dangers qu'il avait courus.

» Figurez-vous que tout le monde dormait autour du feu de bivac, lorsqu'une clarté extraordinaire me réveilla.

» Aussitôt que je fus sur pied, je m'aperçus que le feu venait de prendre aux broussailles qui nous entouraient, et se déployait déjà en demi-cercle menaçant, s'avançant sur nous de manière à nous fermer toute issue, car nous étions adossés à des rochers à pic, infranchissables de ce côté et du haut desquels tombe une cascade qui alimente un torrent qui, grossi par les pluies, se trouvait trop rapide en ce moment pour qu'il fût possible de le traverser.

» Entre se noyer ou se brûler, il n'y avait pas de choix possible à mes yeux, car avec cette insouciance qui caractérise les Canaques, ceux-ci avaient entassé autour de notre feu des monceaux de copeaux et de branchages résineux qui devaient nécessairement donner à l'incendie un nouvel aliment.

» J'éveillai aussitôt le missionnaire et les ouvriers; mais, à mon grand étonnement, aucun d'eux n'eut l'air de se préoccuper d'une situation aussi critique et, pendant que le prêtre regardait tranquillement le commencement de l'incendie, plusieurs d'entre les Canaques se recouchèrent paisiblement, en s'enveloppant la tête de leurs couvertures pour se garantir de la fumée poussée par le vent.

» En vérité, c'était à n'y rien comprendre.

» Les flammes avançaient toujours, elles allaient atteindre les matières combustibles qui nous entouraient.

» Les ouvriers continuaient à dormir ou à regarder, avec la même apathie que s'il ne s'était agi que de la chose la plus ordinaire; le missionnaire même ne s'en émouvait pas autrement.

» — Vous voulez donc brûler vivants sur place, sans remuer? m'écriai-je, stupéfait de cette nonchalance.

» Eux riaient.

» J'étais exaspéré.

» Enfin le Père se décida :

» — Allons, enfants, il est temps, dit-il.

» Aussitôt cinq ou six sauvages se levèrent, coupèrent des branches chargées de feuillages, qu'ils allèrent tremper dans le torrent ; puis, bondissant et trépignant comme des démons, ils se lancèrent au-devant des flammes, frappant de droite et de gauche avec leurs balais mouillés, de manière à faire reculer l'incendie qui, après avoir lutté un moment pour franchir le cercle qu'ils traçaient autour de nous, recula peu à peu et, changeant de direction, se porta du côté de la rivière, dévorant à peu près un arpent de broussailles, au milieu desquelles, de distance en distance, flambaient quelques grands arbres, d'où le vent faisait tomber une pluie d'étincelles.

» Tout le dégât se borna là et, grâce à la rivière, le reste de la forêt fut épargné, ce qui n'arrive pas toujours en pareil cas. »

Le reste de la nuit s'écoula aussi tranquillement que si rien ne fût arrivé, et le lendemain, dès la pointe du jour, les deux voyageurs, traversant l'éclaircie charbonneuse et encore chaude qu'avait déblayée l'incendie, étaient paisiblement rentrés à Pouébo, d'où, depuis une heure à peine, Mulasse venait de sortir pour reprendre le chemin de la vallée du Diahot.

Pendant que ces événements se passaient dans la Nouvelle-Calédonie, Mme de Lambescq, depuis longtemps de retour en France, s'occupait activement à solliciter la grâce de ses protégés et, grâce à d'actives démarches, avait obtenu que le ministre de la justice, très disposé à se montrer clément pour ceux des déportés qui, par leur bonne conduite, mériteraient, soit un adoucissement à leur peine, soit même une grâce entière, écrivit au gouverneur général de la colonie pour recommander à sa bienveillance le condamné Vincent, si toutefois il en était réellement digne, ainsi que l'assurait le commandant du *Magenta*.

L'inspection du dossier de Vincent et les informations données par M. Joubert lui étaient aussi favorables que possible.

Cependant, avant de prendre une décision, le gouverneur demanda aux missionnaires de Pouébo un rapport détaillé sur le condamné.

Quinze jours à peine après la mort de Gondou, le Père Jean fit appeler Vincent et lui montra à la fois la lettre émanant des bureaux de M. de la Richerie, et la réponse qu'il lui faisait.

Cette réponse était un éloge complet du déporté et de sa famille.

— Je pourrais la renvoyer directement, fit le Père, après l'avoir lue, mais je préfère la faire parvenir d'abord au Père Louis qui la remettra lui-même et l'appuiera de toute son influence auprès du gouverneur.

» D'après la lettre de Son Excellence, je vois qu'on est déjà très-bien disposé pour vous à Nouméa, et je ne doute pas que vous n'obteniez facilement, comme colon libre, une concession là où vous la désirerez ; puis, dans quelques années, la permission de rentrer en France avec votre famille.

On comprend l'effet que produisit cette nouvelle inattendue sur Vincent ; il voulut parler, mais la voix lui manqua et, fondant en larmes, il se jeta dans les bras que lui ouvrait le digne prêtre.

— Mon ami, ajouta celui-ci, quand la première émotion fut passée, il faut vous préparer sur cet heureux changement d'état, en réfléchissant sérieusement à ce que vous comptez faire dans le cas très-probable où votre liberté vous sera rendue.

» Vous êtes maçon de votre métier et vous pouvez facilement gagner beaucoup d'argent en vous établissant à Nouméa, où les ouvriers habiles font défaut ; mais, d'après ce que j'ai appris des persécutions dirigées contre vous, par l'ancien chef des Compagnons du Désespoir, peut-être serait-il plus prudent, soit d'exercer votre industrie à Balade, par exemple, soit de vous établir tout simplement comme cultivateur dans les environs de Pouébo, où le territoire est très-fertile.

— M'établir comme colon, répondit Vincent, est en effet, non pas mon projet, puisque j'étais loin de m'attendre à une libération si prompte, mais l'idée que je caressais depuis longtemps. Aujourd'hui, si le choix du lieu m'est accordé, je n'hésiterais plus un instant.

— Quel est celui que vous choisiriez ?

— Kanala.

— C'est en effet un endroit très-favorable à l'agriculture, mais cependant pas le meilleur. Quelle est donc la raison qui vous ferait opter pour cet endroit plutôt que pour tout autre ?

— Je vais vous en donner deux raisons, mon Père : la première, c'est que Pouébo est trop près de Balade, ville qui, elle-même, touche presque à la riche vallée du Diahot, rendez-vous général des chercheurs d'or et par conséquent des déportés qu'ils emploient. Jusques ici, grâce à l'obscurité de ma position dans la Mission, personne n'y a soupçonné ma présence; mais, le jour où je deviendrais colon, je serais infailliblement découvert et en proie aux mêmes vexations qu'à Koé, tandis que Kanala est, par sa position, éloigné de tout, et par conséquent plus sûr pour moi.

» Enfin, la seconde raison, et peut-être la principale, c'est que la fille de Gondou, l'amie intime de ma femme, et devenue presque notre fille, depuis la mort de son père, possède une grande étendue de terres que nous pourrions faire valoir en commun, sans nous séparer pendant notre séjour dans l'île, et dont l'amélioration lui profiterait au moment de notre départ.

— Vos raisons me paraissent en effet excellentes, fit le prêtre; cependant, ne prenez encore aucune résolution arrêtée, avant de vous être consulté avec votre femme et d'avoir pris les renseignements les plus sûrs, vous avez encore un mois au moins devant vous pour mûrir vos projets; mettez ce temps à profit, puis, quand votre parti sera irrévocablement pris, revenez me trouver, et je me mettrai à votre disposition.

En sortant de chez le Père Jean, le déporté retourna à sa maison, où l'attendait sa femme, inquiète de cette entrevue, dont elle ne connaissait pas les motifs.

Sa joie fut grande quand son mari lui en eût raconté tous les détails; pour elle, la liberté rendue à Vincent, c'était presque une réhabilitation, et son imagination, plus vive que celle du condamné, lui montrait déjà, dans un avenir prochain, sa petite maison de Mareuil où, après tant d'aventures et de chagrins, elle retrouverait le calme et le bonheur.

Aïka ne fut pas moins heureuse; elle ne regardait pas si loin, et son horizon ne s'étendait pas au-delà de Kanala où, revenue de ses idées d'ambition et renonçant volontiers à la vie sauvage, pour la-

quelle une récente expérience lui prouvait qu'elle n'était plus propre,
elle vivrait dans une nouvelle famille civilisée, chrétienne, ayant des
serviteurs qui garderaient ses nombreux troupeaux, sous la surveillance et la direction de Vincent, tandis qu'elle, n'étant plus obligée,
comme l'avait été, toute sa vie, sa mère, à porter de lourds fardeaux,
à travailler la terre de ses mains ou à pagayer sur une pirogue, vivrait paisiblement, dans une jolie maison de pierres à l'européenne,
partageant avec Louise les soins peu fatigants du ménage, ou se
promenant au milieu des fleurs de son jardin, avec Germaine, devenue une charmante jeune fille.

Les châteaux en Espagne sont de tous les pays; chacun bâtissait le
sien, jusqu'à la vieille Canaque qui, après s'être déchiqueté les
joues, et après avoir poussé des hurlements de douleur pendant trois
jours, commençait déjà à trouver qu'il valait mieux pleurer Gondou
que de le servir, et que passer sa vie à ne rien faire, en mangeant le
plus possible, était de beaucoup préférable à un travail continu, souvent suivi d'un jeûne forcé.

Germaine, seule, regrettait la mer; elle se consola en pensant qu'à
Kanala elle en serait peu éloignée et que la colline sur laquelle s'é-
lèverait leur nouvelle demeure ne ressemblait en rien aux rochers
escarpés à la pointe desquels se perchait Magalave.

Les jours qui suivirent parurent bien longs à la petite colonie,
sauf les soirées remplies par les projets que chacun brodait suivant
ses caprices; mais au bout de la seconde semaine, aucune réponse
n'arrivant de Nouméa, l'inquiétude commença à faire sa tache noire
sur ce beau ciel bleu.

L'interminable semaine qui vint après augmenta encore les
appréhensions; enfin une lettre arriva : elle était du Père Louis, et
fut comme un rayon de soleil.

Le bon missionnaire écrivait que tout était pour le mieux; il avait
vu le gouverneur, qui lui paraissait on ne peut mieux disposé et lui
avait fait les promesses les plus rassurantes.

Après deux grandes pages de détails et de conseils, l'excellent missionnaire terminait en les invitant à se préparer à un prochain changement d'état, et à arrêter prudemment leurs résolutions, après avoir préalablement consulté le Père Jean, dont l'expérience consommée leur serait d'un grand secours.

Le même caboteur, qui apportait cette lettre à Pouébo, venait de déposer à Balade un sac de dépêches dans lequel se trouvait un pli cacheté, à l'adresse de M. Beslier, fabricant de chaussures; il ne venait pas de Nouméa et portait le timbre d'un village de la côte.

Sans doute le maître cordonnier s'attendait à le recevoir, car, après l'avoir ouvert et sans même regarder les quelques lignes, très-espacées, dans lesquelles son correspondant lui faisait la commande d'une douzaine de demi-bottes en cuir le plus fort, pour l'usage des chercheurs d'or de la vallée du Diahot, il s'approcha de son poêle et exposa le papier à une forte chaleur.

Presque aussitôt, une écriture serrée, menue, invisible d'abord, apparut entre les lignes, se dessinant en jaune pâle, qui bientôt tourna au noir.

Ce n'était pas la première fois que le chef des Compagnons du Désespoir recevait de ces lettres écrites avec le suc de certaines plantes qui peut, avec avantage, remplacer, dans la correspondance, l'usage des encres sympathiques.

Il fallait que les nouvelles contenues dans ce papier fussent bien importantes, car, dès les premiers mots, le visage du conspirateur prit une expression étrange, et tout aussitôt, sortant de son magasin, il alla s'enfermer dans sa chambre, à double tour, pour lire sans être dérangé.

C'est qu'en effet une occasion unique, une occasion que Beslier aurait dit envoyée du ciel, s'il n'avait pas nié l'existence de Dieu, s'offrait pour la réussite de la conspiration.

Dans une anse, entièrement déserte, un longre, d'une vingtaine de tonneaux, venait de jeter l'ancre et de débarquer son équipage chinois, venu d'Australie pour se livrer à la pêche lucrative du trépan.

Déjà l'équipage s'occupait à installer sur le rivage les chaudières dans lesquelles, comme nous l'avons dit plus haut, on fait bouillir l'holoturie, pour la débarrasser du mucilage dont elle est enveloppée, et à élever les séchoirs ou claies sur lesquelles on la sèche.

Ces préparatifs indiquaient clairement que, d'au moins quinze jours, peut-être un mois, le navire ne reprendrait la mer.

Par un surcroît de fortune, les pêcheurs, afin de ne pas perdre leur temps, avaient apporté avec eux une provision de riz suffisante pour leur nourriture pendant la saison de la pêche.

Enfin, l'équipage étant chinois, il était peu probable que les autorités s'occupassent beaucoup de veiller à sa sécurité, surtout sur un point de la côte à peu près désert.

Après avoir lu et relu cette intéressante dépêche, le vieux déporté croisa ses bras sur sa poitrine et parut se plonger dans une profonde méditation.

Enfin il se releva, mais décidé cette fois, brûla la lettre compromettante et appela deux de ses ouvriers canaques; à l'un il donna une paire de chaussures, qu'il le chargea de porter à Pouébo immédiatement, pour la remettre à Bouri-Bouri en personne; à l'autre, trois morceaux de cuir d'égale longueur, pour Mulasse, avec un morceau de drap rouge.

Les deux envoyés partirent aussitôt.

Le même soir, celui qui revenait de Pouébo, vint rendre compte de sa mission.

Bouri-Bouri faisait dire que les bottes seraient remises.

Le messager parti pour la vallée du Diahot ne rentra que le lendemain dans la journée.

Le forçat avait dit seulement:

— La commission sera faite; je pars pour la montagne.

Et, en effet, il s'était mis en route.

La lettre étant de lui, on comprend qu'il n'avait pas besoin d'explications.

Le soir, vers cinq heures et demie, Bouri-Bouri sortit de sa hutte et alla s'asseoir dans un petit chemin qui, de l'huilerie de la Mission, conduisait à la case occupée par la famille Vincent. Il n'avait aucune arme, mais une corde de deux mètres environ de longueur, un mouchoir d'indienne roulé autour de la tête et un sac de toile.

— Que fais-tu donc là? lui demanda Vincent, qui passait, en revenant de l'ouvrage.

— Je viens d'apporter des patates à la Mission, et je me repose, répondit le Canaque, en souriant.

— Tu m'as plutôt l'air d'aller en voler dans les champs, pensa l'ouvrier.

Et il passa.

En rentrant chez lui, il trouva Louise qui mettait la table.

— Germaine est-elle de retour? fit-il.

— Elle ne rentre jamais avant six heures, répondit la mère; dans un quart d'heure elle sera là.

Une heure se passa, l'enfant ne reparaissait pas. Son père sortit pour aller au-devant d'elle.

Il n'était plus temps !

CHAPITRE XI

L'enlèvement

———

Bouri-Bouri était expert en fait de crimes et, toutes ses précautions bien prises, le lieu qu'il avait choisi pour faire le coup témoignait de sa prudence; d'abord, il était désert, ensuite, à quelques pas de l'endroit où le scélérat fumait sa pipe avec une apparence si inoffensive, venait s'embrancher un petit chemin aboutissant à un bouquet de palmiers, sous lesquels paissait un cheval retenu à un pieu par une longe.

Dans le bois, toute trace de chemin disparaissait, mais pour se montrer de nouveau de l'autre côté et se diriger presque perpendiculairement vers la montagne.

Il n'y avait pas cinq minutes que le maçon venait de passer, quand Germaine arriva de l'huilerie, son petit panier au bras, hâtant le pas pour rejoindre plus tôt sa famille et fredonnant un cantique que, dans la journée, ses compagnes avaient chanté en s'occupant de leurs travaux.

La rencontre de Bouri-Bouri, qui s'était levé et marchait lentement dans la même direction, ne pouvait pas l'effrayer; elle continua son chemin et le rejoignit.

En mauvais français, le Canaque lui demanda où elle allait.

— A ma case, répondit-elle; et toi?

— Moi aussi; nous allons faire route ensemble.

Germaine se serait bien passée de sa compagnie, mais n'en témoigna rien.

— Ah! fit tout-à-coup le Canaque, qu'est-ce donc que cela?

— Je ne vois rien.

— Si, là, dans le chemin, à gauche, on dirait.....

L'enfant, étonnée, s'était arrêtée pour regarder.

Tout-à-coup elle poussa un cri, étouffé sous le mouchoir dont le sauvage venait de lui couvrir la bouche.

Elle voulut l'arracher, mais, lui, en un tour de main, lui attacha les bras derrière le dos, roula le bout de sa corde autour des pieds; puis, la soulevant sans peine, la plongea dans le sac, qu'il noua et jeta sur ses épaules.

Avant que l'enfant, à demi-morte de frayeur et respirant à peine, fût revenue à elle, le ravisseur, courant vers le bois, avait détaché le cheval et galopait vers la montagne.

Quelques colons, qui revenaient du travail, le virent passer le long de la rivière, toujours courant, avec un sac posé en travers devant lui; mais, ne sachant ce que c'était, ils n'essayèrent pas même de lui barrer la route.

Le fugitif était déjà bien loin lorsque l'un d'eux fit la remarque, malheureusement tardive, que cet homme pourrait bien être un voleur fuyant avec son butin.

Arrivé au pied de la montagne, Bouri-Bouri mit pied à terre et, laissant le cheval, appartenant à un colon, devenir ce qu'il pourrait, se jeta dans un petit sentier écarté, qui l'eut bientôt conduit dans un véritable dédale de rochers, où seul un Canaque de la montagne était capable de retrouver son chemin.

Là, ne craignant plus d'être poursuivi, et d'ailleurs arrêté par l'obscurité de la nuit, il fit halte dans un massif, retira l'enfant du sac et, après lui avoir montré son couteau, en la menaçant de la tuer au moindre cri, lui enleva son bâillon, desserra les liens qui attachaient ses bras et le força de s'asseoir au pied d'un niaouli, sur le sac qui devait, pendant cette nuit terrible, lui servir de matelas et de couverture.

A demi-morte de frayeur, Germaine obéit, mais, comme il est facile de le penser, ne put fermer l'œil et ne fit que pleurer jusqu'au matin.

Cependant, comme on se le rappelle, Vincent ne voyant pas rentrer sa fille et étonné de son retard, sortit pour aller au-devant d'elle.

Plutôt surpris qu'inquiet, il se dirigeait vers l'huilerie, regardant devant lui et cherchant à s'expliquer cette absence, lorsqu'en passant près de l'endroit où il avait rencontré le Canaque, son pied heurta quelque chose dans le chemin.

Machinalement il regarda cet objet.

C'était un petit panier à demi-brisé, d'où s'était échappé un catéchisme, sur lequel quelqu'un avait trépigné.

Le panier et le livre appartenaient à sa fille.

Alors, il se souvint des menaces anonymes si souvent proférées contre lui et, la tête perdue, il s'élança, en courant, vers l'huilerie, demandant sa fille à grands cris.

Elle était partie, comme d'habitude, à cinq heures trois quarts, et aurait dû être rentrée à six heures chez ses parents.

— Malheur! malheur! s'écria-t-il, ils me l'ont enlevée!

Et, sans donner aucune explication, il repartit, toujours courant.

Les colons qui rentraient à Pouébo, le rencontrèrent, fouillant les buissons, près de l'endroit où il avait trouvé le panier, et s'arrachant les cheveux.

— Qu'avez-vous perdu, brave homme? lui cria un des laboureurs.

— Ma fille, une enfant de six à sept ans; ne l'auriez-vous pas vue?

— Non, mais nous avons rencontré un homme à cheval, un Canaque, qui semblait fuir vers la montagne, en emportant un sac.

— Ah! le misérable! C'est Bouri-Bouri, c'est lui qui l'a enlevée; de quel côté a-t-il passé?

— Il doit être déjà dans la montagne, et vous ne pourriez pas le rejoindre; le mieux, c'est d'avertir la police.

— Et, en attendant, ces misérables la dévoreront, s'écria le malheureux père en se tordant les bras de désespoir.

Il fallut presque employer la force pour le retenir.

Cependant, le personnel de la Mission craignant quelque funeste accident, dont on ne pouvait deviner la nature, accourait de tous côtés.

— Mon père! mon père! rendez-moi ma fille, au nom du ciel, sauvez-la, vociférait Vincent.

Ce qu'il demandait n'était malheureusement pas possible, mais le Père Jean ne fut pas de l'avis de ceux qui voulaient attendre qu'on eût envoyé chercher la police à Balade.

Il y avait à la Mission deux chevaux de selle; il les envoya chercher.

— Vous en prendrez un et moi l'autre, dit-il à Vincent; je connais la montagne; en quelques heures nous pouvons être à l'exploitation. Je ferai fouiller le pays par nos Canaques, qui n'ont pas d'égaux pour suivre une piste; vous, Père Marie, expédiez un courrier à Balade, pour demander quelques tayots-fusils, et vous, Boudi, courez jusqu'à la case pour vous assurer si l'enfant n'est pas rentrée, et si tout cela n'est pas une fausse alerte.

— J'y vais moi-même, s'écria Vincent; il ne faut pas que ma femme apprenne le malheur par un autre que par moi.

Un instant après, il était de retour, suivi de Louise et d'Aïka, éplorées.

Jamais scène n'avait été plus dramatique.

Déjà les chevaux arrivaient, les deux courriers allaient partir, lorsque Aïka eut une idée :

— Amenez Fidèle, dit-elle; mieux que personne il saura retrouver la trace de sa maîtresse.

— Marie a raison, fit le Père Jean; allez me chercher le grand levrier gris de la Mission.

— Il faudrait aussi des fusils, cria quelqu'un.

— Nous n'en avons pas à la Mission, répondit le Père Jean; d'ailleurs, nos chasseurs en ont là-haut.

Un quart d'heure après, les deux cavaliers partaient, Vincent portant Fidèle sur sa selle, et Varior, le grand levrier, trottant toujours à la tête des chevaux.

En route, ils rencontrèrent une jument blanche, qui revenait, au demi-galop, vers Pouébo, en traînant sa longe sur le chemin.

A dix heures du soir, et après avoir failli se rompre le cou vingt fois dans les rochers, ils arrivaient au campement, où tout le monde était endormi.

Mais les Canaques ont le sommeil léger; en un instant tous furent sur pied.

Vincent aurait voulu se mettre en chasse aussitôt, c'était tout simplement une impossibilité d'autant plus grande que, soit terreur des ténèbres, soit difficulté de pouvoir se diriger, les Néo-Calédoniens ne marchent jamais la nuit.

Tout ce qu'il put obtenir fut que des sentinelles fussent posées aux environs du camp, en particulier sur les sentiers qui conduisent à Magalave.

Le déporté voulait veiller, lui aussi; mais le missionnaire s'y opposa, parce que, le lendemain, il aurait besoin de toutes ses forces.

Il passa sa nuit à prier et à pleurer.

Au point du jour, il fut le premier prêt à partir; mais, ainsi que l'en avait averti son compagnon, il ne tarda pas à s'apercevoir qu'il n'était pas de force à lutter avec les sauvages.

Il n'avait pas fait cent pas dans la forêt, qu'il se vit seul; l'un

après l'autre, les batteurs de terrain avaient disparu dans les broussailles comme des ombres qui s'évanouissent, et quoiqu'il sût qu'ils
étaient près de lui, il ne pouvait, même en prêtant l'oreille avec le
plus grand soin, entendre le moindre bruit.

Fidèle et Varior, bondissant au milieu des branchages, auraient
pu donner l'éveil à une grande distance, et il fallut que l'un des
chasseurs, se repliant sur le camp, allât prier le Père Jean de rappeler près de lui le Français et les chiens, s'il ne voulait pas compromettre absolument le succès de la battue.

Le missionnaire fit de suite revenir Vincent, en lui promettant
que dès que la trace serait découverte on lâcherait les chiens qui,
mis une fois sur la voie, deviendraient aussitôt de précieux auxiliaires, tandis que, chassant au hasard, et sans savoir quoi, ils ne pouvaient être, pour le moment, qu'un obstacle.

Cependant, Bouri-Bouri qui, avec cette sagacité particulière à sa
race, devinait qu'il serait imprudent de traverser la forêt, dans le
voisinage du campement, avait, aux premières lueurs du jour, chargé de nouveau l'enfant sur ses épaules et, en ayant soin de se tenir
continuellement dans des endroits pierreux, où le pied ne laisse aucune trace, avait contourné la montagne presque par sa base, pour
remonter ensuite vers Magalave, du côté opposé à l'exploitation.

Son stratagème avait complétement réussi, car, lorsqu'à la nuit
tombante, les chasseurs se replièrent sur le camp, où cinq tayots venaient d'arriver, ils n'avaient rien découvert.

Vincent était désespéré.

Un grand conseil fut tenu, dans lequel chacun donna son avis;
celui du chef des miliciens indigènes, plus habitué que tous autres
à ce genre d'expéditions, fut reconnu comme le meilleur et adopté à
l'unanimité.

— Au lieu de battre le bois à l'aventure, dit-il, le mieux, et c'est
même le seul moyen praticable, est de redescendre la montagne jusqu'à l'endroit où nous verrons cesser les traces du cheval sur lequel

la jeune fille a été enlevée ; quatre ou cinq chasseurs se joindront à nous pour relever la piste, que nous retrouverons nécessairement, puisque Bouri-Bouri ne peut pas s'être envolé comme une tourterelle bleue ou une roussette.

» Une fois cette piste relevée, nous y mettrons les chiens, et en une heure, nous ferons plus qu'autrement dans une journée.

Le missionnaire expliqua à son protégé ce plan, exposé en langue canaque ; et, quoique désolé d'avoir perdu un temps si précieux, le déporté sentit l'espoir renaître dans son cœur.

Pendant que cette recherche désespérée se poursuivait dans la montagne, Louise, au comble de la douleur, passait jour et nuit en prières, offrant sa vie pour celle de sa Germaine, et faisant vœu sur vœu, afin d'obtenir que l'enfant fût sauvée.

La pauvre mère ne se doutait pas, en ce moment, que l'auteur de cet enlèvement et ses complices se mettaient, eux aussi, en campagne pour assurer leur vengeance et tenter l'évasion préparée avec tant de soin.

Le soir et le lendemain du jour où les envoyés de la Mission étaient venus prévenir la police à Magalave, dont toute la population se préoccupait de cet événement, considéré comme le présage d'une nouvelle insurrection des montagnards contre les blancs, le citoyen Beslier s'était mêlé à tous les groupes, s'indignant contre la scélératesse de ces sauvages qui menaçaient la tranquillité publique, et disant, à qui voulait l'entendre, que les vrais auteurs de ce rapt étaient probablement les habitants, non pas de la Grande-Terre, mais des îles disséminées sur la côte, beaucoup plus féroces, pouvant plus facilement se dérober aux poursuites, au moyen de leurs pirogues.

Les arguments dont il appuyait son opinion ne manquaient pas d'un certain air de vérité.

Il espérait, par là, dérouter les poursuites de la justice et pensait même y avoir réussi.

Ces précautions prises et le soir arrivé, le négociant rentra dans son magasin et en ferma la porte comme d'habitude.

Ce ne fut qu'à la nuit close, qu'avec quatre autres de ses prétendus ouvriers, il sortit furtivement par le jardin, pour se diriger rapidement vers la vallée du Diahot.

Mulasse avait bien fait les choses; en arrivant au bord de la rivière, Beslier indiqua à ses compagnons, armés comme lui, sous leurs vêtements, de couteaux et de révolvers, un arbre isolé, aux branches duquel pendait un morceau d'étoffe blanche.

En cet endroit, la rive, couverte de roseaux, paraissait complétement déserte; mais, le chef de l'expédition ayant fait entendre un sifflement particulier, les joncs s'agitèrent doucement et une embarcation accosta aussitôt.

Six hommes armés, comme les précédents, y avaient déjà pris place; les arrivants entrèrent sans échanger une parole, s'assirent sur les bancs, et les rameurs canaques, après avoir repoussé le canot, pagayèrent vigoureusement, en remontant le courant.

La nuit était splendide, sans lune, mais sereine, avec une demi-transparence, qui laissait entrevoir, comme des fantômes blancs, les nombreux villages endormis sur les bords du fleuve.

Çà et là, quelques feux de bivac, piquant l'obscurité, indiquaient par leur position les campements des chercheurs d'or.

Sur la barque, le silence le plus profond continuait à régner.

Pendant plus de trois heures on continua à avancer vigoureusement; les villages se faisaient plus rares, les feux plus nombreux.

On approchait de la montagne.

Bientôt le jour commençait à poindre; les Compagnons du Désespoir mirent pied à terre et se dirigèrent vers une case isolée, surmontée d'une petite banderole blanche, semblable à celle qui pendait à l'arbre près duquel ils s'étaient embarqués.

D'après ce qui avait été convenu, Mulasse devait les attendre en cet endroit, avec la petite Germaine et deux guides envoyés par leur ami Toundo.

Mais le forçat n'était pas encore de retour, et un seul Canaque, couché sur sa natte, reçut les voyageurs, en leur annonçant que son camarade, demeuré à Magalave auprès de Mulasse, viendrait les rejoindre directement à l'anse où lui-même était chargé de les conduire à travers la montagne.

Soupçonneux comme il l'était, Beslier accueillit cette nouvelle avec défiance; ce retard l'inquiétait, il connaissait l'attrait presque irrésistible que l'argent exerçait sur son complice et n'était pas sans inquiétude sur son absence dans un moment aussi critique.

L'éveil donné si rapidement à Balade par l'enlèvement de l'enfant fortifiait ses soupçons, que partageaient du reste les autres fugitifs.

Un conseil fut aussitôt tenu sur ce qu'il y avait à faire en pareille circonstance, et ce conseil fut des plus orageux.

Plusieurs d'entre les déportés accusaient leur chef d'avoir compromis leur évasion par une vengeance aussi puérile que dangereuse.

— A quoi bon, disaient-ils, donner l'éveil à toutes les autorités par l'enlèvement d'une enfant qui, après tout, ne pouvait servir à rien qu'à embarrasser leur fuite et dont on ne saurait que faire, même au cas où l'évasion aurait réussi; c'était une folie, plus qu'une folie, un crime, plus qu'un crime, une faute.

Beslier se défendit.

— Il fallait, dit-il, que la trahison de Vincent ne demeurât pas impunie : un exemple était nécessaire; d'ailleurs l'enfant, ajouta-t-il, portait sur elle une boussole absolument indispensable, et.....

Des huées furieuses accueillirent cette justification maladroite; des couteaux furent tirés et, menacé par ceux dont il croyait être le chef absolu, le vieux conspirateur se vit obligé de se démettre du commandement de l'expédition et dut s'estimer heureux d'obtenir la permission d'accompagner le nouveau chef, immédiatement nommé à sa place.

Il est vrai que celui-ci ne pouvait pas se passer de lui par la raison que seuls, Beslier et Mulasse, connaissaient parfaitement le plan de l'évasion et les moyens les plus propres à prendre pour la faire réussir.

La discussion, déjà devenue très-violente, n'aurait pas manqué de dégénérer en rixe entre tous ces brigands armés, si l'urgente nécessité de gagner promptement la côte, avant d'être découverts, ne les avait obligés à prendre une décision rapide, et si Pointu, dit Coco, le chef élu, n'avait donné l'ordre de continuer la route en menaçant de brûler, avec son révolver, la cervelle au premier qui oserait lui désobéir.

Quant au guide, par prudence, on lui passa une corde au bras, en lui faisant comprendre que, s'il avait le malheur de s'égarer, il n'avait pas de grâce à attendre.

Ces précautions prises, les fugitifs se remirent en route, en s'engageant dans des sentiers abruptes, à peine tracés qui, à travers les broussailles, les forêts et les rochers, conduisent de la vallée du Diahot à l'anse d'Uonga.

Mulasse, de son côté, ne demeurait pas inactif.

Depuis la veille au soir il attendait, chez son ami Toundo, l'arrivée de Bouri-Bouri et de Germaine ; ne le voyant pas venir de grand matin, il avait envoyé au campement un Canaque, sous prétexte de vendre du gibier, mais en réalité pour savoir ce qui s'y passait.

Lorsque l'espion revint, il rapportait des nouvelles alarmantes ; un Père de la Mission, Vincent et plusieurs tayots-fusils avaient passé la nuit à l'exploitation, dont les chasseurs, après avoir inutilement battu les environs, étaient descendus du côté de Pouébo, sans doute pour reprendre la piste.

Toundo écoutait le rapport ; il se contenta de sourire.

— Les pieds de mes guerriers ne laissent pas de trace sur l'herbe, fit-il; dans une heure, Bouri-Bouri sera ici.

— La forêt est gardée, reprit Mulasse.

— Si Bouri-Bouri avait passé par la forêt, il serait ici, dit le téa; il a fait le tour.

— Tout cela est bien, grogna Mulasse; mais, moi, je ne pourrai pas partir à temps pour rejoindre les autres.

Le forçat ne répondit pas; il espérait encore que le Canaque arriverait à temps.

Ni lui ni Toundo ne pensaient aux chiens.

C'était à Fidèle et à Varior cependant que devaient revenir les honneurs de la chasse.

Arrivés au pied de la montagne, les tayots s'étaient d'abord occupé de retrouver les traces du cheval.

Pour des Canaques, rien n'était plus facile que cette recherche.

La piste trouvée, ils la suivirent jusqu'à l'endroit où Bouri-Bouri avait mis pied à terre.

Le sol, humide en cet endroit, avait gardé l'empreinte, qui disparaissait presque aussitôt sur le rocher.

Le Père Jean, sur l'invitation du sergent français, commandant les tayots, fit sentir la trace à Varior, en lui disant :

— Cherche !

Le chien regarda, comme pour s'assurer qu'il comprenait bien et, sur un signe du missionnaire, s'élança en avant.

Vincent essaya de faire prendre aussi la piste à Fidèle; mais, cette odeur inconnue ne plaisait pas à l'animal, qui secoua les oreilles et se contenta de trotter derrière son compagnon.

En quelques minutes, ils eurent atteint l'endroit où le Canaque, après avoir déposé l'enfant, avait passé la nuit, au pied de l'arbre.

Ce fut le tour de Fidèle de se mettre en chasse; en retrouvant le petit pied de sa maîtresse, le pauvre animal était devenu comme fou : il sautait autour de l'arbre, allant, venant, jappant, cherchant de tous côtés et s'étonnant de ne pas la retrouver.

Germaine avait fait à peine quelques pas en cet endroit, où son ravisseur, pour qu'elle ne retardât pas sa marche, l'avait de nouveau chargée sur ses épaules.

A 25 ou 30 mètres de là, dans un sentier, presque effacé, où Varior avait repris la piste, un petit nœud de rubans bleus était demeuré suspendu à une branche de niaouli; un des tayots, aux regards desquels rien n'échappait, recueillit l'indice et le présenta à Vincent.

Le ruban appartenait à Germaine, le malheureux père le reconnut aussitôt et fondit en larmes, en le couvrant de baisers.

— Nous sommes sur la bonne trace, s'écria le Père Jean; confiance, mon frère, confiance, nous retrouverons votre fille.

Cependant le sentier montait et redescendait, se croisait et se recroisait. Evidemment le Canaque avait fait tous les efforts possibles pour dépister ceux qui le poursuivaient; lui non plus, n'avait pas compté sur Varior qui, le nez au sol, suivait la trace sans hésitation, à la grande admiration des tayots-fusils.

En voulant ruser avec lui, Bouri-Bouri n'avait fait que perdre un temps précieux.

La soif et la fatigue avaient aussi trahi sa prudence; au pied d'une colline mousseuse, il s'était arrêté pour se reposer et pour boire. En cet endroit, l'empreinte de son pied reparaissait près de celle d'un petit pied d'enfant, dont la chaussure européenne se voyait tout au bord de l'eau.

Le chef des tayots montra cette double trace au Père Jean, en disant :

— Il n'y a pas deux heures que celui que nous poursuivons était ici; avant deux heures nous l'aurons rejoint.

— En route donc! s'écria Vincent, qui aurait voulu avoir des ailes; voici par où ils ont passé.

Et il indiquait du doigt des traces profondes laissées sur un sentier argileux, qui se dirigeait vers un ruisseau.

Varior, toujours le premier, arriva, en les suivant jusqu'au bord de l'eau; mais, là, il s'arrêta indécis : toute piste avait disparu.

— Traversons, s'écria Vincent ; ils auront passé de l'autre côté.

Sur l'autre rive, Varior ne retrouva rien.

Alors, deux chasseurs entrèrent dans l'eau peu profonde, suivant le courant le long de chaque rive, et étudiant les berges avec un soin minutieux.

Deux tayots-fusils en firent autant, en remontant dans le sens opposé.

Cette ruse leur était trop familière pour qu'ils s'en préoccupassent beaucoup.

En effet, à deux cents pas au-dessus de l'endroit d'où ils étaient partis, on distinguait quelques légères écorchures à la berge.

Ils appelèrent leurs camarades et, à quelques pas plus loin, retrouvèrent une nouvelle empreinte que le chef montra à Vincent.

Comme la précédente, elle se dirigeait vers le ruisseau.

— Ça doit être celle de quelqu'autre, s'écria l'ouvrier; voyez, elle vient de la montagne et traverse sans doute le cours d'eau.

Le chef des tayots secoua la tête.

— Regarde, Père, dit-il, au missionnaire, il n'y a pas à s'y méprendre; Bouri-Bouri est sorti ici du ruisseau, et c'est exprès qu'il a laissé sa trace si visible, mais sa finesse ne tromperait pas un enfant; il a marché à reculons, voilà tout, et la preuve, c'est que les doigts du pied ont appuyé bien plus que le talon; suivons la trace et tu verras.

Le sauvage ne se trompait pas; au-delà d'un banc de gravier, sur lequel tout vestige avait disparu, l'empreinte se remontra, mais dans un autre sens; traversant directement une vallée pour remonter à travers bois jusqu'à Magalave, dont on pouvait apercevoir les cases groupées au sommet de la montagne.

— Ah! le brigand de Toundo, s'écria Vincent, c'est lui qui a fait enlever ma fille; il va sans doute mettre tous ses guerriers sous les armes pour nous empêcher de la reprendre.

— Ne craignez rien, reprit le Père Jean, le coquin est trop rusé pour essayer de résister par la force, et sait très-bien que toute sa tribu ne tiendrait pas contre nos quinze fusils; puis, quand même il se sentirait le plus fort, il n'osera pas opposer la violence à vos réclamations, tout au plus aura-t-il recours à la ruse et au mensonge; mais, je connais ces sauvages, ne vous mêlez de rien et laissez-moi faire.

Les chasseurs continuaient à grimper sans que personne parût s'apercevoir de leur présence, bien qu'assurément elle fût signalée.

Ils arrivèrent au village sans rencontrer un seul individu; des enfants, qui semblaient par hasard jouer devant la palissade du camp, furent les premiers à donner l'éveil, et ce ne fut qu'après quelques minutes que le téa Toundo, qui dormait dans sa case, vint sans armes et en se frottant les yeux, au devant d'eux.

Il salua les Français avec les marques du plus profond respect, s'excusant du peu d'empressement qu'il avait montré sur un profond sommeil causé par les fatigues d'une grande chasse à laquelle, avec ses principaux guerriers, il avait pris part la veille.

Sans répondre à ses protestations d'amitié et de respect, afin de lui montrer qu'il n'en était pas dupe, le sergent le regarda sévèrement, en lui ordonnant d'avoir à faire paraître Bouri-Bouri devant lui.

A ce nom de Bouri-Bouri, le téa parut étrangement surpris.

— Depuis plusieurs lunes, dit-il, Bouri-Bouri demeure à Pouébo, et je ne l'ai pas vu depuis.

Le brigadier des tayots s'avança alors; c'était un Canaque d'une tribu hostile à celle de Magalave.

— Tu mens, chien, dit-il, Bouri-Bouri est ici ; il y est venu, il n'y a que quelques heures, portant sur ses épaules une jeune fille que tu as fait enlever à Pouébo ; les chefs blancs t'ordonnent de la livrer.

— Cherche-la donc, répondit Toundo, avec hauteur ; je n'ai qu'une parole, fouille toutes nos cases et si tu le trouves, lui ou l'enfant que tu réclames, je consens à ce que tu m'emmènes prisonnier.

Les hommes de la police ne demandaient pas mieux que de faire subir une avanie au téa ; ils envahirent les cases en commençant par celle du roi, jetant de côté toutes les nattes.

Naturellement ces recherches ne produisirent aucun résultat : il ne pouvait pas en être autrement.

Le téa avait pris ses mesures pour qu'il en fût ainsi.

Dès que Bouri-Bouri était arrivé, Toundo le sachant poursuivi et ne voulant pas se compromettre avec les Français, l'avait fait partir avec Mulasse et le guide, leur recommandant de faire diligence et ordonnant au Canaque de retourner à Pouébo par la vallée du Dia-hot et Balade.

Depuis plus d'une heure, ils s'étaient mis en marche, chaque minute perdue diminuait les chances du malheureux père de rejoindre le ravisseur de sa fille.

Toundo triomphait et ne cherchait qu'à prolonger la visite domiciliaire, sur laquelle il comptait, surtout pour déjouer la sagacité des tayos et démontrer victorieusement son innocence.

Malheureusement pour lui le missionnaire devina son intention.

— Laissons les autres se livrer à leurs recherches, dit-il à Vincent, quant à moi je suis persuadé que Bouri-Bouri n'aura pas été assez sot pour demeurer au village, c'est sa trace qu'il faut retrouver ; prenons Varior et faisons lui explorer successivement chacune des sorties de l'enceinte, sa sagacité ne nous fera pas défaut si, comme j'en suis persuadé, le scélérat a déjà quitté Magalave.

Suivis de trois ou quatre des chasseurs du campement, ils se mi-

rent tous les deux aussitôt en quête; mais Varior, malgré la finesse
de son odorat et son instinct remarquable, ne retrouva aucun vestige. Le rusé Bouri-Bouri ayant, aussitôt arrivé à Magalave, changé
de chaussure pour dérouter ceux qui suivaient sa trace, avait complétement dépisté le chien de la Mission.

Peut-être même les chasseurs canaques n'auraient-ils pas été plus
heureux, car l'empreinte, singulièrement modifiée, devenait impossible à distinguer dans le nombre, si l'un d'eux, dans son explo-
ration attentive, n'eût remarqué, sur la poussière, la trace trop dis-
tincte, pour n'être pas fraîche, de pas européens.

Aussitôt il fit part de sa découverte au missionnaire qui, se tournant vers Toundo, lui demanda quel était le blanc venu dernièrement à Magalave, et dans quel but il y était venu?

Le téa ne s'attendait pas à cette question, et commença par nier
qu'il eût connaissance de l'arrivée d'aucun Européen; mais un examen plus attentif ayant fait découvrir les mêmes traces dans l'enceinte du village, Toundo, mis en défaut et ne sachant plus quelle
explication donner, imagina une histoire de chasse qui l'aurait en-
traîné dans la forêt pendant tout le jour précédent, en sorte qu'il lui
était impossible de savoir ce qui s'était passé la veille.

Evidemment le chef cherchait à ruser; toutefois sa prétendue
ignorance ne lui servit de rien et le commandant des tayos, sans
respect pour sa royauté, lui ayant déclaré qu'il l'arrêtait prisonnier
et qu'il allait le conduire à Balade, pour qu'il eût à se disculper
devant les autorités, se décida à entrer dans la voie des demi-
aveux.

Il est vrai que la physionomie du sergent, fatigué de battre les
buissons depuis la veille, sans rien trouver, avait en ce moment un
caractère menaçant qui ne promettait rien de bon.

Rudement secoué par la main du Français à qui sa dignité de téa
imposait fort peu et bien assuré que les habitants de Magalave ne se
souciaient en aucune manière de se compromettre, le pauvre roi,

devenu aussi humble qu'un moment avant il était arrogant, finit par avouer que la veille, en effet, un Français était venu de la vallée du Diahot passer la nuit à Magalave, pour y attendre une jeune fille ou plutôt une enfant que Bouri-Bouri devait lui amener de Pouébo.

Le messager annoncé avait, en effet, remis l'enfant, quelques heures auparavant, à l'étranger des mines, lequel aussitôt était reparti sans que Toundo, qui aurait cru, dit-il, manquer à tous ses devoirs en s'occupant des affaires de ce Français, songeât même à demander de quel côté se dirigeait l'homme blanc.

Ce récit, aussi louche qu'embrouillé, ne contenta pas l'intraitable sergent, qui prétendait savoir au moins ce qu'était devenu Bouri-Bouri et le faire comparaître devant lui, bien persuadé que tous ces impudents coquins étaient complices dans cet enlèvement.

— Envoie chercher ton Bouri-Bouri ou je te coupe les deux oreilles comme à un chien, s'écria le sergent, en tirant à demi son sabre.

— Tu as pu voir, répondit Toundo, qu'il n'est pas ici.

— N'importe, il faut qu'il se trouve ; veux-tu dire où il est ?

— Je ne le sais pas.

Le Français arma son révolver, dont il appuya l'extrémité sur l'oreille du téa.

— Veux-tu parler ? dit-il.

— Je ne.....

— Une fois, parles-tu ?

— Je jure que.....

— Deux fois, es-tu décidé ?

Toundo ne répondit pas.

— Trois fois ? rugit le sergent, en le faisant tomber sur ses genoux.

Le téa, épouvanté, étendit la main vers l'endroit où déjà le missionnaire avait retrouvé des traces.

— C'est par là qu'il est parti, murmura-t-il.

— Qu'en pensez-vous, vous autres? demanda le Français aux tayos.

— Ce n'est pas la même piste, répondirent-ils.

— Entends-tu, brigand?

— C'est la même, fit Toundo, seulement Bouri-Bouri a changé de chaussure pour tromper la poursuite de ceux qui voudraient le rattraper.

— Montre-nous donc sa chaussure primitive, reprit le sergent, toujours soupçonneux.

— Il l'a jetée dans le Moraï, dit le téa, afin que personne ne pût la retrouver.

— En es-tu sûr?

— Certain.

— Et où est le Moraï

— Ici, à côté.

Le Moraï ou cimetière des Néo-Calédoniens est, comme on le sait, une sorte de bois sacré dans lequel aucun naturel ne saurait pénétrer et qui, rempli de squelettes attachés aux arbres, d'ossements blanchis, épars dans le fourré, est un objet de superstitieuse terreur pour tous les Canaques, qu'ils soient restés païens ou qu'au contraire ils se soient convertis au catholicisme.

Le missionnaire ne l'ignorait pas, aussi n'éprouva-t-il aucun étonnement lorsque les tayos se refusèrent à pénétrer dans la redoutable enceinte.

— J'irai donc moi-même, dit le Père Jean, car il est urgent de savoir si Toundo ne cherche pas à nous tromper.

Vincent accompagna le prêtre et tous deux franchirent la haie qui entourait le Moraï; à peine venaient-ils d'y entrer que le sergent français y pénétra après eux.

— Pourquoi ne restez-vous pas avec vos hommes? lui demanda le prêtre.

— Parce que je soupçonne qu'un piége pourrait vous être tendu ici pour vous y assassiner ; mes tayos sont postés autour du bois avec leurs fusils, si quelqu'un en sort son compte est réglé, et si j'aperçois quelque tête crépue dans les buissons autour de nous, je me charge de son affaire. Mais rapprochez-vous plutôt de ce côté que la trace longe extérieurement ; si le Canaque a lancé ses chaussures par ici ce ne peut-être loin d'où nous sommes, et avant tout il ne faut pas perdre de temps, un temps précieux, car celui que nous poursuivons en ce moment emploie tous ses efforts à mettre entre lui et nous le plus grand espace possible.

Cinq minutes s'écoulèrent sans que rien amenât la découverte des sandales de Bouri-Bouri ; en désespoir de cause, Vincent proposait de s'enfoncer plus avant dans le bois, lorsque tout-à-coup, à une branche d'arbre, au-dessus de sa tête, il aperçut, pendant comme un fruit, une chaussure d'écorce, retenue à un rameau par une des courroies qui servaient à l'attacher.

A dix pas à peine, le Père Jean découvrait la seconde, dans une touffe de mélaleuca.

Le déporté poussa un cri de joie.

— Avant de nous réjouir, la première chose est de vérifier si ces chaussures sont bien celles que nous cherchions, fit le sergent ; mais pour cela il ne faudra pas longtemps.

Et, s'approchant de la haie, il lança une des sandales à un tayo qui, l'ayant saisie au vol, l'appuya sur la poussière, de manière à y dessiner nettement une empreinte.

Entre celle-ci et celle qu'il avait suivie depuis le pied de la montagne il n'y avait pas la moindre différence.

— C'est la chaussure, cria le soldat.

— Alors, il ne nous reste plus qu'à nous remettre en chasse, fit le commandant, en s'adressant à ses deux compagnons, et grâce à votre chien, la chasse marchera bon train, quand nous lui aurons fait reprendre la véritable piste.

— Reste à savoir des deux quelle est la véritable, reprit le missionnaire, car il y en a deux bien distinctes, celle du Canaque et celle du blanc.

— C'est celle du blanc, soyez-en certain, s'écria Vincent, car d'après le portrait que Toundo a tracé de ce misérable, ce ne peut être que Mulasse, le forçat, l'âme damnée de Beslier et mon ennemi acharné.

— Si elles se séparent, fit le Français, nous suivrons donc celle du blanc, mais pour le moment ceci ne nous importe que médiocrement, car il paraît que les deux scélérats ont pris la fuite ensemble.

— Ne craignez-vous pas que votre prisonnier Toundo ne nous retarde? demanda le missionnaire.

— Je crois qu'à présent le mieux est de le relâcher pour ne nous occuper que des autres; quant à lui, nous savons où le retrouver en cas de besoin, et je suis sûr qu'après la leçon qu'il vient de recevoir, en présence de tous ses sujets, de longtemps il n'aura envie de prendre partie dans un complot de cette sorte.

Le pauvre téa ne s'attendait pas à tant d'indulgence, et la joie qu'il éprouva de se voir relâché fut si vive que, malgré son habitude de dissimulation, il la laissa éclater aux yeux de tous ceux qui l'entouraient, et voulut, pour témoigner sa gratitude au Père Jean, auquel il attribuait sa délivrance, l'accompagner dans la seconde partie de son expédition.

Il ne faut pas croire cependant que cette démarche, au moins étonnante, lui fût entièrement dictée par la reconnaissance; le désir de ne pas paraître complice de criminels qui, d'un moment à l'autre, ne pouvaient manquer de tomber entre les mains des tayos, fut pour beaucoup dans sa résolution, et peut-être même le plaisir de se venger sur un blanc, son complice, des mauvais traitements du sergent des tayos, entra-t-il en ligne pour une forte part dans sa détermination.

Quoi qu'il en soit, son aide contribua puissamment à remettre chiens et chasseurs sur la bonne voie.

Varior, que le missionnaire avait voulu, lui-même, remettre sur la piste, avait retrouvé toute son ardeur et menait la chasse grand train, à travers vallons et coteaux, défilés et montagnes escarpées.

De temps en temps les empreintes reparaissaient comme pour donner la preuve de la sagacité du vaillant animal; les deux bandits ne s'étaient pas séparés, et une fois de plus, sur un plateau herbeux, un des chasseurs de la Mission avait montré à Vincent la trace des pas de sa fille.

L'enfant vivait donc encore.

Cette pensée l'aurait soutenu jusqu'au bout du monde.

La charité ne donnait pas moins de forces au Père Jean.

Quant aux chasseurs, leur ardeur redoublait, stimulée par le dépit de ne pas pouvoir atteindre un fugitif chargé d'un fardeau au moins incommode et qui ne leur échappait qu'à force de ruse.

Grâce à la vaillance des chiens, Canaques et tayos espérèrent longtemps atteindre le Français et son compagnon avant la nuit; ils se flattaient qu'ils se seraient arrêtés sur les plus hauts sommets, mais quand ils y arrivèrent, à la nuit tombante, et qu'ils virent la piste incliner rapidement sur la pente opposée pour se diriger vers la mer, bordée de marais et de palétuviers de ce côté-là, ils comprirent bien que, jusqu'au lendemain, il fallait renoncer à cet espoir, et après quelques efforts, rendus presque vains par l'obscurité croissante, ils durent se résoudre à bivaquer sur le flanc de la montagne, à un endroit où Varior hésitait entre les deux pistes qui se séparaient.

CHAPITRE XII

Retrouvés

Pendant que ses complices gagnaient, en traversant la montagne, le point de la côte où ils devaient surprendre et enlever le navire chinois, sur lequel ils comptaient pour fuir aussitôt dans la direction de l'Australie, le fidèle émissaire de Beslier, envoyé par lui dans la montagne vers Toundo, Mulasse n'avait pas non plus perdu son temps.

Dès que les trois morceaux de cuir lui avaient été remis, il était parti en toute hâte pour Magalave, trouver le téa, avec lequel les Compagnons du Désespoir entretenaient, depuis plusieurs mois, des relations suivies, et lui présentant le signe convenu, les trois bande représentant trois jours, l'avait vivement pressé d'assembler les guerriers qui, sous sa direction et réunis aux Compagnons du Désespoir, devaient tomber à l'improviste sur les Chinois endormis, les massacrer, piller le navire et emporter le butin dans la montagne où il serait facile de le cacher, tandis que ses alliés se dirigeraient à toutes voiles vers la terre anglaise.

Comme tous les sauvages, quand ils se sentent nécessaires, Toundo qui, jusque-là, s'était montré très-disposé à agir, éleva de nombreuses difficultés et se montra d'une exigence extrême

En rusé diplomate, le forçat eut beau lui représenter que le butin serait très-considérable, car outre les cadavres des Chinois, que Beslier abandonnait généreusement à son allié, pour en faire un festin plantureux, le téa trouverait, disait-il, à bord, ce qu'il savait parfaitement faux, de l'eau-de-vie en abondance, des armes à feu et une grande provision de poudre ; Toundo ne voulut rien entendre.

— Tout cela était sans doute fort bon, dit-il, mais il y avait de grands dangers à courir; plusieurs de ses guerriers pouvaient être tués ou blessés, et comme après tout, c'était au prix de leur sang que serait due la prise du navire, il était de toute justice que les fugitifs lui payassent en poudre d'or le prix de la jonque dont la propriété leur demeurerait.

Mulasse disputa avec acharnement chaque point du traité, comme s'il l'eût pris au sérieux et eût été résolu à en respecter les clauses, tandis qu'au contraire il ne songeait qu'à se débarrasser, par la ruse et aussi par la force, de ses alliés quand il n'aurait plus besoin d'eux et finit par céder sur tous les articles.

Toundo, de son côté, feignit de croire entièrement à la bonne foi de l'ambassadeur envoyé pour traiter avec lui, et tous les deux bien résolus dans le fond à se trahir et pleins de méfiance l'un dans l'autre, conclurent le traité, en s'engageant par les serments les plus solennels.

Une quinzaine de guerriers se préparèrent aussitôt pour l'expédition, aiguisèrent leurs lances, se ceignirent des frondes redoutables, au moyen desquelles ils envoient, avec une inconcevable adresse, à une grande distance, des pierres ovales de la grosseur d'un œuf, préparèrent leurs tomawaks ou casse-têtes et se barbouillèrent de suie.

Le Français, avec son guide, devait les précéder de quelques heures afin d'avertir les Compagnons du Désespoir de se tenir prêts, Toundo voulant passer par des sentiers impraticables pour tous autres que pour des sauvages, et où d'ailleurs le forçat, cût-il leur adresse et leur légèreté, n'aurait jamais pu les suivre avec l'enfant qu'il attendait de Pouébo.

Tout était donc parfaitement réglé et il paraissait que le complot s'exécuterait de la manière la plus facile. Mais, souvent il arrive que c'est précisément lorsque l'on croit toucher au but que les difficultés imprévues surgissent de toutes parts.

La première, et celle que Mulasse ignorait entièrement, fut la division survenue dans la troupe commandée par Beslier, division qui, en remplaçant le vieux conspirateur, comme chef, par son rival, Pointu, homme aussi violent que peu intelligent, dérangea les plans mûris avec tant de soin par l'organisateur du complot.

La seconde, plus désastreuse encore, mais qui, il faut bien l'avouer, n'eut d'autre cause que la soif de vengeance de Beslier, fut l'enlèvement de Germaine, crime découvert presque aussitôt et qui entraîna la poursuite immédiate des fugitifs.

Avec son instinct de sauvage, Bouri-Bouri, devinant qu'il était poursuivi, essaya bien de dépister les recherches; mais ses précautions mêmes, loin de le servir, ne firent que retarder sa course et aggraver la position des conjurés, en donnant le temps aux tayos, aidés par Varior et Fidèle, de gagner du terrain sur lui.

Mulasse avait reçu l'ordre de l'attendre, il n'osa pas désobéir; les heures s'écoulaient dans une fiévreuse expectative. Toundo devenait hésitant, comme s'il présageait un malheur; enfin, n'y tenant plus, celui-ci envoya des émissaires de tous côtés pour s'informer de ce qui se passait.

Enfin Bouri-Bouri arriva, épuisé de fatigue; les tayos étaient sur sa trace, il n'en fallait pas douter, et les Canaques, revenant en courant, annonçaient qu'au pied de la montagne on voyait les chasseurs, guidés par les chiens.

Ce fut alors que le téa, prenant un parti extrême, ordonna au compromettant ravisseur de changer ses chaussures, qu'il jetterait, en passant, dans l'enceinte sacrée, pour d'autres destinées à tromper l'œil des tayos et le flair de leurs auxiliaires, puis de continuer à fuir directement vers la mer avec Mulasse, auquel il servirait de guide, pendant que lui, faisant cacher ses guerriers, retarderait autant que possible les chasseurs et réussirait peut-être à leur faire prendre une direction opposée; il eut soin d'ajouter qu'il se mettrait en marche dès qu'il le pourrait, pour l'expédition projetée.

On sait quel fut le résultat de ses efforts.

Mulasse n'y comptait guère, mais il espérait encore pouvoir rejoindre ses compagnons à temps, se jeter avec eux sur les Chinois, s'emparer du navire et fuir, en tentant un coup audacieux et incertain, mais nécessaire.

Rudement transportée sur les épaules du Canaque depuis le matin, bouleversée par son enlèvement, sa course à cheval, sa nuit passée sous les arbres de la forêt, épuisée de fatigue et de faim, Germaine, devenue comme insensible à tout ce qui l'entourait, se laissait aller, ne témoignant qu'elle existait encore que par quelques faibles gémissements.

L'état dans lequel elle se trouvait aurait touché de pitié même le forçat dans une autre circonstance, mais alors il n'avait pas le temps de songer à cela, et furieux de ce que l'innocente créature était un obstacle à sa fuite, il la prit des bras de son compagnon, hors d'haleine, et la jeta brusquement sur son épaule, où elle demeura comme inanimée.

Toujours courant, ils descendirent au fond de la vallée, grimpèrent la pente opposée et se trouvèrent sur un plateau, d'où l'on apercevait la mer, mais entre elle et eux, il y avait encore une grande distance à parcourir, des côtes à gravir, des bois à traverser.

Essoufflé par la course et le fardeau, le forçat déposa l'enfant sur le gazon et s'assit auprès d'un ruisseau. Alors seulement il s'aperçut que Germaine demeurait inerte. Si Beslier voulait s'en faire un otage, il ne fallait pas pourtant qu'elle mourût; un cadavre ne lui aurait servi de rien. Il trempa une poignée d'herbe dans l'eau, lava son visage couvert de sang, produit par la déchirure que les branches avaient faites dans les bois à sa peau délicate, et lui humecta les lèvres.

La pauvre petite ouvrit les yeux, regarda avec terreur et, ne voyant plus la figure noire de son ravisseur, sourit tristement en les refermant, puis les rouvrit encore, en disant :

— J'ai soif.

Avec une feuille, le déporté roula un cornet, le remplit d'eau et le lui présenta ; elle but avidement, repoussa doucement un morceau de pain qu'il lui offrait et, d'une voix faible, répéta deux fois :

— Maman ! maman !

Tout forçat qu'il était, Mulasse sentit qu'il avait un cœur.

Ce bon mouvement ne fut qu'un éclair.

Bouri-Bouri accourait, annonçant qu'il avait entendu au loin l'aboiement des chiens.

— A ton tour de prendre la petite, rugit le fugitif, avec un blasphème.

Le sauvage fit un signe atroce.

— Non, répéta Mulasse, il faut que nous la livrions vivante aux camarades ; ils verront ce qu'ils voudront en faire.

Le Canaque enleva Germaine et ils recommencèrent à courir.

La nuit arrivait.

Dans l'obscurité, il était impossible de marcher sur ce terrain fortement en pente, embarrassé de pierres et de broussailles ; d'ailleurs ils étaient à bout de forces, et l'obscurité qui les arrêtait, arrêtait aussi ceux qui les poursuivaient.

— Combien y a-t-il d'ici à la mer ? demanda Mulasse.

— Deux heures, dit Bouri-Bouri.

— C'est bien, reposons-nous ; demain, nous partirons à la pointe du jour, nous aurons le temps d'arriver, les camarades sont armés, le bateau est sans doute déjà à eux et.....

— Tu feras ce que tu voudras, dit le sauvage; assez comme cela pour moi; demain, je prendrai le sentier qui conduit à la vallée du Diahot.

— Tu m'accompagneras jusqu'au bout.

— Toundo ne me l'a pas ordonné.

— Mais, moi, je te l'ordonne, et voici de quoi me faire obéir, interrompit le forçat, en montrant un révolver.

Devant un argument de cette force, Bouri-Bouri ne répliqua pas, mais il sourit d'un sourire sinistre et, tous deux, s'arrêtant au pied d'un rocher, formant saillie sur leur tête, s'étendirent sur le gazon pour se reposer.

Une heure après, le Canaque ronflait paisiblement, vaincu par le sommeil; Mulasse s'endormit à son tour.

Alors, le Canaque, se soulevant à demi, se pencha sur l'homme blanc qui l'avait menacé, écouta un instant son souffle, pour bien s'assurer de la position qu'il occupait, leva le bras et, d'un coup rapide comme la foudre, lui planta dans le cœur la lame de son poignard.

Mulasse poussa un profond soupir : ce fut tout.

Débarrassé de son compromettant ami, le Canaque, après s'être assuré qu'il était bien mort, songea à se défaire aussi de Germaine et s'approcha d'elle pour la frapper à son tour.

La lune, qui venait de se lever, éclairait la pâle figure de l'enfant, sur les vêtements et le visage de laquelle avait rejailli le sang du forçat; elle dormait de son sommeil d'ange, les lèvres entr'ouvertes par un sourire triste, ses cheveux dénoués et épars encadrant ses traits fatigués et amaigris.

Si Bouri-Bouri eût pu être ému, il l'aurait été par tant de beauté et d'innocence, mais aucun sentiment autre que celui de la vengeance ou de la peur, ne pouvait avoir prise sur cette âme féroce. Il tenait à la main le même couteau, dont il venait de percer, dans l'ombre, le cœur de Mulasse et, d'une main sûre, il s'apprêta à l'enfoncer, sans tâtonnement cette fois, grâce au rayon de lumière qui tombait sur la pauvre innocente.

Une pensée l'arrêta.

Il demeura debout, incertain.

— Si je la tue, elle ne parlera plus, se dit-il; mais, à quoi cela me servira-t-il? Ceux qui me poursuivent me connaissent, ce sont des *Oui-oui*, leur puissance est grande; s'ils me prennent, je suis perdu; si je fuis dans la montage, Toundo, effrayé, me livrera ou me fera mourir.

» Si au contraire je lui laisse la vie, elle ne dira rien que l'on ne connaisse déjà et, ou je ne serai pas poursuivi ou si je suis pris, je raconterai qu'en effet j'avais enlevé l'enfant à la sollicitation du Français, mais qu'ayant reçu ordre de la tuer, j'ai pris sa défense et tué le brigand pour la sauver.

Ce fut à cette réflexion, faite le couteau levé, que Germaine dut son salut.

Le meurtrier essuya dans l'herbe la lame ensanglantée et se recoucha près du cadavre, moins pour dormir que pour se reposer.

Les étoiles commençaient à peine à pâlir, qu'il était sur pied, prêt à continuer sa course.

Mais, avant, il éveilla Germaine.

A la vue du Néo-Calédonien, elle poussa un cri de terreur.

— N'aie pas peur, lui dit Bouri-Bouri, de sa voix la plus douce, ton père va venir te chercher; tu lui diras que Mulasse voulait te tuer, mais que moi je l'ai tué pour l'en empêcher, parce que je t'aime beaucoup.

Et, s'élançant dans le fourré, il s'enfuit avec la rapidité d'un chevreuil lancé par les chiens.

Un instant après, il était hors de vue.

L'enfant retomba anéantie.

Une heure s'écoula encore.

Les tayos, Vincent, le Père Jean et les Canaques de la forêt s'étaient remis en chasse.

Dans leur course précipitée, les ravisseurs de Germaine n'avaient pas songé à dissimuler leurs traces; il n'était pas difficile de les suivre; d'ailleurs, n'eussent-elles pas été visibles, Varior ne se serait pas trouvé en défaut.

Vincent, emporté par la douleur et l'espoir, tenait tête aux chiens, les Canaques avaient peine à le suivre; le sergent commandant l'escorte commençait à perdre du terrain.

Tout-à-coup Varior se précipita, l'œil en feu, le poil hérissé, vers une sorte de caverne et poussa d'affreux hurlements; en vain les chasseurs, qui tenaient leurs fusils prêts, crièrent-ils au déporté de ne pas avancer imprudemment, il pénétra dans la grotte en même temps que le chien, heurta un corps et poussa un grand cri.

C'était Mulasse, mais seul et assassiné.

Le malheureux père s'arrachait les cheveux.

Tous les chasseurs accoururent; il n'y avait pas d'autre corps dans la caverne.

Soudain, Fidèle, qui jusque-là n'avait suivi son compagnon qu'avec très-peu de zèle, se mit à fureter avec une inquiétude extraordinaire, s'élança dans les broussailles et fit retentir l'air de jappements plaintifs.

— L'enfant! cria un Canaque.

D'un bond Vincent s'élança vers l'endroit indiqué et poussa un second cri, plus terrible encore, en tombant à genoux auprès du corps ensanglanté de sa fille.

A ce cri, Germaine ouvrit les yeux; l'effort qu'elle avait fait en cherchant à s'éloigner du cadavre de Mulasse, quand elle l'avait enfin aperçu, avait achevé d'épuiser ses forces et elle s'était évanouie.

— Vivante! vivante! s'écria le déporté, hors de lui, en la soulevant dans ses bras et la couvrant de baisers.

Mais elle continuait à regarder sans voir, l'effroi peint dans les yeux.

Alors seulement son père s'aperçut qu'elle ne le reconnaissait pas.

— Germaine! ma Germaine, répétait-il, avec un accent déchirant; c'est moi, c'est ton père; je vais te ramener à Pouébo, à ta mère qui t'attend.

Elle ne répondait pas. Le malheureux père sentait sa tête se perdre; le Père Jean vint à son secours.

— Ne vous effrayez pas, dit-il, après avoir examiné l'enfant; elle n'est ni morte, ni blessée, ni folle, mais elle est épuisée, et la faiblesse de son pouls indique qu'avant tout elle a besoin de nourriture. Malheureusement, aucun de nous n'a de provisions et, d'ailleurs, en eussions-nous, elles ne seraient pas ce qui convient à sa faiblesse. Le mieux que nous ayons à faire, est de gagner le point de la côte le plus rapproché; nous y trouverons des pêcheurs, et avec les ustensiles qu'ils nous prêteront, il sera possible de lui préparer un bouillon de poisson, nourriture à la fois légère et réconfortante qui lui rendra bien vite des forces.

Si nous retournions à Magalave alors, fit Vincent.

Magalave est trop éloigné et les chemins trop rudes de ce côté-ci, reprit le missionnaire; de toute manière, il vaut mieux nous rapprocher de la mer où nous trouverons des vivres en abondance et aussi, sans doute, une pirogue pour nous transporter à Balade.

D'autant plus sûrement, ajouta le sergent, que le gouvernement est instruit qu'en ce moment, et tout près d'ici, des pêcheurs chinois s'occupent à recueillir de la biche-de-mer, et il sera facile de se faire conduire par eux.

— Croyez-vous qu'il n'y ait pas de dangers à courir? demanda le Père Jean.

— Bien moins de ce côté que d'aucun autre, fit le Français; ce Toundo est un rusé coquin qui pourrait bien nous tendre quelque embuscade au retour, tandis que sur les côtes, ses moricauds n'oseront pas s'aventurer devant nos carabines, d'autant plus qu'à présent que l'enfant est retrouvé, mes hommes et moi n'avons plus qu'à retourner au plus vite à Balade, ce que nous ferons naturellement par mer.

— Mais ce corps, dit le missionnaire, l'emportez-vous aussi ?

— Ah ! mille tonnerres ! ce n'est pas moi qui m'en chargerai ; si j'avais une pelle ou une pioche, je lui ferais un trou pour l'ensevelir sur place, mais qu'il y reste puisqu'il y est ; s'il a empoigné un coup de couteau, soyez certain que ce n'est pas sans l'avoir mérité.

— Ne poursuivriez-vous même pas l'assassin ?

— L'assassin, il n'y en a qu'un et nous le connaissons, c'est un des hommes de Toundo ; ce sera à Toundo à nous le livrer, et vrai, comme je vous le dis, avant huit jours ses camarades nous l'apporteront ficelé et suspendu à un bâton, comme un veau qu'on porte à l'abattoir.

Quoique la dépouille mortelle de Mulasse fût bien celle d'un franc coquin, le prêtre catholique ne voulut pas la laisser en proie aux chiens et aux oiseaux de proie ; un trou fut pratiqué par les canaques avec des bâtons et l'aide de leurs haches, dans un endroit sablonneux, où le cadavre fut enseveli.

Puis deux hommes se relayant tour à tour pour transporter le brancard, ouaté de gazon, sur lequel Germaine était étendue, on se remit en marche vers la mer.

Quand on y arriva enfin, depuis deux jours l'enfant se trouvait sans nourriture, sa faiblesse était extrême.

Une hutte de pêcheurs canaques se dressait isolée sur la grève. Tout près du rivage une femme ramassait des coquillages.

A la vue des arrivants, au lieu de prendre la fuite, elle se hâta d'accourir ; elle était chrétienne et avait reconnu le missionnaire.

Grâce à son aide, un bouillon de poissons fut bientôt préparé, et l'enfant put en avaler quelques gorgées.

Alors son père la coucha dans la case, la recouvrit de ses vêtements et s'assit auprès d'elle, priant et pleurant.

Pendant ce temps, le chef des tayos prenait ses informations et apprenait, à son grand étonnement, que la veille, une troupe d'une douzaine d'hommes blancs arrivant par la montagne, sous la conduite d'un guide néo-calédonien, avait passé la nuit dans le voisinage après un repas, à la suite duquel trois d'entre eux étaient morts empoisonnés par des sardines vénéneuses qu'ils avaient mangées sans en connaître les dangers.

Deux autres, bien malades, étaient demeurés couchés sous les arbres, à un endroit qu'elle indiqua et où les avaient abandonnés leurs compagnons. Que voulaient ces hommes et d'où venaient-ils? c'est ce qu'elle ne pouvait dire, car aucun d'eux ne parlait le calédonien et ils ne laissaient à leur guide la faculté de parler à qui que ce fût.

Cet étrange récit donna des soupçons au chef des tayos; il crut à un massacre ou à une tentative de massacre des naturels sur quelque équipage, crime que cette femme cherchait à masquer par un mensonge.

Cependant, dans ce cas, il était au moins extraordinaire qu'elle eût parlé la première d'un événement qui, dans ce lieu inhabité, serait facilement demeuré inconnu, et il voulut en avoir le cœur net.

Par son ordre, la pêcheuse les conduisit à l'endroit où, disait-elle, avaient été laissés les malades.

A quelque distance de trois cadavres couverts de taches livides et déjà à demi en putréfaction, deux hommes, en effet, étaient couchés, expirants, sous un arbre de l'espèce des palétuviers, auprès des restes éteints d'un feu de bivac qui avait servi à préparer leur funeste repas.

Dans ces deux hommes portant le costume européen, il était facile de reconnaître au premier coup d'œil, à leurs cheveux coupés ras et à la coupe de leurs vêtements grossiers, des forçats employés au lavage des mines du Diahot.

L'un d'eux paraissait sur le point d'expirer; l'autre, moins malade, avait cependant le visage et les mains marbrés de noir et de violet; ses yeux caves, dont la pupille était énormément dilatée par l'effet du poison, brillaient d'un éclat sinistre, et les muscles de sa bouche avaient, en se contractant, découvert ses dents et donné au bas de son visage l'apparence du mufle d'une bête fauve.

A l'approche des tayos, il essaya de se soulever et retomba vaincu par la douleur en murmurant :

— A boire ! à boire ! je brûle !

— Qui es-tu ? demanda le sergent.

— Un forçat, tu le vois bien, répondit le malade d'une voix sinistre ; tue-moi, que cela finisse, mais avant, donne-moi à boire.

— D'où viens-tu ? qui vous a mis dans cet état ? continua le sergent.

— Donne-moi à boire et je dirai tout, grogna le fugitif.

D'une feuille un des tayos fit un cornet, le remplit d'eau à un ruisseau qui coulait près de là et le lui apporta.

Le malade but cette eau froide avec une volupté délirante et dit :

— Encore ! encore !

— Quand tu auras parlé, fit le sergent.

— Approche-toi donc et écoute, car ma langue est si sèche qu'elle est collée à mon palais.

— Donne-lui encore à boire, dit le soldat.

Comme la première fois, le malheureux avala jusqu'à la dernière goutte du breuvage.

Alors seulement, et sur la promesse qu'on lui donnerait encore à boire, il se décida à parler.

Il se sentait mourir et n'ayant plus personne à ménager, il fit sa confession entière : c'était un réquisitoire terrible contre Beslier, son mortel ennemi, le chef des Compagnons du Désespoir, l'instigateur du complot, l'auteur de l'enlèvement de Germaine.

Pointu, car c'était lui, eût sacrifié dix fois sa vie, et à plus forte raison celle de ses complices, pour tirer vengeance du vieux conspirateur qu'il accusait, à tort peut-être, mais probablement avec raison, de son empoisonnement.

Il raconta comme quoi le faux fabricant de Balade entretenait des relations avec Toundo et des espions sur toute la côte ; il donna des indications précises sur le passage des fugitifs à travers la montagne pour venir enlever une embarcation chinoise et passer en Australie, sur la révolte à la suite de laquelle Beslier s'était vu forcé de lui céder le pouvoir, et sur l'atroce vengeance qu'il en avait tirée en préparant lui-même pour le souper des poissons qu'il savait vénéneux et qu'il s'était arrangé pour faire manger à ceux qui faisaient opposition à ses projets. Si l'on voulait poursuivre ce brigand et empêcher sa fuite, ainsi que celle de huit autres déportés, il était temps encore, puisque, retardés par la non-arrivée de celui qui devait leur livrer la fille de Vincent, ils n'étaient partis que le matin même pour surprendre, pendant la nuit, les pêcheurs chinois, à une lieue plus au nord, au moment où, après avoir terminé leurs travaux du jour, ils dormiraient paisiblement sur la plage.

Il y avait peu de doutes à avoir sur la véracité d'une semblable déposition concordant avec celle de la femme canaque et, quoiqu'il n'eût pas reçu d'ordres exprès, le commandant des tayos aurait cru manquer à tous ses devoirs s'il n'eût pas pris les mesures nécessaires pour empêcher l'évasion des déportés.

Prenant aussitôt ses dispositions, il retourna auprès du Père Jean, qu'il envoya près du moribond sous prétexte de tâcher de sauver son âme, mais en réalité afin d'écarter le R. P., qui peut-être aurait voulu s'opposer à cette nouvelle expédition.

Le zélé missionnaire partit aussitôt pour tâcher de ramener au bercail la brebis égarée ; quand il revint une heure plus tard, grand fut son étonnement d'apprendre que les tayos, après un léger repas, venaient de partir subitement, en annonçant qu'ils reviendraient probablement le lendemain matin.

Le Père Jean crut qu'ils étaient allés chercher une barque parce que la pirogue du Néo-Calédonien ne pouvait pas les porter tous et, sans s'en préoccuper davantage, fit placer par ses Canaques le malade dans une case construite tout exprès pour son usage, à côté de celle où reposait Germaine qui, après tant de secousses, revenait peu à peu à elle et avait enfin reconnu son père, auquel elle souriait en lui tendant les bras quand le missionnaire entra à l'improviste.

— Père Jean ! murmura-t-elle en apercevant le nouvel arrivant.

— Elle vous reconnaît aussi ! s'écria Vincent, dont le visage était transfiguré par la joie ; elle va mieux, beaucoup mieux ; ce n'était que la faim et la fatigue ; n'est-il pas vrai, Germaine, que tu vas mieux ?

— Allons trouver maman, répondit celle-ci, toujours préoccupée de revoir sa mère.

— Quand tu seras plus reposée nous irons, dit le déporté, et cette fois ce sera pour ne plus la quitter.

— Le méchant Bouri ne m'emportera plus, fit-elle en regardant autour de la case avec terreur.

— N'aie pas peur ; il est en prison pour toujours et n'en sortira plus.

— Et celui qui était si pâle, si pâle, et qui avait du sang qui.....

— Celui-là aussi est parti pour ne plus revenir jamais, interrompit le Père Jean ; repose-toi, ma petite, ferme les yeux, ne parle plus et dors, ton père et moi te gardons et nous ne te quitterons pas.

— Bien sûr ?

— Tu sais bien que les prêtres ne mentent jamais ; dors, ma fille.

L'enfant ferma les yeux docilement.

— Evitez de la faire parler, dit alors le prêtre à son père ; après les émotions de la journée d'hier et d'aujourd'hui, il est étonnant que la petite n'ait pas une fièvre ardente, et c'est un miracle dont nous avons à remercier le ciel.

— Croyez-vous qu'elle se remettra promptement ?

— Je l'espère, avec de la prudence.

Et que nous pourrons la transporter ?

— Oui, par eau, cela ne la fatiguera pas, tandis que par la montagne c'eût été impossible.

— Je le reconnais à présent, seulement je ne vois pas d'autre pirogue dans les environs que celle du pêcheur canaque, et c'est tout au plus si elle pourra porter cinq ou six personnes.

— Cela suffit, mon ami, nos chasseurs reprendront, s'il le faut, le sentier pour rentrer à l'exploitation ; et d'ailleurs les tayos, qui ont pris les devants, ne manqueront probablement pas de nous ramener une embarcation.

— On avait parlé d'un bateau chinois.

— Ce sera probablement celui-là ; il se trouve, paraît-il, à la pointe de Baribari, et pourrait facilement nous transporter tous.

— Tout serait ainsi pour le mieux.

— Ayez confiance en Dieu, mon fils, et remerciez-le de ce qu'il a fait pour vous ; voici Germaine endormie, quand elle s'éveillera vous pourrez lui faire prendre encore un peu de bouillon, mais pas manger.

— Est-ce que vous me quittez ?

— Je vais dans la case à côté, visiter un pauvre mourant.

— Qui donc, un de nos chasseurs ?

— Non, un malheureux qui s'est empoisonné en mangeant du poisson vénéneux.

— Un blanc alors, car tous les Canaques les connaissent.

— Oui, un blanc en effet, un ouvrier de la transportation, et qui m'a dit se nommer Pointu.

— Pointu ! Oh ! je le connais, il était, lui aussi, Compagnon du Désespoir ; comment se fait-il qu'il soit ici ? sans doute il aura tenté de s'évader.

— C'est probable, reprit le révérend Père, qui ne voulait pas augmenter les craintes de Vincent en lui apprenant ce que lui avait révélé le mourant sur leur projet d'enlèvement d'un canot, et la présence de Beslier dans les environs.

De la part de ces brigands il n'y avait pas d'attaque à craindre en ce moment, surtout pendant que la pirogue, seule chose qui eût pu les tenter, était au large, d'où elle ne devait rentrer que le soir, et d'ailleurs les chasseurs, prévenus, se tenaient sur leurs gardes. Le missionnaire, leur ayant recommandé la prudence, entra donc dans la case où gisait le moribond.

Là, pendant plus de deux heures, il prodigua ses soins à cet homme, essayant à la fois de sauver son âme et son corps.

Mais le scélérat était trop profondément endurci ; à toutes les exhortations du prêtre il ne répondit que par des blasphèmes.

Loin de le dompter, l'approche de la mort le rendait plus furieux. A la torpeur première causée par le poison avait succédé une fièvre brûlante, un délire affreux dans lequel il se tordait en écumant, maudissant Dieu, maudissant le prêtre qui le secourait, maudissant Beslier, son assassin.

C'était affreux.

A genoux, près du lit, le prêtre priait avec larmes.

Mais si Dieu est infiniment bon, il est infiniment juste, et ce scélérat qui l'avait abandonné, il l'abandonnait à son tour.

Un moment pourtant le missionnaire espéra, le bandit paraissait plus calme.

La mort le domptait.

Tout-à-coup, il se dressa à demi, repoussa brusquement le prêtre, leva les poings vers le ciel en rugissant : à bas Dieu ! vive l'enfer, ce même cri qu'il avait proféré dans une église de Paris en foulant aux pieds les hosties consacrées répandues sur le marche-pied de l'autel, et retomba lourdement.

Il était mort.

Le Père Jean, épouvanté, posa la main sur son cœur.

Il avait cessé de battre.

Le missionnaire se prosterna la face contre terre ; l'âme du criminel comparaissait en ce moment devant son juge et la sentence irrévocable était prononcée.

Abîmé dans la douleur, le prêtre pria longtemps, puis il sortit et ordonna à ses Canaques d'ouvrir une nouvelle fosse pour y déposer le cadavre quand le moment serait venu.

La journée s'écoula, Germaine reprenait ses forces, la fièvre n'était pas venue, mais l'enfant souffrait dans tout son corps meurtri et bleui par les brusques secousses et les rudes étreintes qu'elle avait endurées.

Vers le soir, la pirogue du pêcheur rentra dans la petite anse, il apportait une large provision de coquillages et de poissons qui, avec quelques poules sultanes abattues par les chasseurs, fournirent des vivres en abondance pour le repas.

Cependant les tayos ne revenaient pas.

Il était plus prudent de les attendre ; le missionnaire, vrai chef de l'expédition, leur fit réserver une part des vivres, ordonna d'allumer un feu de bivac et plaça des sentinelles.

La nuit se fit, le silence ne fut troublé que par le bruit monotone des vagues déferlant sur le rivage.

Des coups de feu avaient été cependant, à ce que prétendaient les Canaques, entendus dans l'éloignement, au moment où le soleil se cachait derrière les flots.

Tout-à-coup Varior, qui se chauffait étendu près du feu, se releva le poil hérissé et aboya avec fureur ; en un instant tous les chasseurs furent sur pied et sautèrent sur leurs armes.

— Tayo ! tayo ! cria la voix du sergent français, ne tirez pas, c'est nous.

C'étaient bien eux en effet qui arrivaient, conduisant cinq prisonniers blancs les mains attachées derrière le dos et dont l'un, grièvement blessé, marchait avec peine.

De la bande des Compagnons du Désespoir, c'était tout ce qui restait.

En arrivant au cap de Baribari, où les traces des fugitifs les avaient conduits, les tayos les avaient aperçus de loin groupés derrière un monticule qui les séparait de la pointe sur laquelle les chinois préparaient leur trépang.

On aurait pu les attaquer ; le commandant de l'escorte craignant quelque erreur funeste, fit faire halte à sa troupe au milieu d'épaisses broussailles.

Les blancs demeuraient immobiles et semblaient tenir conseil, ils attendaient sans doute le canot pour pouvoir atteindre le navire ancré trop loin de terre.

Sur le soir, le canot parut enfin.

Aussitôt les blancs embusqués se mirent en mouvement, préparant leurs armes, couteaux, bâtons et révolvers, et semblant prendre les ordres d'un homme à cheveux gris qui dirigeait leurs mouvements

Cependant le canot touchait la plage et les pêcheurs occupés du déchargement de leurs holoturies s'empressaient sur le rivage, quand les Compagnons du Désespoir, gravissant la colline, se précipitèrent sur eux en poussant de grands cris et tirant des coups de pistolets.

Par bonheur pour les Chinois surpris avant d'avoir pu se mettre en défense, les hommes du canot avaient eu le temps de s'éloigner assez du bord pour pouvoir, à coups de rames, repousser ceux des blancs qui s'efforçaient, en entrant dans l'eau jusqu'aux épaules, de s'élancer dans la barque.

Ce fut alors que les tayos, s'avançant au pas de course, se précipitèrent sur les assaillants qui, surpris à leur tour, essayèrent à peine de résister et prirent la fuite dans toutes les directions, mais, déjà deux des leurs étaient tombés frappés par les balles, et d'un coup de barre, un des Chinois avait fracassé la tête de leur chef qui se débattait convulsivement sur le sable.

Cinq de ces malheureux furent faits prisonniers, deux ou trois autres seulement étaient parvenus à fuir dans les palétuviers, où les attendait une mort presque certaine.

C'était avec ces prisonniers que le sergent rentrait de son expédition ; ils s'assirent, mornes et sombres, autour du feu, refusant de manger et ne répondant pas aux questions qui leur étaient faites.

Féroces comme tous les sauvages, les tayos, au contraire, racontaient bruyamment leurs exploits.

Vincent, averti par le missionnaire de ce qui se passait, ne voulut pas sortir de sa case par pitié pour ceux dont il avait été le complice, et aussi, disons-le, par remords.

Il fut convenu que, laissant le lendemain matin les prisonniers s'embarquer à bord du bateau chinois envoyé pour les conduire à Balade, où leur procès devait s'instruire, le père de Germaine, sa fille et le missionnaire se feraient conduire dans la pirogue du Canaque.

Le lendemain, tout se passa de la manière qui avait été convenue.

Le canot partit le premier, la pirogue le suivit de près.

En passant près de Baribari, le prêtre, voulant s'assurer qu'il ne se trouvait sur la plage aucun blessé auquel ses secours fussent nécessaires, se fit descendre sur le lieu du combat.

Les cadavres étaient encore étendus sur le sable ; l'un d'eux, horriblement mutilé par les Chinois, qui l'avaient torturé avec un raffinement inouï de barbarie avant qu'il eut expiré, portait les traces de souffrances atroces.

Son visage était pourtant parfaitement reconnaissable et portait l'empreinte de la ruse mêlée à la férocité ; le Père Jean n'avait vu qu'une seule fois cette physionomie à l'île Ducos, mais il n'hésita pas.

— Beslier est mort, dit-il en rentrant dans la pirogue ; prions pour lui.

Vincent eut un frisson dans tout le corps, mais il se découvrit, fit le signe de la croix et récita un *Pater*.

Quelques heures après on arrivait à Yenguébane, d'où le pêcheur canaque repartait avec un présent de tabac et de menus objets, pendant que les voyageurs, prenant place dans un canot à voile de la Mission de Balade, doublaient rapidement la presqu'île d'Aroma et arrivaient le soir même au port de Pouébo.

Nous n'avons pas la prétention de peindre la joie de Louise retrouvant une fille qu'elle avait crue perdue ; nos lecteurs, s'ils ont des enfants, comprendront par leur cœur ce qu'il nous est impossible d'exprimer par des mots.

Aïka, elle aussi, fut bien heureuse, et la joie illumina toute cette famille si longtemps éprouvée.

Le temps du malheur et de l'expiation était passé, et comme jamais un bonheur n'arrive sans l'autre, la permission d'aller s'établir à Canala comme colons libres fut accordée à la famille Vincent.

Elle y demeure aujourd'hui avec Aïka et sa mère, sur laquelle la civilisation n'a guère eu de prise, dans une charmante maison de pierre et de bois, chef-d'œuvre de M. Vincent, sur un coteau arrondi et verdoyant, d'où la vue s'étend sur la mer.

Aïka a son jardin rempli de fleurs ; Louise, sa laiterie avec des vaches à elle ; Germaine, sa charmante grotte de Notre-Dame de Lourdes, où chaque jour elle va faire ses prières. Quant à Vincent, malgré ses occupations de propriétaire, il trouve encore le temps de cultiver sur sa fenêtre de charmantes plantes d'Europe dont le Père Louis lui a envoyé des graines.

Au Grand-Mareuil, c'est ainsi que s'appelle la propriété de nos amis, personne n'a été oublié, pas même Fidèle, qui possède une belle niche et s'est installé concierge de l'habitation.

Pour ce qui est de la société des Enfants du Désespoir, elle n'existe plus. La mort de Beslier, de Mulasse, de Pointu, et la condamnation prononcée contre les cinq prisonniers de Balade lui a porté le dernier coup.

FIN DU TROISIÈME VOLUME.

TABLE DES MATIÈRES

Troisième volume

—

OUVRAGES DE M. A. DE LAMOTHE

Ces ouvrages seront envoyés *franco* par la poste à tous ceux qui en enverront le prix à **M. BLÉRIOT**, *éditeur*, **55, quai des Grands-Augustins**, **à Paris.**

Paris. — Imp. de E. Donnaud, rue Cassette.